Amira

AF276211

Novela

Ana Schein
Amira

Planeta

PEFC Certificado

Este libro procede de
bosques gestionados
de forma sostenible

PEFC

PEFC/14-38-00305   www.pefc.es

© Ana Schein, 2024
© del prólogo, Eduardo Parra, 2024
© Editorial Planeta, S. A., 2024
   Avda. Diagonal, 662-664, 08034 Barcelona (España)
   www.planetadelibros.com

Diseño de la cubierta: Booket / Área Editorial Grupo Planeta
Imagen de la cubierta: Shutterstock
Primera edición en Colección Booket: noviembre de 2024

Depósito legal: B. 17.849-2024
ISBN: 978-84-08-29461-0
Impresión y encuadernación: Liberdúplex, S. L.
Printed in Spain - Impreso en España

Biografía

Ana Schein nació en Montevideo, vivió veinte años en Argentina y desde el año 2013 reside en Miami. Es doctora en Derecho y Ciencias Sociales por la Universidad de la República, cursó una especialización en Enseñanza de la Escritura Creativa por la Universidad de Alcalá y la Escuela de Escritores de Madrid, y un máster en Creación Literaria y Nuevas Narrativas por la Universidad Internacional de Valencia y The Core School. En 2018 fundó la Escuela de Escritura A2Vuelapluma, y en 2020 la revista literaria *Trazos*, que ha publicado a más de 190 autores de habla hispana. Ha sido redactora de contenido en revistas de temática femenina y columnista de opinión política. Colabora en la revista literaria *El BeiSmAn – Literatura en español en Estados Unidos*, con una columna mensual sobre escritura creativa: *Madurar la pluma*. *Amira* es su primera novela.

www.anaschein.com

A mi esposo y mis hijos, por su apoyo incondicional.
A todos y cada uno de los que me han nutrido con
sus anécdotas, reflexiones y comentarios sobre la vida
en el Líbano y, particularmente, sobre el argumento
de esta novela.
A Veraluna Yanuka, mi primera lectora beta de esta y
otras historias, por su agudeza y dedicación.

Prólogo

Una novela es un artefacto de palabras solo en apariencia. Cuando deja de ser una anécdota en sí, cuando se encamina por la ruta de la revelación, de la profundidad conmovedora, del lenguaje como un fin y no solo como medio, una novela es, ante todo, una voz tratando de dar sentido a lo que no lo tiene: la condición humana. Su anécdota deja de ser patrimonio del autor o autora que la supo soñar y se convierte en una ensoñación que los lectores amamos porque nos *afecta*; su daño emocional horada nuestra defensa racional y sus personajes e historias ingresan, no sin filo, en el corazón de nuestro entendimiento, allí donde, al mezclarse con los propios sueños, dejan de ser literatura y se vuelven parte de nuestro mito personal. El artífice de semejante descenso al enigma es el escritor artista, quien ha sacrificado su tiempo y su talento elaborando una profunda y estética interrogación de la realidad, es decir, una novela.

Ana Schein ha sabido contar la novela de Amira, que es un personaje, pero también encarna a un sinnúmero de mujeres en conflicto con su destino. Un personaje con gusto antiguo (puesto que encarna un arquetipo, el de las inmigrantes que huyen de los tiempos duros), pero con indiscutible vigencia. Quien quiera entender los paradigmas del mundo actual tiene que leer historias contadas por mujeres.

La prosa de Ana Schein es una chispa que se enciende en el ojo, pero que enseguida se despliega en aromas, sonidos, sabores y una suma de provocaciones sensoriales que nos depositan en la sensual tibieza de lo íntimo o en el ominoso incendio del secreto. De ese modo nos lleva, con hipnóticas artes, a la toma de consciencia: en la intimidad de lo familiar nos aguarda la feroz revelación y el dilema de quien anhela vivir su propia vida y no la de su estirpe: quedar anestesiada en la obediencia o embarcarse en las ciegas aguas a donde tu pasión te arroja. Las protagonistas han comprendido que su cuerpo es un inconveniente. Porque puede ser vendido, castigado, encerrado. Por eso quieren trascender: ir más allá del terruño, más allá del idioma, más allá del mandato, e incluso más allá de su cuerpo. Se diría incluso que Amira es la historia de una mujer que quiere —y se debe a sí misma— levantar el vuelo. Herman Hesse escribió: «El pájaro rompe el cascarón. El cascarón es el mundo. Quien quiera nacer tiene que destruir un mundo».

Ana Schein ha contado una historia que nos devuelve una noción a veces olvidada: contar los años duros puede ser contar la historia de los tiempos dignos.

EDUARDO PARRA RAMÍREZ

Capítulo I

Beirut, marzo de 1988

Esa mañana no sonaron sirenas, no hubo gritos ni lamentos. Tampoco llegaban ruidos desde la cocina. Calma. Una calma mansa que la asustaba. La noche anterior, Amira se había dormido arrullada por el silencio del toque de queda. En unos minutos, el sol aparecería a lo lejos, más allá del árbol de morera, a la izquierda de las cúpulas amarillas, descascaradas, de la mezquita.

Abrió los ojos, le costó reconocer las sombras en su habitación: la silla de caoba con la ropa que Rayzel se pondría a las siete en punto, el escritorio de madera oscura donde guardaba sus lápices y cuadernos, la puerta del ropero, también de madera marrón, casi negra.

—¿Qué hora es? ¿Estás despierta? —preguntó Rayzel.

Amira no contestó.

—Tus ojos brillan en la oscuridad.

—¡No me asustes! —dijo Amira y estiró la mano

para encender la lámpara que separaba ambas camas; luego miró el reloj—. Las seis.

—Déjame dormir un rato más. Y no pienses tanto. No pienses, haces ruido cuando piensas. —Rayzel se giró. Unos minutos después, roncaba.

Amira cerró los ojos, pero su cabeza no le daba respiro.

Una hora más tarde, cuando Rayzel se levantó, ella se mantuvo inmóvil, apretando los párpados. No quería tener que dar explicaciones de por qué estaba desvelada. Ni siquiera pestañeó. Se concentró en su respiración, lenta y suave, y en los sonidos que produjo el roce del suéter gris acariciando el torso desnudo de su hermana, la misma prenda deshilachada que llevaba semana tras semana; le siguió el golpe seco de los pantalones contra el suelo y el recorrido de la tela estrecha subiendo por las largas piernas y las caderas contorneadas.

A las siete y media, Rayzel debía llegar al mercado. Si durante la noche habían sonado las alarmas, el señor Omar la pasaba a buscar a las ocho y cuarenta en su camioneta. Esos días las persianas metálicas se subían a las nueve, aunque el público nunca llegara antes de las diez. Nadie se atrevía a confesarlo, pero el miedo los paralizaba hasta media mañana. Los hombres nunca confiesan que tienen miedo. Rayzel no se calzó los zapatos; los llevaba en la mano: los negros, acordonados. Escondió la medallita de la Virgen en el sostén y tomó el bolso antes de dejar el dormitorio, de puntillas.

Amira la oyó preparar café en la cocina: ruido de platos cascados, la taza en el fregadero hasta que, por fin, el sonido de la puerta cerrándose tras ella. Esperó cinco minutos y se levantó para abrir las cortinas. Apoyó la cara contra el vidrio frío: el cielo estaba gris, al igual que las calles y las aceras, salpicadas de sombras en colores tenues, jóvenes pedaleando en bicicleta, hombres que tiraban de carros cargados de fruta para hacerse un lugar entre unos pocos automóviles. Luego, con esfuerzo, levantó el vidrio. El chirrido del metal hizo que su cuerpo menudo se sacudiera. Apenas asomó la cabeza, la vio caminar entre bolsas de basura y restos de escombros; el cabello rojo de Rayzel se sacudía al compás de sus pasos sin que ella prestara demasiada atención al recorrido. Chocó con una mujer de burka negro. Amira tuvo miedo de que comenzara una discusión. Más de una vez, cuando la acusaban de andar distraída, Rayzel, señalándoles la cara y casi tocando la tela del burka, contestaba: «Agrande el agujero, señora. Lo que pasa es que no ve».

Su actitud desafiante, el pelo suelto, los ojos turquesa delineados siempre de negro, la soberbia y el tamaño de sus senos, eso que tanto codiciaban los hombres, era lo que molestaba a las demás mujeres.

La mujer del burka cruzó la calle. Amira sintió frío, pero no quiso cerrar la ventana, se mantuvo quieta, observando a la gente, los árboles, los colores y la figura, cada vez más pequeña, de Rayzel. Claro que estaba haciendo lo correcto, ¿o no? Su obligación era para con su madre antes que con Rayzel. «Primero viene la madre, luego la hermana.»

El día anterior, cuando Amira estaba cruzando la puerta de casa, después de dejar los zapatos a un lado, oyó la voz de su madre:

—¿Ya estás aquí? ¿Tienes mucho que estudiar? ¡Ven a comer!

Así había empezado todo. Dejó sus cuadernos en el

cuarto, se lavó las manos y fue hasta la cocina. Su madre estaba de espaldas, con el cabello enrollado en una pinza de carey, la misma con la que había intentado domar los tirabuzones rojizos de Rayzel en las épocas en que esta se dejaba peinar.

—Siéntate, ya casi está —le advirtió mientras acomodaba los aros de cebolla en el guiso.

Había preparado *moghrabieh* con garbanzos y pollo. Las sombras se dibujaban en las paredes de esa cocina sin ventanas; la luz azul de la llama y las tres velitas blancas frente a la imagen de la Virgen María eran suficiente para verse las caras.

La madre sirvió dos platos y se sentó junto a Amira.

—Mañana quiero que acompañes a Iris al hospital —le pidió mientras le entregaba una cuchara.

—¿La señora Iris tiene que ir al hospital? ¿Está enferma? —Amira dejó la cuchara sobre el mantel—. ¿A qué hospital? Preferiría no ir. Yo sé que no tiene familia, pero un hospital... No sé si quiero ir. ¿Nadie más la puede acompañar?

La madre la interrumpió enseguida:

—Sabes que yo no puedo ir. Y tú no tienes clases.

—¿Y si se lo pedimos a Rayzel? Ya sé que va a decir que no. —Amira movió la cabeza de lado a lado, pensando en nombres de posibles voluntarios.

—Hay un médico al que visitar. Se llama Pierre Dubois. Solo hay que convencerlo para que venga el viernes a cenar. Es todo lo que hay que hacer. Convencerlo antes de que regrese a Francia.

Amira quiso preguntar algo más: «¿Otro candidato para Rayzel?». Oyeron el ruido de la puerta y el retumbar de unos zapatos contra el suelo de madera. La madre se llevó el dedo índice a los labios.

16

—Ya estoy aquí —gritó Rayzel—. *¡Moghrabieh!* Se huele desde la escalera.

Rayzel entró en la cocina y se lavó las manos en el fregadero. Encendió la luz y se sentó.

—¿Por qué estabais a oscuras?

—No estaba oscuro cuando tu hermana ha llegado del colegio —mencionó la madre y se levantó para servir otro plato.

Rayzel mojaba el pan en el guiso. Hablaba con la boca llena, contando los últimos chismes que había oído en su trabajo.

—La esposa del señor Omar está otra vez embarazada. Él anda preocupado. Parece que ella solo quiere dormir. Y las niñitas cada día están más traviesas —Rayzel seguía hablando con la boca abierta. Luego se sirvió el agua azucarada de la compota.

—Claro que necesita ayuda. Me acuerdo de cuando vosotras erais pequeñas, una corría para un lado, la otra para el otro. Era imposible salir a barrer la acera. Menos mal que mamá me echaba una mano y os cuidaba.

—¿Y para qué tenías que salir a barrer la acera? —Rayzel dejó de comer y la observó—. ¿Quién sale a barrer senderos de tierra?

—Salíamos todas las vecinas al mismo tiempo. Barríamos y conversábamos. Ahora que tantos se han marchado, ya no tiene sentido asomarse a la puerta. Me gustaba ir a encontrarme con ellas. ¡Desde que tu padre murió, todo ha cambiado tanto!

Amira no tenía ganas de seguir escuchando, así que se apresuró a hablar:

—¿Necesitáis ayuda con los platos? Porque tengo que preparar unos trabajos para el colegio.

—Deja, deja. Yo me encargo —comentó la madre.

Luego se dirigió a Rayzel—: Pregúntale si quiere que Amira vaya unas horas de niñera. Ojalá diga que sí. Lo que le paga por los fines de semana no es suficiente. Dile que en lo que llevamos de mes solo me han dado una docena de camisas para coser en la tienda.

Amira hizo como que no había oído esas palabras. Una vez en su habitación, las voces ya casi no le llegaban. Abrió el libro de Historia en el capítulo sobre el comienzo de la guerra, las peleas con Palestina y la invasión de sus tierras. ¿Por qué estudiar aquello que ya sabía? ¿Qué necesidad de poner en un libro lo que todo el tiempo se repite en las calles? Dos párrafos después, buscó un lápiz y un papel. Solo quedaba un sobre; escribió el nombre de Jamal, luego completó sus datos en el remitente, entonces empezó a redactar la carta.

Cuando media hora más tarde Rayzel entró en la habitación, Amira supo que su hermana se iría a dormir sin conocer todos esos planes que giraban en torno a ella.

—¿Te molesta si me quedo escribiendo? Es solo un párrafo.

Rayzel hizo que no con la cabeza.

—Escribe lo que quieras. Estoy tan cansada. Hoy me ha hecho mover cajones como si fuera un hombre más —dijo mientras extendía el pelo rojo en la almohada. Se durmió inmediatamente.

Amira se quedó contemplándola. La luz de la lámpara iluminaba la cara de Rayzel, delineando sus cejas perfectas, sus pómulos marcados y el pelo que escapaba de entre las mantas como si quisiera tocar la madera del suelo. Se hizo la misma pregunta que se repetía cada vez en esos momentos de intimidad: «¿Qué llevó a mi madre a parir dos hijas tan distintas?». Ella, pálida, menuda; su hermana, de piel dorada y curvas armoniosas.

Esa noche, Rayzel se durmió sin saber los planes de su madre.

Al día siguiente, se fue a trabajar todavía sin saber. Cruzó la calle sin saber. Se chocó con la mujer del burka sin saber. Amira, con la ventana todavía abierta y los brazos entumecidos por el aire frío, decidió que iba a regresar a la cama. Luchó otra vez con el cristal. Percibió el mismo chirrido, largo y doloroso. Rayzel había desaparecido entre los carros de fruta, los burkas y unos pocos troncos lechosos. Miró el reloj, eran las 7.25. En diez minutos, su hermana ya estaría en el mercado.

Se tapó con la manta; tiritaba de frío, pero no quiso hacer ruido. Esperó callada. Cuando escuchó su nombre, caminó despacio. Iba en camisón, sin zapatos y con calcetines de lana.

La madre estaba de espaldas a la puerta, preparando una jarra de té negro. La luz que colgaba desde el techo se reflejaba en su pelo y multiplicaba por cien la cantidad de canas en esa melena todavía sin peinar. Amira se acercó para ajustar el grifo y frenar las gotas que caían sobre la loza manchada del viejo lavamanos.

—¡Ah! No me había dado cuenta de que goteaba. Siéntate que te sirvo —le dijo la madre cuando la tuvo a su lado—. Siéntate —reiteró mientras se acomodaba el chal sobre el camisón.

El azucarero y los cubiertos estaban ya en la mesa. La mujer arrimó una silla y sirvió dos tazas. Entonces pasó la mano por la cara de su hija. Comentó algo acerca de sus ojeras.

Amira recordó lo que siempre repetía su abuela: «Las decisiones de los padres no se cuestionan. Se aceptan». Había crecido oyendo esas palabras. Quizá ya era hora de rebelarse.

—Lo he estado pensando. Mamá, a mí no me parece bien. No he podido dormir de tanto pensar.

—¿Qué es lo que hay que pensar?

—No me parece bien. Y no quiero ir a ese hospital.

—¿Qué no te parece bien? ¿Que tu hermana pueda dejar esta vida atrás? ¿Que se mude a un país que no está en guerra? ¿Que se case con un médico y este la tenga como una princesa?

—¿Por qué crees que se va a casar con ella? ¿Porque mide cien de pecho? ¿Porque tiene ojos claros? París debe de estar lleno de mujeres como ella.

—Démosle una oportunidad al médico, hija.

—Este es el tercero. ¿A cuántos más vamos a timar?

La madre se secó una lágrima con el puño del camisón.

—No lo entiendes, no lo entiendes —decía.

Amira fue eligiendo las palabras poco a poco, sin dejar de escuchar las mismas frases de siempre, las que salían de la boca de su madre cada vez que alguien no acataba sus órdenes: que estaban solas, que nadie cuidaba de ellas, que no había sido fácil sacarlas adelante, que en el Líbano nadie se ocupa de los muertos, menos aún de las viudas y de sus hijos.

—Es que no sé qué le tengo que decir al francés ese. ¿Y si no me quiere recibir?

—No te preocupes, Iris se va a encargar de todo. Ella sabe bien cómo tratar a esos extranjeros —señaló la mujer. Y, ya con los ojos secos, estiró la mano para pasarle a su hija la panera de mimbre.

—Pero si la señora Iris sabe lo que tiene que decir, ¿para qué tengo que ir yo? ¿Y a qué hospital?

—Es lo menos que podemos hacer por Iris. Quiero que la ayudes a subir y bajar del autobús y que la tomes del brazo cuando caminéis por la calle. Al Roum. Iréis a Al Roum.

—No me gustan los hospitales. ¿Y si me desmayo? ¿Y si la señora Iris tiene que cargarme de regreso al autobús? ¿Qué clase de ayuda sería esa? Todos dicen que soy débil. ¿Sabes qué pienso yo? Éter, sangre y muerte: esa no es una buena combinación.

La madre no contestó. ¿Qué necesidad de recordar el porqué de esos temores? Aunque no dijeron nada, las dos revivieron la misma escena: una mañana fresca de enero, cuando Amira tenía seis años, su madre las había despertado a gritos, Rayzel dormía aferrada a un osito de tela. La mujer las vistió deprisa; salieron sin siquiera lavarse la cara. Lo único que le oyeron decir cuando el autobús llegó fue: «Nos sentamos juntas. Nada de andar eligiendo». Sacó del bolso un paquete con hojas de parra rellenas de carne y arroz que habían sobrado de la cena. Comieron calladas, mirando a la gente a través de las ventanillas; jugaban a buscar ojos detrás de los velos. Visitaron siete hospitales en tres días. Nadie sabía dónde estaba su padre. La madre lloraba por las noches.

Durante esos días, la radio de la cocina estuvo siempre encendida. La madre pelando berenjenas, limpiándose la cara con el puño de su vestido. Ni Rayzel ni Amira tenían permitido abrir la boca, nadie podía tapar la voz del locutor. El padre había viajado a Damour para entregar cajones de frutas y hortalizas; por aquella época, conducía un camión de reparto, hacía poco que le habían dado la baja en el Ejército. Pasó la noche en un hostal barato. Cuando despertó, se encontró con una ciudad sitiada: la Organización para la Liberación de Palestina llegó con más de cinco mil hombres; las calles se bañaron de sangre. Destruyeron edificios públicos, profanaron tumbas en el cementerio cristiano. Enseguida se cerró el camino de la costa que une Damour con Beirut: heridos y agresores quedaron incomunicados. Una semana después, regresó. Contó que se había arrojado al mar, se había mantenido a flote abrazado a un tronco durante más de tres días hasta que fue rescatado. En la televisión y la radio solo se hablaba acerca de ese episodio en el que murieron más de quinientos libaneses, y al que bautizaron como la masacre de Damour.

El ruido del agua corriendo por las tuberías llevó a Amira de vuelta a la mesa de la cocina. Su madre estaba lavando los platos. En la radio sonaba una de esas canciones tristes de Melhem Barakat. Otra radio más nueva. Noticias parecidas.

La madre la miró. Se secó las manos con un paño.

—Vamos, que se hace tarde. Iris ya debe de estar esperando por ti. Tenéis que estar en el hospital antes del mediodía. Termínate el té y la tostada.

—¿Cuándo se va a enterar Rayzel de todo esto? ¿No debería ser ella la que acompañase a la señora Iris?

—Ya hablaré yo con tu hermana, pero primero hay que convencer al médico.

¿Qué sentido tenía empezar una discusión? La madre hablaría de su viudez, de la guerra, y remataría con una de sus frases favoritas: «Tengo miedo de que algo le pase a tu hermana. ¿Acaso no ves la forma en que los hombres la miran? Esta guerra ya se llevó a tu padre...».

Amira caminó hasta el cuarto arrastrando los calcetines de lana por el suelo de madera. Se vistió con el único atuendo presentable: un pantalón de paño y una camisa marrón. Buscó un abrigo de lana, también marrón. El abrigo y la blusa eran regalos de la señora Iris; nunca le habían gustado, pero no estaban en condiciones de andar despreciando nada. Dejó el abrigo sobre el bolso. Tenía que ser precavida: cuando el sol se ocultaba entre las nubes, el viento que llegaba desde la costa se tornaba desafiante. Quién sabe a qué hora estarían de regreso.

Se acercó al espejo. A pesar de todo, esa muchachita menuda, con su melena lacia y desteñida, era más afortunada que su hermana, la de pelo rojizo y mirada turquesa. Sintió pena por Rayzel, ¿qué iría a hacer tan lejos, allá en París, si el médico la aceptaba? Se quitó el colgante con la cruz de Jesús que siempre llevaba en el pecho, lo besó antes de guardarlo en el cajón junto a la carta a medio escribir. Ella tenía a Jamal, se iban a casar cuando él terminara el servicio militar obligatorio. Buscó una estampa en su bolso y le agradeció a la Virgen por haber sido bendecida de esa manera.

Y otra vez Rayzel vino a su cabeza. Debía de ser terrible casarse sin estar enamorada. Pasar los días y las noches, en especial las noches, al lado de alguien a quien no se ama, ya fuera francés o libanés. Necesitaba alejar esas ideas, aún faltaba cepillarse el pelo y calzarse los zapatos.

Capítulo II

Cuando Amira estaba terminando de abotonarse la blusa, escuchó la voz de su madre, que llegaba desde la cocina:

—¡Son más de las nueve! Apúrate, que Iris te espera. Y recógete ese pelo.

Se encontraron en la sala. La madre, después de escudriñarla con detalle, sonrió complacida.

—Deja que sea Iris la que hable con el doctor. No la interrumpas —sostuvo con voz firme. Le puso algo de dinero en el bolso, la bendijo y la fue empujando hacia la puerta.

Amira bajó un piso por la escalera, llevaba los brazos cruzados sobre el pecho para no rozar el hierro oxidado de la barandilla. Golpeó dos veces.

La señora Iris la hizo pasar enseguida y, aunque dijo que estaba casi lista, se quejó de que no encontraba su bolso. Dieron la vuelta a los almohadones del sofá; ahí no estaba. El bolso apareció finalmente debajo de la pila de ropa que había sacado del tendedero la noche anterior: la ropa de ella y de su hija. Amira creyó que ya iban hacia la salida.

—Me falta *l'eau de cologne*. Está en el dormitorio. Ya vengo —dijo la señora Iris.

El perfume se fue esparciendo por la sala. En la mesita de café, a pesar de la penumbra, las cortinas estaban cerradas, Amira contó tres ejemplares, ya muy viejos, de la revista *Achabaka*. La señora Iris dio una última vuelta alrededor de la cocina y se dedicó a pasar comida de un plato a otro; no paraba de hablar. Le ofreció unas *dolmas* rellenas de arroz. Ella rechazó el ofrecimiento de buen modo; estaba ansiosa por salir. El aroma de las *dolmas* se fundió con el de la colonia, el detergente y ese amargor imposible de catar. Ya no podía resistir el encierro en esa casa.

Caminaron hasta la parada. Cuando el autobús llegó, Amira pagó los pasajes. Se sentaron una junto a la otra. Avanzaban a buena velocidad, había poca gente en las calles. El sol no molestaba todavía, apenas entraba por las ventanillas.

Varias calles antes de su destino, el autobús se detuvo. Desde un puesto de control improvisado, cinco soldados les impidieron el paso, dijeron que revisarían los documentos. Luego los interrogaron uno por uno. No hubo quejas ni gestos de desagrado; eso era lo primero que una madre les enseñaba a sus hijos, a ser obedientes y bajar la vista ante la autoridad. El que parecía estar a cargo se paseaba por el pasillo arrastrando su metralleta. Amira le calculó no más de veinticinco años. Se había habituado a convivir a diario con soldados mercenarios, organizaciones secretas que planeaban ataques sorpresa, el Ejército patrullando las calles, coches bomba y barricadas. A todo eso se había ido adaptando, pero nada la asustaba tanto como la idea de entrar en el hospital y preguntar por el doctor Dubois. Los soldados decidieron que esa mañana habría un nuevo recorrido. Iban a tener que andar más de ocho calles, muchas de ellas en subida.

—No te preocupes. Yo puedo. —Le oyó decir a la señora Iris.

Bajaron. Fueron paso a paso. Tal como Amira había supuesto, a la señora Iris todo le costaba demasiado. El sol, cada vez más fuerte, no les dio tregua durante las primeras tres calles. Solo encontraron árboles con ramas peladas hasta que llegaron a una higuera cubierta de hojas verdes; allí se detuvieron. Amira sacó la botella que llevaba en el bolso: el almíbar de melocotones que su madre había hervido la noche anterior. Dejó que la señora Iris bebiera primero y después ella se terminó el resto.

—A Badra nunca le gustó la canela —articuló la señora Iris y le pasó la botella.

Amira empezó a tragar despacio el líquido; apenas asintió para que su vecina supiera que ella también había notado el sabor de las especias.

—A veces estornudaba cuando preparábamos el guiso, quejándose del olor fuerte. Creo que lo hacía para jugar conmigo. —La señora Iris sacó un pañuelo de su bolso. Se limpió el sudor de la frente y la tomó del brazo—. Ahora sí. Vamos, mi vida.

Con cada nuevo paso, se topaban con más soldados. Chaquetas de color verde, cascos y rifles llenaban las calles; iban en silencio. Amira ya no pudo dejar de pensar en Badra: las dos habían nacido casi al mismo tiempo; se habían sentado juntas durante el primer grado. A fin de año, hubo una fiesta de despedida para la hija de la señora Iris. Las maestras decían que le costaba aprender; era una distracción para las demás alumnas.

Ella preguntó en su casa qué iba a pasar; su madre dijo que Badra «era una niña distinta», por eso debía ir a otro colegio; Rayzel, en cambio, siempre la llamó «mongólica».

Cuando entraron en el hospital, Amira notó la palidez de la señora Iris.

—Estoy cansada. Muy cansada —anunció la mujer y señaló una silla vacía—. Yo me siento. Tú ve y pregunta. Dubois. Pierre Dubois.

—Claro, yo me encargo —contestó mientras la llevaba del brazo hasta la silla.

Amira se acercó al mostrador. La recepcionista le preguntó si tenía una cita agendada. Ella dijo que no.

—La espera va a ser larga. Siéntese por allá. —Apuntó al área donde estaba la señora Iris.

Ella dudó. No tenía ganas de escuchar más historias acerca de Badra y la canela. Por más que lo intentó, ya no pudo sacarse a la hija de la señora Iris de su cabeza. En el nuevo colegio le enseñaron a cultivar una pequeña huerta: plantó tomates, lechugas y zanahorias en el jardín de su madre. Nunca logró entender cómo atarse los cordones de los zapatos. Tampoco pudo aprender a sumar.

Una tarde de verano, casi dos años antes de esa visita al hospital, la señora Iris había golpeado en la puerta de su casa.

—¿Badra ha venido por aquí? He salido a hacer unas compras. Es que se ha ido. La he dejado mirando la televisión, no sé qué ha podido pasar. Eran los dibujos animados, *El lagarto Juancho* que tanto le gusta. —La señora Iris no paraba de llorar.

—No. Aquí no ha llamado nadie. —Oyó a su madre.

Amira y Rayzel estaban almorzando en la cocina. Su madre gritó:

—No sé a qué hora volveré. Rayzel, ocúpate de tu hermana. Voy a acompañar a Iris. —Se quitó el delantal y las dos corrieron escaleras abajo.

Fueron hasta la comisaría de Policía. El oficial a cargo dijo que solo se abrían casos veinticuatro horas después de la desaparición. La señora Iris quiso explicar que, a pesar de sus dieciséis años, su hija tenía la cabeza de una niñita de siete; no estaba acostumbrada a andar sola por las calles. Se negaron a tramitar la denuncia. La enviaron de regreso a su casa, allí era donde debía esperar: «Así como salió, ya volverá».

Los vecinos organizaron una búsqueda para recorrer las calles cercanas, pero fueron las dos mujeres quienes la encontraron cuando el sol de la tarde empezaba a ocultarse. Había sido herida con saña. Entre las dos la subieron a un autobús. Badra estaba inconsciente. No había ambulancias disponibles para casos como esos. La señora Iris limpiaba la sangre que brotaba del cuerpo de su hija: de su nariz, sus oídos y sus partes íntimas. La madre de Amira tenía un pañuelo en la cabeza, se lo quitó para cubrir las piernas de Badra; los soldados agresores le habían arrancado la falda.

La madre de Amira le exigió al chofer que fuera directamente al hospital. Muchos de los pasajeros se bajaron en ese momento; algunos se despidieron diciendo que orarían por esa madre y su hija. Los pocos que quedaron a bordo parecían arrepentidos de no haber abandonado el autobús; los lamentos de la señora Iris retumbaban contra los cristales empañados.

Amira sacudió la cabeza, «basta de sangre», hubiese querido gritar. Tuvo ganas de acercarse a la señora Iris y abrazarla, pero decidió quedarse en el mismo lugar. Se concentró en el reloj de pared, grande y negro, con números romanos en color cobre. Eran casi las dos de la tarde, nadie sabía dónde estaba Pierre Dubois. Un rato más tarde miró a la señora Iris: la cabeza le colgaba sobre el pecho. Se asustó.

Cuando se fue acercando, vio que el pecho se hundía para luego volver a su posición original. Se sentó a su lado con algo de culpa; podía imaginar cuánto le debía de haber costado abandonar su templo sagrado para acompañarla hasta ese hospital.

A las dos y diez, un hombre les hizo un gesto. Estaba a unos metros de la recepcionista. Les pidió que se acercaran. Se encontraron a mitad de camino.

—Doctor Dubois. Vengan conmigo, por favor —se presentó y siguió caminando.

Amira lo estudiaba mientras recorrían esos pasillos monótonos: era alto, muy blanco, sus manos casi del mismo color de la bata. El pelo marrón claro hacía juego con sus cejas y pestañas. Delgado. Desde el primer instante supo que Rayzel no estaría contenta, a ella siempre le habían gustado los hombres de piel dorada, hombros anchos y ojos negros.

Entraron en un cubículo. Había un escritorio y tres sillas de metal. La luz blanca se reflejaba en la cara del médico, desdibujando sus rasgos.

—Tomen asiento. Disculpen el retraso.

Ellas se acomodaron. Amira aspiró hondo: nada de olor a éter. Creyó que era una buena señal. El médico les preguntó si eran familiares de Ahmad; por lo menos, ese parecía el nombre árabe que intentaba pronunciar.

—¿Ahmad? —dudó la señora Iris—. No conocemos a ningún Ahmad.

El esbozo de sonrisa desapareció de ese rostro blanco, cansado y ojeroso; el doctor se había acercado mucho a ellas, hablaba en voz baja.

—A-H-M-A-D —deletreó el nombre.

Amira lo observaba. Estaba segura de que llevaba más de dos días sin afeitarse. No logró distinguir si su barba incipiente era muy rubia o si se trataba de canas. Pensó otra vez en Rayzel.

El doctor, después de acomodarse nuevamente en la silla, levantó una mano, como diciendo «aquí hay un malentendido». Las estudiaba con una mirada que no ocultaba su desconfianza. Y llegó un discurso largo:

—Yo no me meto en temas políticos. ¿Saben lo que me están haciendo? ¿Qué pasa si alguien se entera de que estoy ayudando a soldados mercenarios? Tengo una hija pequeña que me espera en París. No me puedo arriesgar. Lo siento.

—Necesitamos su ayuda, doctor —rogó la señora Iris.

—O se van, o llamo al personal de seguridad.

Entonces Amira empezó a llorar. Dijo que se iba a desmayar. Que ella no había querido ir. Que había ido por su madre. Que no la quería ver sufrir.

—No llores —la consoló el médico. Parecía conmovido—. Voy a intentar ayudarlas, pero no me quiero involucrar. Para el caso, vamos a fingir que nunca nos hemos visto. —Luego miró a la señora Iris—: ¿Dónde está el herido? ¿Es su hijo?

Ninguna de las dos contestó. Entonces él, con un gesto de desgana, abrió el cajón del escritorio, tomó una hoja en blanco y, mientras escribía, explicó que debían contactar con ese número. Aclaró que solamente lo iban a poder solucionar si se trataba de una operación sencilla.

—Y si algo sale mal, yo no me hago responsable —agregó al final.

Amira repetía para sí: «Ahmad, Ahmad», cuestionándose si se trataba de una clave secreta o si, en realidad, existía ese joven. Antes de que pudiera siquiera soñar con atreverse a pedirle al médico que aclarara sus dudas, la señora Iris explicó, de forma muy rápida y entreverada, cuál era el motivo de la visita.

—Creo que la he entendido mal. Señora, ¿me está ofreciendo a una joven? —La cara del médico se había transformado. Su rostro blanco se tiñó de color.

—Déjeme explicarle, doctor. No es lo que usted piensa. Le pido que me escuche, por favor —se apuró a replicar la señora Iris. Las gotas de sudor le corrían por la frente.

Amira vio el modo en que el médico la observaba.

—Esta joven es una niñita, no debe de tener ni quince años —calculó con una mirada de disgusto y de reproche hacia las dos. Agregó algo más con las palabras «guardias» y «policía» en la misma frase.

—Tengo dieciocho —aclaró Amira—, sé que parezco menor. Si me permite, lo que ha querido decir la señora Iris es que mi madre está enferma. Nos dijeron que usted ayuda a los enfermos. Esto no tiene nada que ver con los soldados mercenarios. No se preocupe.

—Eso no es lo que me ha comentado la señora. —El médico la enfrentó con la mirada—. Ella ha hablado de una joven.

Amira también sintió las gotas de sudor escapando de su cuerpo; las suyas le recorrían la espalda, debajo de esa blusa horrible de color marrón. Solo esperaba que la señora Iris no la contradijera.

—Mi madre está enferma. Se le hincha mucho una

pierna y le cuesta andar. Dice que no va a venir porque hemos perdido a mucha gente en este hospital —habló despacio, para que él entendiera. Su francés era muy distinto al de ellas—. Lo que ha querido decir la señora Iris es que mi hermana la está cuidando en este momento. Y que ella no puede cuidarla todo el tiempo, necesita ir a su trabajo; si no, la van a echar.

La señora Iris apoyó su mano en el brazo de Amira, luego observó al doctor y le dijo, modulando la voz:

—Mi amiga es viuda, su marido murió hace ya cinco años. Es muy difícil para nosotras poner un pie en este lugar. Esta niña valiente que me acompaña hoy para que su madre pueda tener asistencia médica perdió a su padre en el atentado contra la embajada americana. Cuando la bomba explotó, lo trajeron aquí, a Al Roum.

El doctor balbuceó algo, dijo que lo sentía mucho. La señora Iris seguía enredando la historia. Cuando tuvo oportunidad, Amira volvió a agregar que estaba muy preocupada por su madre.

—Tengo miedo de que la variz explote. A veces está, a veces no se ve.

El médico intervino para corregir lo de la explosión, como si quisiera mitigar su temor. Luego intervino la señora Iris. Otra vez Amira, repitiendo que estaba preocupada. Y así, entre las dos, lo fueron convenciendo poco a poco. Averiguaron el horario de sus turnos. Él las observaba con pena.

—No se preocupe por nada, doctor. El viernes a las seis estaremos por aquí. Nosotras lo esperamos y, cuando termine con los pacientes, lo llevamos hasta la casa, así no se pierde. Para su tranquilidad, vamos a organizar que un vecino de mucha confianza lo traiga de regreso al hospital. Y desde luego que está invitado a cenar —aseveró la señora Iris, de corrido, con voz firme y empalagosa.

Antes de que el médico pudiese replicar, la señora Iris le tomó la mano y le deseó:

—Dios me lo bendiga mucho, doctor.

El doctor Dubois, aún confuso por la invitación que acababa de aceptar, se levantó para acompañarlas hasta la recepción. Allí se despidió, quizá ya elucubrando cómo librarse de esa cena.

Después de un suave apretón de manos, las dos empezaron a caminar. Amira se detuvo un segundo, se giró y pudo ver la imagen del médico fundiéndose con las paredes blancas y sin vida de ese lugar.

Cinco años antes, un mediodía del 18 de abril de 1983, un coche bomba, cargado con más de novecientos kilos de explosivos, se estrelló contra el edificio de la embajada de Estados Unidos en Beirut. Era casi la una de la tarde. El padre de Amira estaba haciendo fila en la acera, quería comenzar los trámites para obtener un visado de trabajo; decía que había llegado el momento de emigrar. Hubo sesenta y tres muertos en total. Él fue uno de ellos.

La señora Iris inventó una historia para el doctor Dubois: al padre de Amira no lo trasladaron a ninguna sala de emergencia. Cuando su cuerpo fue rescatado de entre los escombros, lo llevaron directamente a la morgue. Pero ella no mintió cuando dijo que habían estado antes en el hospital Al Roum: fue allí mismo donde llevaron a Badra el día que fue atacada. La ingresaron de urgencia a las ocho de la noche, aunque la hija de la señora Iris no logró salir con vida.

Amira le pasó el brazo por la espalda a su vecina y la atrajo hacia ella. Entonces, juntas, emprendieron el camino a casa, adentrándose en el calor y en el polvo color ocre que recorre las calles de esa ciudad, sagrada para muchos, maldita para otros tantos.

Capítulo III

Amira y la señora Iris dejaron el hospital poco después de las tres; el sol todavía estaba alto en el cielo. Marcharon esquivando turistas; era muy fácil diferenciar a los extranjeros: por su vestimenta moderna, la piel excesivamente clara y por el temor con que atisbaban hacia todos lados. Las calles de cemento lucían limpias, la gente iba y venía a paso rápido, mezclándose con los vendedores de zumo y café.

Siguieron un par de calles más, siempre bordeando la avenida Armenia, hasta llegar a la parada del autobús.

Bajaron cincuenta minutos más tarde. Recorrieron una manzana entera bajo los mismos rayos del sol despiadado. La señora Iris señaló entonces unos toldos que protegían una mesa larga con cestas de frutas, verduras y envases plásticos.

—Ya vengo, mi vida. Espérame aquí. No es necesario que me acompañes.

Amira asumió que iba a comprar la cena y no la quería de testigo en su regateo. Dos minutos después, la tuvo nuevamente a su lado, con un diario debajo del brazo.

—No aguantaba más el sol —le anunció y se acomodó a la sombra de un techado alto y un poco descascarado—. Por favor, sostenme el bolso.

La vio abrir el ejemplar de *El Shark*, sacudirlo para sacarle la arenilla y armar una especie de capelina.

—Si no se rompen las hojas, también tengo lectura para esta noche. —La tomó del brazo y siguieron andando—. Claro que es una broma, mi vida —añadió casi enseguida.

Amira sonrió. Desde luego, ¿para qué querría la señora Iris un periódico ya viejo, cuando tenía una biblioteca repleta de enciclopedias, revistas y novelas?

—Ya estoy a punto de terminar el libro de Nadia Tuéni. ¿Has oído hablar de ella? —consultó la señora Iris antes de dejar escapar un suspiro largo.

Tras asentir, Amira le asió el brazo con más fuerza. No podía decirle que no quería leer poemas de una mujer a la que se le murieron tres hijos, que solo habla de pérdidas y tristeza. Lo que ella deseaba era echar mano a las novelas románticas con fotografías de mujeres de ojos grandes y rasgados en su tapa, pero su madre decía que esas eran historias de engaño y desamor, «literatura no apta para niñas solteras».

Continuaron a paso lento, evitando los escombros. Una manzana más adelante, oyeron los gritos de la madre de Amira.

—¡Subid a almorzar! —asomada desde la ventana, clamaba sin dejar de sacudir sus brazos.

—No, no —contestó la señora Iris con apenas un hilo de voz. Todavía llevaba puesta la capelina de noticias viejas: secuestros, bombas y guerra—. Mi vida, dile que estoy muy cansada, no me quedan fuerzas para subir las escaleras.

—No se preocupe. Yo le explico. Y gracias por todo, señora Iris.

Amira esperó a que entrara en el apartamento. Cuando estaba a punto de subir, se topó con su madre, cargando un plato de *baba ganoush* encima de una compotera.

—Me he imaginado que Iris estaría cansada. Sube y trae tomates, berenjenas y el pan de pita.

Cuando regresó con la fuente, ya habían dispuesto algunos platos sobre la mesita de centro. La señora Iris descansaba en el sofá, se había sacado los zapatos. Las cortinas continuaban cerradas. Ni siquiera el perfume de las hojas de menta que flotaban en una jarra con hielo y limón logró ocultar el amargor de esa casa.

Mientras comían, la madre repitió varias veces las mismas preguntas; la señora Iris, con elegancia, las eludía.

—Pero entonces, ¿es seguro que el doctor viene o no? —Las enfrentó cuando ya se había acabado el pan de pita.

—Al principio se ha asustado, incluso se ha molestado conmigo. Pero al final ha aceptado. ¿Verdad, Amira, que ha dicho que sí?

—¡Ay, Iris! ¿Y si cambia de idea? Todavía faltan tres días.

Amira no hablaba.

—Todo va a salir bien, ya vas a ver. Con la gracia del Señor, el viernes a las seis lo vamos a buscar y lo traemos aquí.

Amira solo hizo que sí con la cabeza. Aunque la señora Iris no dejó entrever nada, estaba segura de que a ella también le preocupaba que el francés fuera a cambiar de idea.

La señora Iris bostezó un par de veces, entonces ellas dijeron que era hora de marcharse. Antes de despedirse, le prepararon un té. Le alcanzaron una manta para que se cubriera las piernas y leyera una de esas novelas que Amira tenía prohibidas.

Subiendo al apartamento, Amira imaginó que la señora Iris leería y releería las mismas historias todas las tardes después del almuerzo; una imagen muy distinta a la de su madre, que solo se entretenía remendando ropa vieja mientras escuchaba la radio o miraba la televisión.

—¿En qué piensas? Estás demasiado callada —se interesó la madre cuando estuvieron frente a la puerta.

—En que vas a tener que practicar para que el doctor se crea lo de la pierna. Mejor la derecha, ¿no?

—Lo que sea por mis hijas. Cojear. Cortarme un brazo —apuntó la mujer y abrió la puerta del apartamento—. Presta atención: cuando llegue el momento de elegir, quiero que tú también te vayas. Por eso mismo os quiero a las dos juntas en París, para que os protejáis y os cuidéis la una a la otra. Yo voy a estar bien.

Amira dudó durante unos segundos. Mejor sería no preguntar. Siguió hasta la cocina, abrió el grifo y puso las fuentes en remojo. Echó jabón líquido en la esponja; la espuma corría por sus dedos. No iba a cuestionar. No estaba en sus planes ni en los de Jamal abandonar Beirut. Se casarían cuando él regresara. La madre de Jamal les había ofrecido una habitación junto a su cuarto, pero ella quería la que estaba al fondo, cruzando el patio, para cerrar la puerta sin culpa durante las noches, hacer el amor sin tener que ocultar el ruido que seguramente producirían sus besos, las risas y los gemidos. Soñaba con despertar desnuda cada mañana acurrucada en los brazos de su esposo.

La madre se acomodó detrás de ella, frente al fregadero.

—Ya he hablado con Sahira. Le he dicho que es mejor que tú y Jamal os marchéis. Si ella quiere, que se vaya con vosotros. No te preocupes por mí, he sobrevivido a muchas cosas. Dios me hizo fuerte. ¿Jamal te ha comentado algo? —interpeló, ahora más repuesta de la subida de escaleras.

—¡Si sabes que no recibo carta desde hace semanas! ¿Cuándo me iba a contar? ¿Y qué me tiene que contar? Voy a ir a visitar a la señora Sahira, así le pregunto si ha tenido noticias.

Amira se giró. Le molestaba tenerla tan pegada a su espalda.

—Si no te lo ha contado, te lo digo yo. Ya hablé con su madre y le expliqué que a mí me parecía bien que vosotros dos os marchéis. Ella, si quiere, que os acompañe —le insistió cuando la tuvo frente a frente.

Al principio Amira se asustó, luego buscó un paño para secarse las manos.

—Vamos a hacer una siesta. Vamos, vamos. Yo te acompaño —le iba diciendo mientras la empujaba con dulzura hacia su cuarto.

Se quedó cerca de la habitación hasta que la oyó roncar, luego regresó a la cocina. Se apuró a terminar de secar los platos. ¿De dónde sacaría su madre esas ideas? ¿Tendría algo que ver con todos esos artículos del estrés postraumático que publicaba el periódico *An Nahar*? ¿Fantasías de alguien que lleva muchos años arrastrando una vida triste y que quiere lo mejor para sus hijas?

Cuando todo estuvo seco y ordenado, las fuentes en

sus estantes y los cubiertos en el cajón de madera, corrió a su cuarto, quería terminar la carta. El bolígrafo estaba sobre la mesa de luz, las hojas en el cajón del escritorio. Releyó esos primeros párrafos, escritos la noche anterior. Rompió el papel y empezó en una nueva hoja.

Beirut, martes 15 de marzo de 1988

Querido Jamal:

Quiero que sepas que tus cartas siguen sin llegar. Me preocupa que tú tampoco estés recibiendo las mías. No me gusta pensar mucho en eso, prefiero imaginar que estás durmiendo, que te despiertan por la mañana y te entregan el sobre. Los otros soldados te preguntan si es de tu novia. Les dices que sí. Ellos entonces te hacen bromas y les cuentas que nos vamos a casar cuando regreses.

Te extraño mucho. Todos dicen que el tiempo pasa rápido, a mí los meses se me hacen muy largos. ¿Es seguro que vuelves en agosto? Escríbeme, aunque sea una carta, por favor. No importa que no tengas mucho para decir. Cuéntame cómo es el cielo, si ves las estrellas, si hace frío. Si no me quieres hablar de la comida o de las tiendas en las que dormís, no lo hagas. Entiendo que no me quieras preocupar, pero cuéntame algo. Lo que sea.

A lo mejor, leyendo estas noticias te distraes un rato. El viernes tenemos un invitado a cenar, otro candidato para Rayzel. Es un médico francés, un poco más viejo que el americano del mes pasado. Mamá no quiere que yo esté en la cena, dice que es mejor que me vaya a acompañar a la señora Iris y que me quede a dormir con ella. Le preocupa que no alcance la comida, no sabemos si el pretendiente es de buen comer.

No quiero dormir en la cama de Badra. La noche que vino el americano, además de su cama, tuve que usar uno de sus camisones porque no había llevado el mío. La señora Iris insistió. Comentó que estaba limpio, ella lava la ropa todas las semanas porque le gusta seguir haciendo cosas por su hija. Cuando me vio con el camisón, comenzó a llorar. Fue horrible pasar la noche en esa casa. Creo que tengo miedo a los muertos, aunque mamá dice que debemos temer a los vivos y no a los muertos.

Y hablando de mamá, te quiero contar algo. Hoy ha dicho que habló con tu madre y que todos nos vamos a ir a Francia. ¿Estoy equivocada o son cosas sin sentido? ¿Será un trabajo que te ofrecieron?

Mamá insistía. La dejé hablar sin interrumpir, no quiero más peleas entre nosotras. En un momento tuve miedo de que le estuviera fallando la cabeza. Ahora, mientras te escribo, comprendo que no puedo ser tan egoísta. Yo estoy a salvo en casa, tú eres quien corre peligro. Quizá ella tiene razón y ha llegado el instante de irnos. Así que, aunque el empleo no sea muy bueno, a lo mejor deberías aceptar. La esposa debe seguir al marido. Donde tú vayas, yo iré contigo. Quisiera creer que algún día mi madre se podrá reunir con nosotros. Todo esto me asusta.

Vuelve pronto, por favor. Todas las noches rezo por ti, le pido a Dios que te cuide y que no te deje ver cosas feas.

AMIRA, tu princesa

Con la carta en la mano, se asomó al cuarto de su madre: la vio durmiendo con la cabeza oculta bajo la almohada. Salió de la casa sin hacer ruido.

Se cruzó con algunas vecinas y con una mujer que arrastraba a dos niños del brazo. Los niñitos la estudiaron, observaban sus zapatos, su pelo, la piel más blanca que la de ellos. Amira les sonrió unos segundos, pero ninguno devolvió el gesto. No supo si por cansancio o por hambre. Entonces, en el instante de cruzar la calle, se aferró al sobre, lo acomodó contra su pecho, como una madre que busca proteger a sus hijos del hambre y los ruidos de la guerra, que busca evitar que el estruendo de las bombas y las historias de cadáveres les roben su niñez, aunque sepa, desde el principio, que se trata de una lucha perdida.

En su camino de regreso desde el buzón, oyó la voz de Rayzel. La vio cambiarse de acera. Caminaron juntas por las calles de tierra, esquivando botellas vacías y cáscaras de naranjas. Se había levantado algo de brisa. Cuando las hojas de las moreras se movían, dejaban pasar unos tenues rayos de sol. Hablaron acerca del mercado, de las vecinas y de las noticias que cada una había oído en la radio. Amira no le dijo nada acerca del francés.

Capítulo IV

El miércoles se fue sin que se volviera a mencionar al doctor Dubois. El jueves, Amira llegó del colegio más temprano que de costumbre. Su madre dormía la siesta. Ella se sentó a estudiar en la cocina, delante de un tazón de café con leche, rodeada de velas, santos y sartenes.

A las cinco, la madre se levantó. Llevaba un vestido gastado y unas zapatillas color violeta.

—Deja, sigue estudiando. Deja, yo me preparo un té.

—No, siéntate. Yo te lo hago. Mamá, ¿cuándo se lo vas a contar? Mañana ya viene el médico. ¿Cuánto más vas a esperar?

—Cuando venga del trabajo se lo digo. No le pongas limón. Y ya sé lo que me vas a decir: no quieres pasar la noche en casa de Iris. Pues ve a hablar con ella. Ve ahora, antes de que se siga ilusionando. A ella le gusta tenerte en su casa.

—Ya voy entonces. Cuida el agua que pronto va a hervir —advirtió y corrió hasta las escaleras.

Encontró a la señora Iris en el patio, descolgando

ropa de una cuerda muy larga. Unos rayos suaves le iluminaban la cara. La saludó y se puso a juntar algunas pinzas que estaban desparramadas por el suelo. En ningún momento tocó las prendas de Badra. Reconoció inmediatamente el camisón que le había prestado la vez anterior.

La brisa suave que corría entre las matas, meciendo las sábanas, hizo volar su cabello. No podía esperar más, necesitaba expresarlo.

—Señora Iris, mañana voy a dormir en mi casa. Se lo agradezco. —No hizo falta que siguiera explicando.

—Claro. No te preocupes. Lavé el camisón para que lo tuvieras limpito. Pero lo entiendo. —Se quedó callada unos segundos—. El doctor es un buen hombre. La hija de la señora Yaman trabaja con él en el hospital. No quiero que se lo cuentes a nadie, Amira. Solo debes saber que estamos en deuda con ella por si un día tuviéramos que devolverle el favor. Ella es nuestra informante —le confesó.

Amira solo asintió. Después de ayudarla a entrar el capazo con la ropa seca, volvió a su casa.

No había luz en la escalera.

Abrió la puerta; su madre estaba sacudiendo los muebles.

—Tu hermana ya se ha acostado. Ayúdame a pasar el trapo debajo de la mesa, así ya nos queda todo limpio para mañana —le ordenó con voz decidida.

—¿Ya ha llegado? ¿Rayzel se ha acostado sin cenar?

—Le empecé a hablar del médico, dijo que no tenía tiempo para esas cosas. Se encerró en el cuarto.

—¿Se ha enfadado porque no lo quiere conocer? —Amira le quitó el trapo de las manos y se acomodó junto a las patas de la mesa.

—¿Acaso es tan terrible esto que le están ofreciendo? Parece que tu hermana prefiera convivir con terroristas, arriesgarse a ser decapitada, en vez de mudarse a Francia.

—Mamá, nadie le está ofreciendo nada a Rayzel. Solamente vamos a traer a otro extranjero a cenar.

A la madre no le gustó la respuesta. Sin decir nada, fue hasta la cocina. Calentó una taza de caldo de carne y habichuelas que había sobrado de la noche anterior y partió un pan de pita en dos. Tras ponerlo todo en un plato grande, cruzó otra vez la sala. Con la excusa de no desparramar la sopa, empujó la puerta sin golpear primero.

Amira la siguió en silencio. La vio apoyar el plato sobre la cómoda y sentarse a los pies de la cama.

Rayzel seguía escondida bajo las sábanas. Su pelo, mezcla entre chocolate y caoba a esa hora de la tarde, largo y ondulado, se extendía sobre las sábanas blancas imitando lanzas de fuego. Sus fuertes brazos cubrían parte de su cara. Se giró y le dio la espalda a la madre. En ese instante, sus ojos se cruzaron con los de Amira, que la observaba escondida detrás de la puerta. Ninguna dijo nada.

—Tienes que comer algo, Rayzel —suplicó la madre, con voz dulce y cargada de autocompasión. Bajó la cabeza y se recolocó los botones de su vestido descolorido.

—Mamá, por favor, no me hagas esto. Y no quiero esa sopa, no tengo hambre.

—Te aseguro que me han hablado muy bien de él. Si hubiese otra solución, yo jamás te lo pediría.

—No tengo hambre —alzó la voz.

La madre se levantó.

—¡Amira! —gritó—, acompáñame a hacer las compras para mañana. Tu hermana va a seguir acostada, tiene mucho en qué pensar.

La madre caminaba delante. Llevaba una lista en la mano, a pesar de que tenía muy claro que solo compraría lo que estuviese en oferta. No pidió sugerencias acerca de qué cocinar. Amira la veía avanzar, esquivando los baches y las pocas baldosas de las aceras. No era ocasión de recordarle que debía cojear de su pierna derecha.

—Ese francés tendrá que entender, no somos millonarios —mencionó antes de entrar.

Pese a sus rezongos, disfrutaba con las compras. Tocaba la mercancía, olía las frutas, admirando los colores. Se habían acostumbrado a conformarse con lo poco que Rayzel traía desde el mercado.

Tras saludar a los dueños del puesto, Amira desvió la vista. Las fotos la mortificaban: imágenes de jóvenes que habían partido a la guerra. Medallas, crucifijos, rosarios y agua bendita, todo esparcido alrededor de esas fotografías. Los padres y las esposas de los combatientes atendiendo los puestos, y los jóvenes en el frente, luchando en una guerra que ni siquiera les pertenecía.

—¿Han tenido noticias de Yasir? —quiso saber la madre de Amira.

—Sí, hace unos días recibimos una carta, estamos un poco más tranquilos. ¿Qué desean? Hacía tiempo que no las veía —interrogó la mujer sin dejar de colocar berenjenas en una caja de cartón.

Mientras la madre revolvía unas cebollas que estaban más que pasadas de fecha, la señora le preguntó a Amira si ella también había recibido noticias de Jamal.

—No. Nada —susurró.

La señora intentó consolarla, dijo que el que espera obtiene su recompensa.

La madre continuaba con las manos hundidas en las cebollas, hasta que se decidió por dos berenjenas, puerros y zanahorias. Agregó patatas y unos albaricoques.

—¿Me puede ir diciendo cuánto sería todo esto? A ver cuánto suma. Y agrégueme un pollo. —Se quedó callada y entonces hizo un gesto con el dedo índice—. Un filete pequeño de carne de vaca.

Cuando terminaron los saludos y las bendiciones, salieron. Afuera, el sol ya empezaba a adquirir tonos de rojos y anaranjados. Amira sonrió: esa era su hora favorita. Se preguntó qué estaría haciendo Jamal, si él vería el mismo cielo, los mismos colores.

—Si tu padre viviera, las cosas serían muy distintas. Él tenía un buen sueldo. Vosotras no hubierais pasado necesidades.

—Vas a ver que todo va a mejorar —aseguró Amira y le pasó el brazo por el hombro—. Todo va a mejorar —reiteró.

El polvo ocre giraba envolviendo las pocas hojas que había en la acera. La brisa no impidió que se detuvieran a conversar con unas vecinas que se dirigían hacia ellas. Comentaron las últimas novedades, las del secuestro de un americano que pertenecía a un grupo de observadores de una misión de paz de las Naciones Unidas. Las noticias estaban en el periódico, en la televisión y en todas las radios.

—Un hombre joven. Un teniente. Parece que lo obligaron a bajar del automóvil. Eran muchos, todos armados —informó una de ellas.

—Pobre hombre, ojalá aparezca con vida. Higgings, me parece que se llama —señaló la otra en un susurro.

Asintieron con gestos de preocupación.

—¿Cómo está Rayzel? —se interesó una de las mujeres.

—En casa, planchando la ropa —contestó la madre.

Más saludos; las despedidas de rigor. Nadie nombró a Jamal.

Cuando estuvieron a salvo de los oídos de las vecinas, la madre se dirigió a Amira:

—Necesito que hables con tu hermana. Mira lo que le pasó al teniente americano. Si a él no lo pudieron proteger, él que es importante, ¿quién crees que nos va a cuidar a nosotras?

—Mamá, lo del teniente es distinto. No mezcles las cosas.

—En la radio dicen que todo se va a poner peor —le recordó enseguida.

El sol estaba cada vez más lejos. Las sombras se volvieron más largas, hasta que desaparecieron.

—Cuando lleguemos, guárdalo todo en la nevera. Yo voy a ver si tu hermana ha cambiado de idea.

Abrieron la puerta. Amira se apresuró a hacer lo que su madre le había ordenado y luego fue rápidamente a la sala; se puso a sacudir los almohadones del sofá. Estiraba la cabeza a ratos para oír mejor.

—Hijita, no hace falta que te explique de qué se trata todo esto. Esta es una oportunidad única. Aquí no puedes seguir —la escuchó decir.

Rayzel no contestaba.

—No vas a estar sola. Con la gracia del Señor, Amira y Jamal también se van a mudar a París. Es más, estaba pensando que deberías alojarlos durante las primeras semanas porque ellos no tienen a nadie por allá.

Amira reconoció su nombre y el de Jamal, entonces se acercó de puntillas.

—¿De qué estás hablando, mamá? ¿Quién te mete esas ideas en la cabeza? ¿Es la señora Iris? Esa mujer se volvió loca después de que muriera su hija —Rayzel elevó el tono.

—No sabes nada. Parece que el abuelo del padre de Jamal nació en Lyon. Si él hace bien los documentos, ellos se podrían ir a vivir a Francia. Pero eso no importa ahora. Lo que importa es mañana. Cuando llegues del mercado, te das un baño, te peinas bien el pelo y te lo dejas suelto. No va a haber mucho tiempo, el doctor llega alrededor de las siete.

—Yo me baño antes de dormir.

—Pues mañana te bañas más temprano. Te pintas los ojos y los labios. Te pones la falda negra y la camisa blanca, esa que te marca bien el busto. —Esta vez fue la madre la que alzó la voz.

—¿Pero no dices siempre que no quieres que me vista con ropa apretada? Que se me marca mucho el cuerpo, que las vecinas comentan...

—Mañana tienes permiso para usar ropa ceñida. Y tacones. Los más altos que encuentres. Iris dijo que era alto. Además, ninguna vecina estará aquí para verte.

—¿Ropa ajustada? ¿Mucho maquillaje? Pensaba que preferías hacerte la desentendida con esas cosas —le recriminó Rayzel.

—¿Qué dices, niña? Es para que el doctor vea que eres delgada y que no comes mucho. Para que se decida a llevarte con él.

Esa noche, cuando Amira entró en el cuarto, solo había oscuridad. Le preguntó varias veces a su hermana si estaba despierta; Rayzel no habló.

El viernes, cinco minutos antes de la seis, Amira y la señora Iris entraron en el hospital. Tras anunciarse, se sentaron a esperar.

El doctor se presentó diez minutos más tarde. Las hizo pasar al mismo cubículo de la vez anterior. Les anunció que estaba ocupado, no les iba a poder dedicar mucho tiempo. Había entendido que regresarían con la madre.

Amira enseguida supo que él estaba mintiendo.

—Mi madre no va a venir ni con mi hermana ni conmigo. Doctor, ¿se acuerda de que dijo que iba a revisar su pierna? Ella no quiere venir por lo de mi padre, ¿se acuerda?

—La familia ha gastado mucho preparando esta cena en su honor. ¡Qué pena el malentendido, doctor! Ya hemos hablado con el señor Omar para que lo traiga de vuelta en su camioneta. La usa para hacer repartos, pero está muy limpita. O, si usted prefiere, lo puede llevar directamente a su casa. Donde a usted le quede mejor, doctor.

Un solo segundo de duda en la cara del médico bastó para alentarlas a azuzarlo con más lisonjas, hasta que finalmente lograron su objetivo.

Esperaron a que se cambiara el uniforme y a que se despidiera de los demás médicos y enfermeras.

Cuando salieron del hospital, él sugirió si no sería mejor buscar un taxi. Ellas señalaron que a esa hora era imposible dar con uno libre. Él insistió: no tenía problema en pagar el viaje. Ellas volvieron a negar mientras lo guiaban hacia la parada. Lo último que necesitaban era un chofer que se ofreciera a quedarse frente a la puerta de la casa, esperando para llevarlo de vuelta tras la cena.

Subieron al autobús. Amira dejó que la señora Iris se sentara junto al médico. Ella se quedó de pie, a pesar de que él insistía en cederle el sitio. Al rato, quedaron dos puestos libres. Se acomodó detrás de ellos. Los escuchaba conversar, aunque había frases que se perdían.

—¿Y cómo se llama su hijita? —preguntó la señora Iris.

—Chloé. Tiene cuatro años.

A Amira le gustó el nombre, lo repitió varias veces, preguntándose si a Rayzel también le parecería un nombre bonito. Después le oyó decir que la situación en Francia se estaba tornando difícil. Le preocupaba no conseguir trabajo. Y ya no comentaron nada más.

Ella volvió a mirar por la ventanilla. Más allá de las edificaciones, sobre el mar azul, se reflejaban los últimos destellos de un sol tibio y anaranjado. De pronto, se sintió nostálgica. ¿Qué estaría haciendo Jamal en ese instante? Su carta estaba en camino, pero ¿a dónde? En días como esos dudaba de que tuviera sentido seguir escribiendo.

Entonces oyó roncar a la señora Iris. Le dio algo de sofoco. No esperaba que el médico se parara para sentarse junto a ella.

—Permiso —avisó cuando se acomodaba—. Se ha dormido. Se ve que está cansada. Es muy agradable, me recuerda a una de mis tías.

Amira sonrió.

—Sí, muy agradable —reiteró el médico—. Pensar

que en algún momento tuve miedo de que esta invitación fuera una emboscada, hasta me da vergüenza haber desconfiado de ustedes —le confió—. Una dama que se agita si camina y una joven que no debe de pesar ni cincuenta kilos.

Amira volvió a sonreír. No se le ocurrió qué decir. Él sí, necesitaba hablar.

—A veces me pregunto, ¿de qué sirve salvar diez vidas al día si por otro lado matan a cincuenta niños, mujeres o ancianos en menos de dos minutos? En el sur del Líbano no se respeta a ningún tipo de ciudadano civil —sentenció.

Amira no le contestó. ¿Qué le iba a decir? «No se preocupe, en un par de semanas, cuando esté de regreso en París, ya se habrá olvidado de nosotros.» Además, si esa era una reflexión, entonces solo él sabría la respuesta.

Tras casi un minuto de silencio, el doctor fijó los ojos en ella:

—Perdón si me he dejado llevar. Hablemos de otras cosas. Cuéntame, ¿estás estudiando?

—Es mi último año de secundaria.

—¿Ya sabes qué vas a hacer cuando termines?

Ella tardó en contestar. Y esta vez, ¿qué debía decir? ¿Explicarle que las cosas en el Líbano no eran como en Francia? «Aquí las mujeres no tenemos los mismos derechos que en su país.» ¿Qué necesidad había de confesarle que lo único a lo que podía aspirar era a ser cajera en el mercado? Trabajar de día y estudiar por las noches no era una opción. Se decidió por un simple:

—Todavía lo estoy pensando.

—Entiendo —sostuvo él sin entender—. ¿Falta mucho para llegar?

—Menos de quince minutos.

Amira pensó que le habría gustado que él insistiera con el tema del colegio, así ella podría haber hablado de Jamal y decirle que él la apoyaba para que estudiara, que le repetía que era inteligente. Pero ya fuese por educación o porque no le interesaba, el doctor Dubois dejó de hacer preguntas.

A pesar de las ideas preconcebidas que siempre había tenido de los extranjeros, en especial de los franceses, él le estaba cayendo bien: había tomado a la señora Iris del brazo para subir al autobús, parecía todo un caballero. El doctor volvió a hablar. Esta vez para elogiar al Líbano.

—Me habría gustado conocer Beirut en condiciones que no fueran en medio de una guerra. No os merecéis esto que está pasando.

Amira se mantuvo callada.

—Tenemos que despertar a la señora Iris —avisó unos minutos después, cuando faltaban unas pocas calles.

El doctor ayudó a la señora Iris a descender. Lo hizo con delicadeza. Entonces Amira deseó con todas sus fuerzas que Rayzel se convirtiera en una buena esposa.

Él tomó a la señora Iris de un brazo, Amira del otro. Los tres avanzaban despacio por los alrededores del barrio. Cruzaron una esquina. El médico parecía turbado; esas calles eran muy distintas a las que solía recorrer cuando salía del hospital, nada más alejado de la suntuosidad que irradiaba el centro de la ciudad. Amira, en algún punto, sintió vergüenza del entorno y la pobreza, de las aceras descuidadas, la ropa de todos colores que ondeaba en las cuerdas de alambre, las casas y las edificaciones bajas con la pintura descascarillada. Pero a pesar de la aridez, la costa había quedado lejos, la vegetación adornaba el entorno y, aunque no fuese un verde oscuro ni brillante ni hubiese cerezos en flor, como esos que seguramente acostumbraba a ver el médico en sus caminatas matutinas cuando se dirigía al hospital, ella estaba orgullosa de las higueras y de los pocos árboles de morera que bordeaban esas calles de tierra.

Apuraron el paso, ya estaba oscureciendo. Él hizo referencia a que no veía postes de luz. Habló de ataques nocturnos y del toque de queda. La señora Iris le recordó que el señor Omar lo iba a llevar de regreso; no debía preocuparse. El doctor se excusó diciendo que no hablaba árabe y que, si bien todos decían que era el mismo francés, a él le costaba entenderlo.

Continuaron acercándose al edificio. Les llegó la voz potente de la madre de Amira, que se escapaba a través de la ventana.

—Rayzel, ¡ya están aquí! ¡Ya los veo!

Y un segundo después, los gritos de Rayzel:

—Mamá, ¡aléjate de ahí! No me hagas pasar vergüenza.

El intercambio fue en árabe. Amira esperaba que, cuando los presentara, el doctor no reconociera las voces de su madre ni de su hermana. Aunque él estaba tan absorto observándolo todo, en especial a los niños que corrían descalzos por los alrededores, que nunca hubiera imaginado que esas voces femeninas que llegaban desde no muy lejos no hacían otra cosa que hablar de él.

Capítulo V

Unos pocos pasos antes de llegar al edificio, la señora Iris se empezó a despedir del doctor.

—Los voy a dejar para que disfruten de la cena. Un gusto, doctor. Yo subo más tarde, a la hora del postre. —Y sacó una llave de su bolso.

Amira subió en silencio, sin tocar las barandas, preguntándose si habrían puesto un plato para ella en la mesa o si se trataba de una cena para tres. Entonces se percató de que el invitado no llevaba nada en las manos, ni flores ni bombones, ni siquiera una botella de vino barato. Pensó que esa era una de las tantas labores que le tocaría enfrentar a Rayzel: enseñarle a su futuro marido que no se llega a una casa con las manos vacías. Menos aún en el Líbano. Él andaba detrás de ella, en ese pasillo lúgubre en el que apenas se distinguían las siluetas.

Golpeó la puerta de forma decidida, sin tirar del pestillo por temor a que se saliera. Otra vez se preocupó por la impresión que le causarían al francés. Asumió que tendría una buena casa en París, con obras de arte y sillones de estilo, espejos con marcos labrados. Un piso en alguna de esas avenidas elegantes que aparecían retratadas en las revistas. Cuando la puerta se abriera, se iba a encontrar con una sala diminuta y muebles pasados de moda, almohadones con un *jacquard* brilloso a causa de tanto uso.

Rayzel abrió. Tras realizar las presentaciones, Amira echó un vistazo a la mesa: habían dispuesto cuatro asientos. Ahí estaba el mantel de su bisabuela; ese era un tesoro que su madre mantenía oculto en el primer cajón del aparador. Nunca lo habían usado, ni siquiera las veces anteriores, cuando recibieron a los otros dos extranjeros. El mantel cubría una mesa deteriorada por el paso del tiempo, lastimada con los golpes que habían ido dejando los cubiertos y las copas de cristal ordinario. Escondía también las caricias de las manos de su abuela cuando les enseñaba a jugar al *cuatrocientos* con los dos únicos mazos de cartas heredados de sus padres.

Rayzel se quedó contemplándolos. No sonrió. Amira, con cierta incomodidad, condujo al médico hasta el sofá. Rayzel los siguió. Las dos consultaron, casi al mismo tiempo, qué le gustaría tomar.

—Agua embotellada..., no sé, lo que ustedes tomen. —No pudo menos que sonreír. Él sentado y una parada a cada lado.

Amira consideró que su madre debía estar en la sala, y no escondiéndose en la cocina.

—Ya se la traigo —advirtieron las dos a la vez.

Se miraron antes de moverse a la par.

Entraron en la cocina; Amira fue la primera en decir algo:

—Mamá, ve a saludar. Nosotras cuidamos el pollo

—instó, casi de mala manera, y se situó al lado del horno—. Es la pierna derecha. No te confundas.

La madre comenzó a renquear. Cuando Amira vio que ya estaba llegando al sofá, giró para inquirir bajito a su hermana:

—¿Qué te ha parecido?

—Mejor aspecto del que imaginaba, aunque más flaco y viejo de lo que me quiso hacer creer la señora Iris.

—¿Por qué no le has dado la mano? Ni lo has mirado. Es una falta de educación. —La empujó para abrir la puerta del horno. Quería ver cuán cocido estaba ese pollo.

—Quédatelo tú si tanto te interesa.

—Yo ya tengo a Jamal.

Entonces Rayzel abrió la única botella que había en la nevera; tomó una jarra y vació el contenido en ella.

—Llévale la botella para que vea que es agua de buena calidad —le rezongó enseguida, pensando que los extranjeros siempre piden «agua embotellada» cuando están de visita en el Líbano. Más aún si se trata de médicos o embarazadas.

Rayzel, sin contestar, devolvió la jarra al frigorífico. Abrió el grifo para llenar la botella. Después de secarla con una servilleta de tela, se encaminó hacia la sala.

La madre se había sentado al lado del doctor y conversaba de lo más animada. Él le prestaba toda su atención. Amira se fue acercando y pudo escuchar cómo su madre, con picardía, le hablaba acerca de los cambios que había hecho en la receta: había agregado una pizca de crema para darle «un toque francés» a la salsa.

—Espero, doctor, que esta noche se sienta como en su casa.

Amira desvió la vista. Nadie había agregado crema en ninguna salsa, solo un poco de leche y maicena.

Rayzel, sin interrumpir, sirvió el agua y la puso en la copa de Pierre.

—Amira, trae el vino, por favor. Y apaga el horno. Vamos a dejar que repose diez minutos y después voy a servir —anunció la madre—. Y usted, doctor, ¿no tiene calor con esa chaqueta?

Amira hizo lo que le ordenaron. «¡Qué manera de preguntar!», pensó cuando estaba cruzando el marco de la puerta.

—El aroma es delicioso. Muchas gracias por esta cena. —Le oyó decir a Pierre.

Ya de nuevo en la sala, Amira fue testigo de las palabras con las que su madre hablaba del mantel, aunque nunca le confesó al visitante que con ese lienzo buscaba ocultar el hundimiento en una de las cabeceras debido al peso de la *hookah*. Nadie habló de las manchas en la cubierta de nogal, producto de las colillas de los habanos que fumaba el abuelo; huellas de sus tradiciones que se desvanecían debajo de ese trozo de tela bordada.

Cuando el vino estuvo en la mesa, Pierre se ofreció a descorcharlo. La madre seguía con sus anécdotas. En el momento en que él estaba terminando de maniobrar el sacacorchos, la mujer, sin más, dejó por la mitad la historia que estaba contando y le advirtió que tuviese cuidado:

—Va a tirar una de las copas con esa chaqueta. ¿No tiene calor? —le espetó.

—¿Hace mucho que trabaja para la Cruz Roja? —Fue lo único que se le ocurrió decir a Amira para cortar ese instante incómodo.

Pierre, aprovechando la intervención, tomó la palabra y relató cómo, a los veintinueve años, tras enviudar, lo abandonó todo y viajó a Nigeria. Ese fue su primer destino. Aseguró que se arrepentía de haber pasado tanto tiempo lejos de su hija; solo la veía unas pocas semanas cada seis meses. Su esposa murió durante el parto y él no se había sentido en condiciones de ocuparse de una recién nacida. Fue bastante severo consigo mismo. Luego agregó que le llevó mucho darse cuenta, pero que al fin había entendido que era hora de regresar a París y hacerse cargo de su hijita por primera vez.

Ninguna de las tres mencionó nada. Él también se quedó en silencio unos segundos, parecía pensativo. Terminó el resto de su copa y se sirvió nuevamente.

Amira sintió pena por esa niñita, por Chloé, que nunca llegó a conocer a su mamá. Dudaba acerca de que la elección de Rayzel como madrastra fuera la indicada.

La madre, de forma afectuosa pero distante, intentó consolarlo, diciendo que Dios nunca hace enfrentar a sus fieles a situaciones de las cuales no pueden sobreponerse. Después de ese gesto suave, relató con lujo de detalles cómo falleció su marido.

—Lo siento mucho. Las muchachas son muy afortunadas de tener una madre como usted —correspondió Pierre.

—Ay, doctor, no crea que ha sido fácil. Cada noche me pregunto lo mismo: ¿por qué no le hice caso a mi marido? Él quería irse, decía que esta era una guerra eterna. Ya han pasado más de veinte años y cada vez estamos peor.

—Las cosas no pintan muy bien. Me temo que no —contestó Pierre.

Amira se contuvo para no molestar a su madre, pero hubiese querido consultar al invitado qué más sabía acerca de esa guerra. Presentía que él les estaba ocultando información.

—Me quedé porque no quise dejar a mi madre sola. Eso es algo que les repito a mis hijas, si un día tenéis la oportunidad de emigrar, casaos y haced vuestras vidas; no os quedéis por mí. Eso es lo que más quiero, doctor, ver a mis hijas bien casadas y a salvo de esta locura.

Rayzel bajó la vista, miraba hacia el suelo. El francés se apuró a servirse más vino. Desparramó unas gotas del líquido rojo sobre el mantel. Amira lo vio temblar, entonces movió la panera para tapar la mancha, luego le hizo un gesto como diciendo: «No se preocupe, yo lo arreglo más tarde».

—Mamá, ven. Acompáñame, así servimos la cena —dijo Amira.

La madre la siguió. Renqueaba. Pusieron las piezas en una fuente grande y blanca. La salsa de jengibre se dispersó y fue cubriendo las vetas que llevaban años sobre la loza.

—Mamá, no debiste hablar así del mantel, dándole tanta importancia. El hombre se pone nervioso cada vez que sirve una copa de vino. No lo hubieses sacado del aparador si tanto te preocupa.

—Quería que lo viera para que sepa que nosotros también tenemos nuestras tradiciones. Se cree más porque es francés de Francia. Y mejor que deje de temblar y no rompa ninguna copa, que no tenemos más que esas que están en la mesa.

Amira estaba segura de que la señora Iris nunca hubiese dicho «francés de Francia».

Cuando estaban a punto de regresar a la sala, escucharon la voz del médico. Parecía explicarle algo a Rayzel.

—Démosles un poco de tiempo para que se conozcan —ordenó la madre, y estiró el cuello para ver y oír mejor.

Los estudiaron durante unos minutos; formaban una linda pareja. El ruido del motor de la nevera había invadido la cocina, era imposible entender de qué hablaban. Amira se concentró en la figura del invitado: alto y muy flaco. Una vez que Rayzel empezara a cocinar para él, seguramente ganaría peso. Con suerte, la grasa en sus mejillas lo haría parecer menos triste. A pesar de todo, llevaba un atuendo elegante: pantalón de gabardina marrón claro y camisa blanca, debajo de un bléiser del que no se iba a desprender. No traía corbata. Se trataba de un hombre prolijo y bien cuidado. Pero Rayzel sostenía que era demasiado blanco. Demasiado blanco y francés.

Pierre alzó un poco la voz. Enseguida se paró.

—Trae el pollo —pidió la madre a Amira y salió renqueando a toda velocidad hacia la sala—. Ya está la cena, doctor.

—Señora, le agradezco sus atenciones, pero no me voy a quedar. Lamento el malentendido.

—¿Cómo se va a ir sin cenar, doctor? Ya ha oscurecido, no se puede ir solo. No es seguro.

—Su hija ha dicho algo acerca de que la lleve conmigo a París, de niñera para mi Chloé. Le he explicado que no es fácil conseguir un visado y después, ¿Raquel se llama su hija mayor?, ha empezado a hablar de matrimonio.

—Un malentendido, doctor.

—Claro que es un malentendido. Yo no he venido a ofrecerle a nadie matrimonio, ni a su hija menor ni a la mayor. Ni siquiera necesito una niñera libanesa. Creo que es mejor que me vaya. Ya es tarde y mañana empiezo las rondas temprano. Lamento no poder ayudarlas.

—No puedo dejar que se vaya sin haber cenado, doctor. Es un equívoco, no le haga caso a Rayzel. Comemos y el señor Omar lo lleva en su coche. Él tiene un permiso especial del Gobierno para circular por las noches. Ya está todo arreglado. Cenamos y se va. No se preocupe.

Amira, muda, dejó la fuente en la mesa. La madre apoyó una mano en el brazo del doctor. Con una sonrisa y un gesto de mucha calma, le comentó:

—Para nosotras es un honor tenerlo en casa. Cene tranquilo. Antes de que se vaya, le voy a pedir un favor. Necesito hacerle una consulta: una pierna que hace semanas me está molestando. A las nueve en punto el señor Omar lo pasará a buscar.

—Yo quisiera poder ayudarlas —reiteró el doctor.

Entonces llamaron a la puerta. La señora Iris traía un plato con *baklava*. Dijo que se había cruzado con el señor Omar y que le había asegurado que llegaría a las nueve; estaba terminando con un reparto. Luego caminó hasta la cocina «para poner el postre en una fuente». Solo se hablaba en francés, nada de árabe, para que el médico lo entendiera todo y se tranquilizara.

Cinco minutos después, la señora Iris volvió con tres vasos de limonada en una bandeja. Le dio uno a la dueña de casa, otro al doctor y dejó el último para ella. No les ofreció ni a Rayzel ni a Amira. Los tres vasos eran distintos, pero no se veían mal, estaban decorados con una rodaja de lima y unas hojas de menta.

Diez minutos después, el médico se desmayó.

—Amira, vas a pasar la noche en la casa de Iris. No tienes que dormir en la cama de Badra —dijo la madre.

—Tampoco hace falta que te pongas su camisón —completó la señora Iris.

Capítulo VI

Amira bajó por las escaleras. Estaba asustada; le dio miedo entrar en la casa de la señora Iris. Tanteó a ciegas el interruptor en la pared. No le gustaba el olor de ese lugar. Miró hacia el mueble cargado de novelas; allí estaban también los libros infantiles con los que Badra jugó hasta poco antes de morir.

Necesitaba ir al baño, pero no se animó a cruzar la sala. Se acomodó en el sofá. Sin mucho más que hacer, abrió uno de los ejemplares de *Achabaka* que estaban en la mesita de café. Poco a poco, se fue perdiendo en ese mundo de fotografías de mujeres perfectas, vestidos vaporosos y tacones de raso, rojos, dorados y brillantes. No había guerra para ellas. Solo para las pobres y sus amores, que arriesgaban la vida en nombre de algo que ni siquiera comprendían.

A eso de las once, oyó ruidos en la puerta.

—Soy yo, mi vida. Ábreme.

—¡Señora Iris! ¿Qué ha pasado? ¿Cómo está el doctor? —empezó a interrogar, aunque enseguida corrió al baño.

Cuando regresó a la sala, la señora Iris ya había tendido la cama en ese mismo sofá. Ella se volvió a interesar por el médico.

—Está mejor. Se ve que el vino le ha caído mal. —Se sentó en una de las sillas y se quitó los zapatos—. Lo hemos acostado a dormir, mañana ya estará bien.

—¿No habría que llamar a un doctor?

—No te preocupes, nadie se muere por una buena borrachera. Ahora vamos a descansar que hoy hemos caminado demasiado. ¿Seguro que vas a estar bien aquí?

La señora Iris tenía las ojeras marcadas. El pelo marrón, demasiado oscuro para su cara, iluminado con algunas canas sueltas, lucía desordenado. Amira lo recordaba bien peinado durante la cena; en cambio, ahora era una especie de peluca apelmazada. No se animó a decirle que quería volver a su casa, tampoco a preguntar dónde habían acostado al francés.

—Bueno, si no necesitas nada más, me voy a dormir. Ha sido un día largo.

Se quedó sola. Después de contar hasta diez, se movió de puntillas, decidida a revolver la pequeña biblioteca. Encontró un libro forrado en papel azul. En la primera hoja decía: *La historia de Zahra,* por Hanan al-Shaykh.

Nunca hubiera imaginado la forma en que la iban a atrapar esas hojas. Inmediatamente entendió el porqué de ese forro de papel casero cubriendo la tapa; estaba segura de que ni siquiera Rayzel había oído hablar de todas las cosas que Zahra vivía en la novela.

Eran más de las dos de la madrugada cuando se decidió a dejar el libro de lado. Hubiera seguido la noche entera, pero se le cerraban los ojos. Lo escondió debajo del sofá, no podía dormirse con él en la mano. Dejó la luz encendida.

Al día siguiente, se despertó con frío. Escuchó los mismos sonidos de cada sábado a primera hora de la mañana: los vendedores ambulantes ofreciendo sus mercaderías, el ruido de algunas bocinas y los timbres de las bicicletas. Estiró la mano para buscar el reloj despertador, pero lo único que logró fue golpearse los nudillos contra una mesa baja. Recordó que estaba en casa de la vecina. Alguien había abierto la ventana; de allí provenía ese aire gélido. Estiró la mano para tomar el libro: ya no estaba debajo del sofá, tampoco por los alrededores.

—¡Señora Iris! —gritó para asegurarse de que estaba sola en la casa.

Silencio.

Entonces fue directa a la biblioteca. Movió los libros de Badra y las revistas de *Selecciones,* convencida de que lo habían devuelto a su lugar. Si lo encontraba, se lo llevaría a escondidas. Pero *La historia de Zahra* no aparecía por ningún lado. ¿Para qué continuar perdiendo más tiempo? Cerró sin llave y fue a las escaleras.

Alguien había cambiado la bombilla del pasillo. La luz era blanca y potente; ahora se veían las paredes y el óxido de las barandas de modo muy claro.

Tiró del pestillo de la puerta de su casa con cuidado. Se asomó.

Las tres discutían. No la vieron. Rayzel sacudía las manos.

—Lo habéis matado. No respira. Lo habéis matado —les reprochaba, intentando contener el temblor de su cuerpo.

Amira nunca la había visto actuar así.

—Hace un rato respiraba. Yo creo que sí. Vamos a verlo de nuevo. Si no se mueve, llamamos a la hija de la señora Yaman. Ella es enfermera, trabaja con él en el hospital —propuso la señora Iris.

—¡Qué buena idea! Así lo ve desnudo y después le dice a la Policía que, además de secuestrarlo, lo desnudamos. —Rayzel se estaba descontrolando—. Yo otra vez al lado del muerto no me acuesto. ¿Sabéis lo que ha sido despertarse y verlo ahí, ya tieso?

—Si está muerto, lo vestimos, lo traemos a la sala y llamamos a la Policía —aseveró la madre.

—Si está muerto, alguna de vosotras dos va a tener que limpiarle eso que tiene entre las piernas. Yo no lo pienso tocar. —Rayzel no paraba de temblar.

Se dirigieron al dormitorio. Amira se descalzó para seguirlas de puntillas. El muerto estaba en su cama. Ella se persignó, sabiendo que nunca más aceptaría dormir entre esas sábanas. La cara de Pierre se encontraba tan blanca como las fundas de las almohadas. La cabeza le colgaba mirando hacia la ventana. Tenía la boca torcida con un hilo de baba largo deslizándose por la barbilla y el cuello; el pecho, desnudo, envuelto en una manta.

—Respira. ¡Está respirando! —avisó la señora Iris—. A ver, Daima, pon la cabeza en su pecho. ¿Respira?

La madre comprobó que respiraba y se abrazó a la señora Iris.

—Rayzel, sácate la ropa y métete otra vez en la cama. Ya me parecía que no se nos podía morir así sin más. —La madre dejó escapar un suspiro largo, entonces levantó las sábanas para que su hija siguiera las indicaciones.

—Casi lo matáis. ¿Y si se muere más tarde? ¿Qué había en esa limonada? —Rayzel seguía increpando.

—Voy a traer la carne, así lo embadurnamos un poco más. Tú también te tienes que poner —ordenó la madre.

La mujer salió de la habitación. Caminaba con tanto ímpetu que no vio a su otra hija de pie junto al sofá.

—¿Qué ha pasado, mamá?

—Ay. ¡Qué susto! Nada, ¿qué va a pasar? Que este bebió de más y se nos desmayó. Vete a mi cuarto, ahora te llevo una bandeja con comida. Hay compota y el pollo que sobró de ayer. Después te vas otra vez a casa de Iris, no es buena idea que andes por aquí. ¿A qué hora tienes que estar en el mercado?

—Hoy tengo que estar a las dos. Todavía es temprano.

—Son casi las diez. Mejor te vas para allá y desayunas ahí mismo. Le dices al señor Omar que Rayzel está mal del estómago. Le avisaremos cuando mejore.

Amira anduvo detrás de su madre. No iba a permitir que se deshiciera de ella de ese modo. Quería saber qué era lo que estaban planeando. Vio un plato sobre la encimera con el filete que habían comprado el día anterior. Alguien lo había cortado en trozos y pinchado con un tenedor, como si hubiesen querido exprimir la sangre. Su madre la empujó con delicadeza, la fue llevando hacia la puerta. Le dio un beso y un último impulso. Amira escuchó el ruido del pestillo cayendo al piso.

A las ocho, cuando terminó su turno en el mercado, regresó a su casa. Alguien había atornillado el pestillo. No se apreciaban ruidos. Su cuarto estaba ordenado, la cama hecha con sábanas limpias. Buscó a su madre y a Rayzel, primero en la cocina, luego en el otro cuarto.

Como no había noticias de ninguna de las dos, volvió a la planta baja para hablar con la señora Iris.

Tocó a la puerta.

—Soy yo, señora Iris.

—Está sin llave. Pasa, mi vida.

Amira abrió.

—Estoy viendo una película con Jean-Paul Belmondo. Pasa. ¿Quieres un té?

Amira se quedó del lado del pasillo, sin cruzar el umbral, y desde allí le habló:

—Estoy preocupada. Ya está oscuro y no sé qué ha pasado con ellas. No están en casa.

—Estarán a punto de regresar. ¿Estás segura de que no quieres comer? —Se puso a nombrar todo lo que había en la nevera, que, aunque no mucho, era más de lo que se podía encontrar en su casa.

—No tengo hambre, gracias. La esposa del señor Omar nos dio *sfiha*. Hoy él no ha venido a trabajar. —La miró unos segundos—. Bueno, si usted dice que están a punto de llegar, mejor me voy para casa.

—Espera, Amira —la señora Iris se paró y bajó el volumen del televisor—, el libro. Nadie puede saber que lo tengo en mi biblioteca. Se trata de literatura prohibida. ¿Entiendes lo que digo?

—¿Quién lo prohibió? ¿Y por qué? —En ese instante, Amira dio un paso y entró.

—No son temas que deban leer las mujeres. Eso dicen, por eso lo prohibieron.

—Ahora ya lo he empezado. Me gustaría terminarlo —le señaló con voz firme.

—Si alguien se entera, me vas a meter en problemas. ¿Qué va a pensar la gente de mí?

—¿Acaso no es peor lo que le han hecho al médico? —Se fue acercando al mueble sin dejar de observarla y apoyó la mano en el estante donde había encontrado el libro la noche anterior.

Acordaron que la señora Iris le dejaría leer la novela. Fue un pacto secreto, solo entre las dos; el libro no podía salir de la sala. Amira debía cerrar con llave para asegurarse de que nadie entrara sin anunciarse. Accedió también, como parte del pacto, a aprender algunos poemas de Nadia Tuéni.

Después de esa noche, ya no sintió miedo de visitar a su vecina. Dos o tres veces a la semana, leía en la tranquilidad de la sala de la señora Iris; primero fue el libro forrado en papel azul, luego llegaron otros. Leía y escribía cartas para Jamal.

Beirut, miércoles 23 de marzo de 1988

Querido Jamal:

Todavía sigo esperando alguna noticia. No es un reclamo, ¿quién sabe si te dan tiempo para sentarte a escribir? Te imagino durmiendo en el descampado por las noches, el aire frío del desierto y tú alumbrado por millones de estrellas. No creas que soy tonta, ya sé que, si encendieran aunque sea una lumbre, el enemigo podría veros. Entonces me consuelo y me doy cuenta de que no hay modo de que puedas enviarme unas líneas. Solo espero que esta carta llegue a tus manos y que encuentres la ocasión de leerla. Porque quiero que sepas que todas las noches rezo por ti, le pido a Dios que te cuide, que no te deje pasar frío, ni hambre, ni sed. Tampoco quiero que te deje ver cosas feas.

Tengo algo que contarte: Rayzel se casó ayer con ese hombre que vino a cenar. Los casó el padre Ángel. Mamá está preocupada, tiene miedo de que Pierre no quiera hacer la parte civil cuando lleguen a París —él puso cara de contento cuando se enteró de que en el Líbano solo existe el matrimonio religioso.

El padre Ángel fue muy bueno, nos ayudó para que todo saliera rápido. Pierre decía: «Si mando a pedir el certificado de bautismo va a tardar. Mejor voy. Les prometo que regresaré en cuarenta y ocho horas». El padre Ángel le contestó que no necesitaba el certificado de ninguna parroquia. Primero lo bautizó y, al día siguiente, se casaron.

No sé muy bien cómo fueron las cosas, porque esa noche, después de la cena, yo me fui a dormir a casa de la señora Iris. Había dicho que no iba a ir, pero al final entre las dos me convencieron. Parece que el francés ya se había ido y volvió. Se metió en la cama con mi hermana sin que mamá se percatara. Por la mañana, ella los descubrió. También estaba la señora Iris, que había ido a echarle una mano para limpiar la cocina. Mamá empezó a gritar y llegaron todos los vecinos, entre ellos el señor Omar, que estaba repartiendo mercancías en el piso de abajo.

El señor Omar le dijo al médico que no era de caballeros estar enamorando jovencitas vírgenes y puras para luego desaparecer. Todo pasó cuando yo estaba en el mercado. Los vecinos apoyaban a mamá y a Rayzel. Mamá lloraba y decía que era una desgracia y una vergüenza lo que nos estaba pasando. El señor Omar se llevó al médico con él, es como si lo hubiese secuestrado, pero por una buena causa. Lo encerró en un almacén que hay cerca del mercado para que no regresara a Francia y no dejara a mi hermana aquí sola, «tras haberle quitado su honor», comentó.

El lunes, fuimos a la iglesia. Ese día, el padre Ángel bautizó a Pierre. Lo llevaron otra vez al almacén y ayer le hicieron poner un traje para ir a la ceremonia. Mamá quiso que Rayzel usara un vestido blanco. Llevó el de la esposa del señor Omar. Ella lo tenía guardado, envuelto en una funda de nilón. Apenas lo tuvieron que arreglar en la parte del pecho, agrandarlo un poco. ¿Te acuerdas de esa boda? Me sacaste a bailar.

Cuando regresamos de la parroquia, Pierre aseguró que no iba a permitir que lo secuestraran otra vez. Se mantuvo firme: tenía que ir al hospital a trabajar, si le causaban problemas, iría a la Policía. El señor Omar le pidió su pasaporte y lo guardó. Prometió que se lo devolverá en el aeropuerto, cuando esté a punto de subir al avión con Rayzel.

No sé..., ahora que mi hermana va a estar en París, me gustaría saber si es verdad esto que dijo mamá acerca de tu abuelo. Si es verdad que algún día nosotros también podríamos ir para allá. Por aquí se escuchan cosas terribles y estoy preocupada. Eso es lo primero que tenemos que hacer cuando vuelvas, decidir si queremos continuar en Beirut.

Aunque no reciba noticias tuyas, voy a seguir escribiendo igual. Necesito creer que te llegan las cartas que te envío y que te alegras al leerlas, porque me extrañas tanto o más de lo que yo te extraño, aunque no sé si eso sea posible.

AMIRA, tu princesa

Releyó lo que había escrito. Dudó un par de veces hasta convencerse de que esa era una buena manera de contar, con algunas omisiones, cómo había sucedido todo. Guardó el sobre en su bolso y se despidió de la señora Iris. Le prometió que regresaría al día siguiente.

Capítulo VII

Amira regresó del correo poco después de las siete. Encontró a Pierre en la sala, estaba sentado a la mesa, llevaba un conjunto celeste, como ese que le había visto en el hospital.

—Termino de triturar los garbanzos y estará listo el hummus —la voz de su madre llegaba desde la cocina—. Le voy a servir el pan de pita calentito. Tres minutitos más, yerno.

Amira se quedó mirando al médico sin saber qué decir.

—La lechuga es muy fresca y el cerdo, de primera —seguía gritando la madre con voz cantarina.

Él observó entonces a Amira:

—Siéntate —le pidió moviendo una de las sillas.

De nuevo, la voz de la madre desde la cocina, esta vez tarareando una publicidad que pasaban en la radio. La luz de la araña se reflejaba en la frente de Pierre. Hoy estaba más viejo y cansado que de costumbre.

—Mamá, ya he llegado —anunció Amira. Luego se centró en el visitante—: Tengo mucho que estudiar, voy a mi cuarto.

Le llegaron los gritos de su madre diciendo que se quedara en la sala para hacerle compañía al invitado.

Para no contradecirla, movió una silla. La alejó un poco del visitante. No quería tanta proximidad. Le costaba imaginar un tema de conversación: quizá él hablaría acerca de su trabajo. ¿Viajes? ¿Algo sobre la Cruz Roja? No podía entender qué hacía él en su casa.

—Y tú, ¿qué planes tienes? ¿Dónde te vas a mudar? ¿A qué país? —fue lo primero que manifestó.

—Mi novio está haciendo el servicio militar. De ahí vengo, del correo. Le he enviado una carta —le contestó, seca y seria al mismo tiempo.

—No te creo. No creo nada de lo que decís.

Los ojos de Pierre lograron asustarla. Era una mirada de recriminación; algo del estilo: «Yo confié en ti y me engañaste». Amira recordó el viaje en autobús. Ella había tenido ganas de hablarle de Jamal, de contarle sus secretos, porque, ironías de la vida, también había sentido que podía confiar en él. Sin saber qué más decir, se levantó con la excusa de ir a saludar a Rayzel y a su madre en la cocina.

—Tu hermana no está, ha dicho que iba al mercado. El tal Omar la mandó llamar. Dice que le ha fallado una de las cocineras. Es el mismo que me tuvo secuestrado, supongo. Cuando termine de comer el cerdo, voy a pasar por su casa para hablar con él.

—El señor Omar también es mi jefe. Sí, ayer faltó una de las cocineras —corroboró Amira, ya asustada, calculando que a esa hora la esposa del señor Omar estaría sola en la casa con las niñitas.

—¿Quién sabe?, a lo mejor se ha ido a encontrar con algún enamorado que tendrá por allá. —La estudió de nuevo de esa manera que le causaba escalofríos.

«No es tan tonto como parece», pensó Amira recolocando la silla en su lugar.

—Tengo muchos deberes —repitió, esta vez con más énfasis, y se marchó en busca de su madre.

La cocina era un caos de bolsas y papeles, frutas en remojo; carne de cerdo, por un lado, de vaca, por otro. Su madre estaba tan entusiasmada ordenando la nevera que se le había olvidado renquear. Amira asumió que el tema ya no tenía importancia y nada dijo. Tampoco mencionó las amenazas.

—¡Mira todo lo que nos ha traído! Ha aparecido con las bolsas. ¿No te parece un buen gesto?

—Escúchame bien: no comáis nada que él no pruebe primero. Ni el cerdo ni las verduras. Nada —indicó Amira con gesto serio.

—¿Qué dices, Amira? Ve. Ve a tu cuarto. Y llévate algo, que cada día estás más flaquita. ¡Qué cosas se te ocurren!

Amira se sirvió un poco de hummus y de *kibbe*. Desde su dormitorio, estuvo pendiente de todo, escuchando detrás de la puerta y viendo si Pierre comía lo que su madre le ponía en el plato. Se comió hasta la última miga, café incluido.

A las nueve se oyeron varios bocinazos. Era un coche con chofer que lo pasaba a buscar. Entonces lo vio discutir con su madre: Pierre gesticulaba, primero enojado, luego parecía rogar, cruzando las manos bajo la barbilla. Su madre meneaba la cabeza de lado a lado. No llegó a entender qué decían.

Rayzel entró en la casa unos minutos después de que el coche se llevara al francés.

—Estaba esperando a que se fuera —avisó y encendió la luz del techo.

—Mamá se ha escondido en su cuarto. No me ha querido contar qué ha pasado —observó Amira, que ya estaba acostada, intentando aprenderse un listado de verbos en inglés. Había acercado la lámpara a su cama. Cerró el cuaderno y, ansiosa, hablando rápido, le hizo saber acerca de las amenazas de Pierre—. ¿Qué podrá recordar? ¿De verdad pensará que tú y él...? ¿No te parece raro que no haya ido a la Policía? De algo estoy segura: si se hubiera llegado a ir a París para buscar el certificado de bautismo, nunca hubiera regresado.

Rayzel se sentó frente al escritorio. Con un espejito de mano y una toalla mojada, se fue quitando el maquillaje. Hablaba con los ojos cerrados.

—Para mí, no se acuerda de nada. Duda. A lo mejor por eso está tan tranquilo. O nos tiene miedo... No sé qué le dio la vieja esa, pero casi lo mata. Durmió quince horas seguidas y yo todo el tiempo tumbada a su lado. Por suerte, no huele mal. Siempre dicen que los franceses son sucios, pero este es limpio.

—Sí, es cierto, es muy limpio. Y siempre está perfumado. Hoy también, a pesar de que estaba con el uniforme del hospital.

—Me hicieron besarlo varias veces. Me puse lápiz labial, le dejé la cara y el pecho marcados, querían que también lo hiciera por allá abajo, donde tú sabes. Al final, lo hizo mami con su mano. Y luego agregaron la sangre. Para mí y para él. —En ese momento, Rayzel se giró para verle la cara—. ¡Muuu! —emuló el sonido de una vaca.

—¿No te parece raro que no te pida que vayas a dormir con él? Y que venga a casa a cenar, que traiga comida y después llame a un coche y se vuelva al centro.

No sé... Ha comentado que iba a hablar con el señor Omar. Que va a ir a su casa.

—Serán cosas de hombres... A lo mejor quiere convertirse en mi chulo para que los mantenga a él y a su hija. Quizá le ofrece un porcentaje al señor Omar. Algo dcbc dc andar plancando.

Tras eso, Rayzel se rio.

—No te asustes, boba. Si se le ve más bueno que un perro callejero. —Se paró para quitarse el pantalón—. Lo que tiene es miedo. Yo creo que hizo cosas que no debía, esto de ayudar a curar heridos. Tiene miedo de ir a la Policía, que investiguen y que lo torturen por haberse metido en asuntos de Estado. Porque si operó a escondidas a alguno que puso bombas... De esa nadie lo salva.

—Si de verdad hizo esas cosas, entonces está de nuestro lado... y es buena persona. —Amira cerró el cuaderno, pero dejó su dedo índice como señalador. Recordó que él había dicho que la población civil no se merecía lo que les estaba ocurriendo.

—Bueno e inocente. Creer que mami iba a aceptar que se anulara el matrimonio a cambio de un kilo de cerdo, otro de vaca y dos de pollo. ¿Una bolsa de berenjenas y tomates? ¿Tan poco valemos?

Rayzel salió del cuarto. Iba en bragas con el suéter gris.

Amira quiso concentrarse en los verbos en inglés. Era imposible pensar en: «Blow, blew, blown. Break, broke, broken», presente, pasado y participio, cuando estaba sucediendo tanto a su alrededor. Si lo que Rayzel había dicho era cierto, y Pierre le tenía miedo a la Policía, la hija de la señora Yaman había elegido bien al candidato. El señor Omar también había sido de mucha ayuda, ahora y en el pasado.

Unas pocas semanas después de que la hija de la señora Iris muriera, el señor Omar cerró su puesto en el mercado. Vendió todo deprisa y corriendo; en unos pocos días, él y su esposa se mudaron a Bulgaria. Estuvieron casi ocho meses fuera, hasta que la Policía Migratoria los capturó y los hizo regresar al Líbano. Su hija menor nació allá lejos. De esa forma, lo descubrieron: el parto se complicó y acabaron en un hospital para que su esposa no muriera desangrada en una pensión barata.

Antes de marcharse a Bulgaria, el señor Omar les entregó un sobre con dinero. Dijo que le daba pena dejarlas sin trabajo, pero que no podía rechazar la oportunidad de emprender una nueva vida lejos del Líbano. Su esposa se había vuelto a quedar embarazada. La primera vez habían tenido una niña. ¿Y si ahora era un varón? Él había logrado sobrevivir al servicio militar obligatorio, pero ¿y si su hijo no corría con la misma suerte? Al final, tuvieron otra niña. La llamaron Sofía, como la capital de Bulgaria, pero ni eso sirvió para evitar que los deportaran. También se escuchaban otras historias en el barrio: decían que el señor Omar se había marchado por miedo a las represalias, porque estuvo presente cuando atacaron a Badra. Decían que intentó detener a los soldados y evitar la violación, pero lo golpearon y cayó desmayado. Comentaban también que le pedía perdón a la señora Iris con los ojos llenos de lágrimas por no haberse atrevido a más.

El sobre con dinero duró apenas tres meses. Porque además del sueldo, perdieron las viandas con las sobras de comida del mercado; ahora había que salir a comprar. A Rayzel le llevó tiempo conseguir otro empleo. Era lejos de la casa; un viaje largo. Amira no tuvo la misma suerte, a ella nadie le quiso dar una oportunidad. Era pequeña. Tenía solo dieciséis años por aquel entonces.

Una de esas tardes, cuando Rayzel volvía del nuevo trabajo, se cruzó con uno de los sargentos que patrullaban los alrededores del barrio. Llegó a casa y lo describió con asco: el uniforme abultado a la altura del vientre, el gorro visera que le cubría parte de las cejas, espesas y despeinadas. No le reveló a su madre que él, cada vez más seguido, la interceptaba para decirle que le gustaban sus tetas en punta. Le describía con detalle, caminando detrás de ella, todas las cosas que le iba a hacer. «Vamos al descampado que te hago mujer. Y si te portas bien, te regalo una caja con comida», le proponía. Él había hecho sus averiguaciones: supo que faltaba un hombre que las defendiera. Para ese entonces, el padre de Amira llevaba tres años sin vida. Rayzel tuvo miedo de las represalias si lo rechazaba; le pidió unos días para pensarlo. A partir de esa tarde, varió el recorrido: andaba más de veinte calles con tal de no tener que enfrentarse a él. Solo Amira conocía esas historias.

Un jueves de finales de otoño despidieron otra vez a Rayzel. Se negaron a pagarle el mes que había trabajado. Esa misma tarde, sentada en el autobús de regreso a su casa, decidió que iba a aceptar la propuesta del sargento. La nevera llevaba cinco días vacía y su madre cada vez tenía menos encargos de costura. Eran más de las cinco, Rayzel miraba por las ventanillas; el sol se veía a lo lejos. Pasaron frente a una sala de cine, estaban promocionando una película americana: *Platoon*. Se preguntó por qué alguien iría al cine a ver una película de guerra. ¿Qué les interesaba? ¿La miseria? ¿La muerte en primer plano? ¿Una joven flaca, de pelo rojizo, con las costillas que se traslucen a través de su suéter, que se entrega para que su madre no muera desnutrida? Rayzel bajó en la parada y anduvo hacia el barracón, repasando las palabras con las cuales iba a cerrar el trato. El sargento no aparecía por ningún lado. Ella continuó adentrándose en el recinto hasta que un joven soldado le impidió el paso con su bayoneta. Entonces se enteró de que había habido una rotación en el pelotón.

Nunca contó cómo fueron las cosas, pero esa noche Rayzel llegó a casa con un trozo de queso y frutas, además de un pan no tan viejo. Al día siguiente, fue a buscar otra vez trabajo. Por la tarde, les dijo que Imad, el joven soldado, le había prestado dinero para el autobús. Más adelante, él empezó a llevarla en su jeep. Ella se escondía en la parte de atrás; él no estaba autorizado para subir pasajeros.

Durante las noches, con la luz apagada, conversando de cama a cama, Rayzel le hablaba de Imad. Era joven y atractivo, muy distinto al viejo sargento.

Rayzel se pasaba horas preparándose frente al espejo: se ponía maquillaje y se estiraba el pelo. Repetía siempre la misma falda y una blusa negra abotonada al frente; lo que más le preocupaba era que hubiera variedad en sus bragas, que estuvieran limpias, no quería ninguna deshilachada. A veces, Amira le prestaba las suyas, le quedaban pequeñas; Rayzel decía que eso a Imad le gustaba. Él se volvió generoso con sus regalos; además de cajas con comida, Rayzel obtuvo medicinas, perfumes, varios pares de zapatos y un abrigo para su madre.

Quizá todos esos espectadores se sientan en la sala del cine, a oscuras, para ver el bien triunfando sobre el mal, porque desean creer que esa muchachita de pelo rojizo gana peso, se enamora y toda la desgracia queda atrás. Cuando está a punto de concluir la película, la cámara muestra un parque de césped muy verde: allí se está celebrando una boda. A eso le siguen imágenes de hijos sanos y fuertes.

El señor Omar regresó de Bulgaria y abrió otra vez su puesto en el mercado. Primero llamó a Rayzel. Afirmó que, cuando la clientela aumentase, iba a contratar a Amira para que ayudara los fines de semana. Por aquellas épocas, Jamal escribía bastante seguido. Obtuvo un permiso y volvió a Beirut durante cinco días. Algunas tardes Rayzel llegaba a casa en el jeep del Ejército. Él ya no la escondía en el asiento de atrás.

Antes de un año, hubo otra rotación de soldados; se había intensificado la guerra contra Hezbolá. Era imposible controlar los ataques y los secuestros de extranjeros. Cuando Imad se enteró de que iba a ser enviado al sur del Líbano, a Naqoura, en la frontera con Israel, citó a Rayzel para despedirse.

Rayzel acudió convencida de que le iba a pedir que lo esperara. «No nos apuremos. Estas cosas hay que pensarlas con calma. Yo solo tengo diecinueve. ¿No es demasiado pronto para una boda?», consideraba responder. El encuentro no fue lo que había imaginado. Imad le comunicó que la iba a recomendar con el nuevo sargento para que supieran que podían contar con ella.

La madre nunca preguntó acerca de la procedencia de esas exquisiteces que aparecían en su cocina al menos dos veces por semana; tampoco quiso saber por qué, de pronto, el suministro se suspendió. Amira seguía escribiendo cartas para Jamal a la luz de las velas los días en que bajaba la tensión eléctrica. Hubo otros novios para Rayzel, todos soldados. Después llevaron a cenar a otros dos extranjeros que, con la bendición de la madre, se quedaron a pasar la noche en la cama de Rayzel. Uno desapareció antes de que ellas despertaran. El otro sostuvo que no se podía casar, su esposa lo esperaba en Estados Unidos. Cuando dieron con Pierre, las mujeres estaban mejor preparadas; habían aprendido a pergeñar un plan.

Rayzel volvió del baño y apagó la luz; ni siquiera dijo buenas noches. Amira la oyó llorar en la oscuridad.

—¿Qué pasa, Rayzel? ¿Quieres que llame a mamá? —A Amira no se le ocurría cómo consolarla. Rayzel no era de llorar. Imaginó que sería el futuro lo que tanto la asustaba.

—Quiero que el viernes me acompañes al centro —pidió Rayzel—. Me voy a comprar un vestido, zapatos y un bolso para el viaje en avión.

—Claro que te acompaño. ¿Pierre te va a dar el dinero?

—No voy a permitir que esos franceses me hagan sentir que valgo menos. —No hizo falta que explicara que se refería a sus suegros—. Después de las compras, vamos a cenar con él.

El viernes llegaron al hospital a las siete en punto, cargando tres bolsas con ropa nueva. La recepcionista las dejó pasar, había visto a Rayzel antes y se dirigió a ella llamándola «Madame Dubois». Entonces Rayzel sonrió con satisfacción, como si todas las pruebas que la vida le estaba poniendo finalmente valieran la pena.

Los pasillos del hospital estaban vacíos, más tristes que a primera hora de la tarde. La voz de Pierre, suave y parisina, provenía del mismo cubículo de siempre. Vieron la puerta cerrada; decidieron esperarlo en uno de los bancos de madera, convencidas de que estaría con algún paciente. En ese momento, se dieron cuenta de que hablaba por teléfono.

—Muy pronto nos vemos, *ma petite* Chloé. Papá regresa en unas semanas. Ahora, por favor, pásame con la abuela.

Ellas evitaron hacer ruido. Pierre le contaba a alguien que se había casado:

—No, mamá, no es musulmana. No usa burka, es católica. Te prometo que parece completamente normal. No llores, que vas a asustar a Chloé.

Y luego llegaron las explicaciones para su padre:

—No la he sacado de ningún burdel. No, no la he violado. Creo que no.

Otro silencio y Pierre prosiguió:

—Me metí con quien no debía. No sé bien qué pasó... Bebí de más. Es menor de edad.

Otro silencio. De nuevo, la voz vencida de Pierre:

—Veinte años. Si no me casaba con ella, su madre, sus vecinos, todos los protectores de la pureza, la castidad y la honorabilidad de las jóvenes libanesas me iban a linchar. No tuve más remedio, ¿qué otra cosa podía hacer? ¿Dejar que me mataran? Si no me matan, me denuncian. Si me denuncian, lo pierdo todo. Hay cosas que algún día te contaré. Nunca debí haber venido a este maldito país.

Amira miró a Rayzel.

—¿Lo has escuchado? —movió sus labios sin hacer ruido.

Rayzel se levantó. Amira fue detrás de ella.

Se sentaron en otro banco, un poco más alejado.

—Cuando salga, que nos vea aquí. Y hacemos como que no ha pasado nada. —Rayzel cruzó las piernas y acomodó las bolsas en el suelo—. Y, si tarda mucho más, vamos y le golpeamos la puerta.

Diez minutos más tarde, los tres dejaron el hospital. Todos iban en silencio. Caminaron dos calles hasta un restaurante de comida típica, rodeados de *hookahs* y turistas. Aromas conocidos para ellas, sus canciones favoritas; la cara agria de Pierre, maldiciendo porque el aceite de oliva le había manchado la camisa.

El dueño del restaurante invitó a Pierre a un vaso de *arak*. Él se disculpó, no tomaba alcohol. El hombre estaba intrigado por saber qué relación había entre un francés y dos libanesas. Cuando le aclaró que eran su esposa y su cuñada, el señor, sin ocultar su decepción, regresó detrás del mostrador; seguramente había imaginado un *ménage à trois*. Pierre murmuró entonces que solo bebería de nuevo cuando estuviera en París. Habló de la limonada que le había servido la señora Iris, de cómo giraba todo a su alrededor antes de que cayera desmayado.

—Cuando me desperté, te vi a mi lado, desnuda —concluyó, sin dejar de mirar a Rayzel.

—Tengo que ir al baño. —Amira se levantó de la mesa. Se había puesto tan o más nerviosa que el día que él la amenazó en la sala de su casa.

—Ve tranquila, que no nos vamos a ir a ningún lado sin ti —mencionó Rayzel. Luego, mirando a Pierre, agregó—: Necesito comprar más ropa.

Cuando Amira regresó del baño, Pierre estaba pagando la cuenta.

Dos semanas más tarde, citaron a Rayzel desde la embajada de Francia. El visado y el pasaporte estaban a un paso de ser aprobados.

Capítulo VIII

Cuando Rayzel cumplió los diecisiete, las vecinas empezaron a chismorrear, decían que sus caderas anchas, unidas a su descaro, «la mirada provocadora y experta de color *turquoise*», pronosticaban más de un dolor de cabeza para su pobre madre viuda. Amira prefería no escuchar lo que esas mujeres tenían para decir; bastantes problemas había ya de puertas para adentro. En su casa contaban las libras de una en una: primero se pagaban las cuentas; si sobraba, compraban comida. Jamás iban al médico. Las tres habían sido siempre sanas y fuertes, «Gracias a Dios», como decía la madre. Así que, entre té de hierbas, miel y limón, ajo en todas sus formas posibles y velas blancas para la Virgen María, veían pasar los inviernos.

Amira se lamentaba de la falta de dinero para comprar novelas.

—No entiendo para qué quieres leer esas cosas —repetía su madre.

Aunque nunca lo confesó, claro que tenía un motivo: esperaba el día en que Jamal le dijera, de forma dulce y simple, las mismas frases que los hombres dicen a las mujeres en esos libros. «Y si no los leo primero, ¿cómo sabré qué responder?», se preguntaba.

Rayzel nunca se acercó a ninguna de esas novelas; sin embargo, sabía de romances, besos y caricias.

A pesar de que la madre insistía: «No hay que prestar atención a esas víboras», Amira se ofuscaba con los comentarios de las vecinas, pues, cuando su padre murió, fue Rayzel quien las sacó adelante. La madre se metió en la cama y allí se escondió durante cinco días completos, repitiendo que se había quedado sola en un país en guerra, sin trabajo y con dos niñas que criar y mantener.

Una semana después del funeral, llegó la hermana de su padre desde Baalbek para, con sus gestos suaves, encargarse de cuidarlas a las tres. La madre le cedió su habitación, entonces tiró un colchón azul a los pies de la cama de Rayzel.

En la casa se acostumbraron a los cambios de humor de la madre, a los días en los que se quedaba mirando el techo o se anudaba un pañuelo en la cabeza para fregar el suelo como una desquiciada. Almuerzos y cenas en las que no aparecía por la cocina. Noches de desvelo, cuando engullía de forma desesperada potes de hummus, latas de pepinos encurtidos y todo lo que encontrara a su paso.

En ese tiempo de duelo, Jamal acompañaba a Amira a todos lados. Caminaba con ella al colegio, luego él seguía para su trabajo. Por las tardes, durante el recorrido hacia casa, la tomaba de la mano. Ella, pretendiendo que iba concentrada en no pisar los desperdicios desparramados por las aceras, dejaba que su mano menuda se acoplara entre los dedos cálidos de él. Jamal los entrelazaba, sellándolos en un capullo. A veces él subía al apartamento, «para saludar a tu madre», decía. Ya en la sala, la tía lo invitaba a merendar con ellas. Le servía un tazón de té y un pedazo de pan tostado con mermelada de damasco.

La tía fue trazando poco a poco lo que sería el gran legado de su viaje. Primero compró una máquina de coser, luego ayudó a su cuñada a conseguir algunos clientes. Una semana después, mientras hacía las compras en el mercado, le hizo un gesto al señor Omar. Le dijo que necesitaba un trabajo para su sobrina Rayzel. Amira dudaba de cuándo llegaría su turno.

«Tú eres muy pequeña —imaginaba que diría—. Mejor te ocupas de la casa para que ellas puedan trabajar.»

«Una Cenicienta moderna: lava, limpia, hierve calabazas para la cena y, además, tiene que pasar los exámenes del colegio», cavilaba Amira.

Finalmente, una noche la tía la llamó a su cuarto. Amira entró con pena, era la primera vez que lo hacía desde que su padre falleció. ¡Qué distinto se veía todo! La araña del techo se reflejaba en los cierres dorados de la maleta a medio terminar. Vio ropa desordenada y zapatos por el suelo. La habitación estaba impregnada del olor de su tía. Los rastros de su padre se habían ido desvaneciendo: sus camisas y pantalones fueron donados a la iglesia. Amira se asustó. De ahora en adelante, cuando la tía se fuera, ¿quién iba a cuidar de ellas?

—Cierra la puerta, Amira.

Esta se sentó a los pies de la cama.

La tía empezó diciendo que ella era una joven juiciosa, que era normal enamorarse, y enseguida le suplicó que no le fuera a dar un disgusto a su madre. Dijo que hablaría con Jamal. Le iba a explicar que eran muy jóvenes.

—¡Ay, tía! No me haga pasar vergüenza. A lo mejor él solo quiere ser mi amigo —la contrarió Amira, molesta porque se metiera en su vida, aunque con ansias de saber qué era lo que había notado.

—Tonterías, ¿no ves la forma en que te mira?

—No, no sé..., ¿cómo? —El corazón le empezó a bombear deprisa.

—Con amor.

La tía le sonrió. Sostuvo que ella estaba allí para velar por sus dos sobrinas. Le contó historias de cómo su hermano mayor, el padre de Amira, la cuidaba cuando eran niños. Una vez se cayó en un arroyo y él la rescató. Amira apenas la escuchaba; ya había dejado la habitación, sobrevolando los campos rocosos del Líbano a bordo de una carroza, una calabaza tirada por caballos alados. Un príncipe de apenas diecisiete años iba sentado a su lado. Ella, mirándolo a los ojos, dejaba que él la besara. Luego él inquiría: «Amira, ¿te casarás conmigo?».

Dos días más tarde, Jamal fue a cenar a casa. Llegó con un ramo de flores «para adornar la mesa», se justificó, y una fuente de *mujaddara* que había preparado su madre. Las fresias eran de color violeta; él sabía que esas eran las preferidas de Amira. Ella, muerta de vergüenza, lo estudiaba a través de la copa de agua: sus ojos grandes, las ojeras marcadas a pesar de tener solo diecisiete años. La sombra de su barba, que había crecido desde la mañana o quizá desde la noche anterior, cuando se había afeitado por última vez, le enmarcaba la cara. Los cubiertos parecían pequeños en sus manos. Esa noche, la tía dijo:

—Jamal, siéntate en la cabecera. —Entonces Amira supo que un día se casaría con él.

El correo tardaba en llegar. Hacía tres meses que Amira no recibía una carta de Jamal. Cuando la zozobra era demasiada, se sentaba a escribir todas las novedades, hasta el más mínimo detalle. Por las noches, anotaba las fechas en un cuaderno, tachando los días de uno en uno, contando semana a semana. En menos de seis meses, cuando terminara su contrato con el Ejército, Jamal volvería a casa. En ese momento, si él le ofrecía matrimonio, ella diría que sí. «No os podéis casar hasta que él consiga un trabajo», sentenciaban las vecinas. «El hombre es quien debe mantener a la mujer.» Ella solo deseaba que Jamal dejara el Ejército; verlo lejos de las armas y de todo lo que significara la posibilidad de perderlo. Sacaba cuentas en su cuaderno para calcular cuántas libras necesitarían al mes; cuántas más iba a ganar ella ahora que Rayzel dejaría de trabajar en el mercado; esperaba que el señor Omar la contratara para cubrir la vacante. La madre no hacía comentarios. Rayzel le había preguntado más de una vez dónde iban a vivir. Amira señalaba:

—En su casa, con su madre.

Entonces Rayzel, negando con la cabeza, replicaba:

—¿Estás segura de que es una buena idea? ¿Tienes ganas de vivir con la señora Sahira?

Beirut, 24 de abril de 1988

Querido Jamal:

Sigo sin recibir nada. Ojalá tuviera la seguridad de que te llegan mis cartas y de que nadie más que tú las lee.

Te escribo desde la cama, ahora tengo el cuarto para mí sola. Rayzel ya no se va a quejar si dejo la luz encendida. Ayer se fue con el francés. El señor Omar nos llevó al aeropuerto en su camioneta. Antes de despedirnos, le dio la mano a Pierre, le dijo que estaba muy satisfecho de que se hubiera comportado como un hombre de bien. Luego anotó su número de teléfono en un papel. «Rayzel, me llamas inmediatamente si tienes algún problema en París», declaró en voz alta para que todos lo escucharan. Pierre le respondió que no se preocupara, que no iba a haber ningún problema. Fue incómodo, pero creo que mamá ni se percató de lo que pasó. Es bueno tener a un hombre que nos proteja.

El lugar estaba lleno de soldados, recorrían los pasillos, cargados de armamento. Me imagino que a ti esas cosas ya no te impresionan. Por un segundo, me asusté con el ruido de sus pisadas fuertes, sus caras serias y cansadas. Luego te busqué para ver si te reconocía en el pelotón. Claro que no estabas allí. Me siento tonta por haberlo pensado. Hasta que el llanto de mi madre hizo que me olvidara de la guerra y los soldados. Con la respiración entrecortada, murmuraba que tenía miedo de no volver a ver a Rayzel. Lloró todo el camino de ida y, después, el camino de regreso. Cuando llegamos a casa, le pedí que se acostara a descansar. No me hizo caso. Se puso a lavar las sábanas que había usado Rayzel la noche anterior, dijo que era para no pensar. Las restregaba con tanta fuerza que tuve miedo de que le hiciera mal al corazón. Y bajó a tenderlas en el patio de la señora Iris. Cuando la fui a buscar, las sábanas ondeaban bajo el sol, como si fueran una bandera blanca. Pero ¿sabes qué? No era una bandera de paz, sino una de rendición. La tomé del brazo y la ayudé a subir las escaleras.

Me pregunto si mamá hará lo mismo que la señora Iris, si lavará todas las semanas la ropa que Rayzel ha dejado en casa. Porque ella no se ha llevado casi nada, solamente las pocas cosas que compramos en el centro. Pierre le dijo que lo dejara todo para mí. Sé que el francés tiene vergüenza de lo que puedan pensar sus padres o sus amigos. Vergüenza de nosotras, de nuestra forma de vida. Preferí hacerme la distraída y no decirle nada, ¿qué gano yo hablando mal de su marido?

Mamá está muy triste. «Cada vez somos menos los que quedamos en esta tierra», reitera todo el tiempo. No sé cómo lo voy a hacer para llenar el vacío que mi hermana ha dejado en casa.

Te pido que por favor me escribas. Algo, aunque sean tres líneas, solo quiero saber que estás bien.

Todas las noches rezo para que vuelvas junto a mí.

AMIRA

La mañana siguiente, cuando Amira abrió los ojos, se quedó un rato contando las grietas del techo; parecían ríos marcados en un mapamundi blanco, inmenso. Su hermana se había subido a una barca, rumbo a París, y navegaba por las aguas serpenteadas de esos ríos difusos. Tuvo un escalofrío, como si esas aguas turbias le recorrieran las venas. Se cambió de ropa. Luego cruzó la sala de puntillas; ya tendría tiempo de consolar a su madre cuando regresara de enviar la carta.

Recorrió las seis calles hasta correos haciendo cálculos en el aire: cuántos días para que clasificaran el sobre, cuántos para que lo subieran en un camión, cuántos para que los volvieran a clasificar en otro lado, cuántos para que llegara hasta donde estaba su pelotón, cuántos para que los pusieran en una caja y cuántos, finalmente, para que se lo entregaran a Jamal.

Pasó varios días ansiosa, esperando una carta firmada por él. Recordó su letra desordenada y se preguntó qué pensarían aquellos que estaban alejados de su mundo. Por ejemplo, los europeos: ¿creerían que todos escriben en árabe de la misma manera? La letra de Jamal era alargada, con los trazos gruesos. Una vez leyó en una revista que los hombres que hacían trazos gruesos eran fieles y buenos en la cama. Y ella, ¿sería capaz de hacerlo feliz? Le molestaba que todos hablaran de su delgadez, que las vecinas se rieran de sus senos pequeños, tan distintos a los de Rayzel.

Las semanas pasaban y el correo seguía sin aparecer. Ni cartas de Rayzel ni cartas de Jamal. La madre continuaba en su mundo, fregando la ropa que Rayzel había dejado, prendiendo una velita blanca a la Virgen María, pidiéndole que cuidara a su hija mayor, la que se había ido a vivir lejos. Rezaba con la esperanza de tener noticias. Cosía muy de vez en cuando. Amira, incapaz de dar una respuesta, se mantenía callada. Algunas noches se dormía con imágenes muy parecidas a las de las revistas: Rayzel recorriendo las mejores tiendas del brazo de su marido, luciendo vestidos de gasa, zapatos de tacón alto y bolsos con el logo de las grandes tiendas. Otros días, recordaba cada una de las situaciones en las que había estado involucrado Pierre: el vaso de limonada con la droga, los vecinos y las amenazas y, entonces, se preocupaba hasta alcanzar el desespero. No tenían un teléfono donde llamarla. Ni un número ni una dirección. No quería ir a la Policía; en la denuncia, tendría que contar que ella y su madre estaban solas: dos mujeres solas en un apartamento. Le harían completar un formulario con la dirección. ¡Y su madre que nunca pasaba la llave! Decidió que primero hablaría con el señor Omar, porque si la Policía investigaba, él se vería en problemas. Ahora ella y su madre dependían de él. Si cerraban el mercado, si el señor Omar iba preso, ¿de dónde sacarían otro salario? Demasiada gente sabía del secuestro en el almacén. Decían que también hubo un arma involucrada. «Colt Cobra 38, de segunda mano», era lo que comentaban los vecinos.

No hizo falta molestar al señor Omar. Una tarde, volviendo del colegio, Amira se cruzó con el cartero. El hombre le sonrió antes de sacar el sobre blanco de su cartera. Ella tuvo la ilusión de que fueran noticias de Jamal. El nombre de Rayzel estaba en el remitente, había firmado con su apellido de casada: Rayzel Dubois.

Corrió hacia su casa. Subió los escalones de a dos. Su madre no estaba. Ni en la sala ni en el cuarto. Entonces encendió la luz para leer tranquila, en la paz de su cocina.

Rayzel contaba del viaje y del terror que vivió cuando el avión despegó. Amira fue recorriendo los renglones de forma rápida, le interesaba saber, en especial, cómo era su vida diaria y cómo la trataba Pierre. Eran pocas las quejas, todas acerca de cosas menores. Había una descripción muy escueta de la niña: «Chloé es muy delgadita, tiene el cabello rubio oscuro como Pierre, grandes ojos marrones. Su abuela le compra ropa muy cara». De los suegros hablaba bastante: se quejaba de cómo la habían recibido. Decía que no les iba a permitir, en especial a la madre, que le hiciera ningún desaire.

«Las dos llevamos ahora el mismo apellido. Le guste o no a la vieja, las dos somos *madame* Dubois.»

Después le hablaba acerca de la casa: vivían en un lugar llamado Montparnasse, un barrio céntrico y coqueto, «igual que en las películas del cine». Pierre ya había conseguido trabajo, habían alquilado un apartamento y estaban a punto de mudarse. Siguió leyendo por encima. Decía algo más acerca de Chloé: la niñita se iría a vivir con ellos.

Se detuvo en la última oración: «París es muy hermoso. Hay flores de distintos colores colgando de los balcones. Sensación de vida y libertad». Pensó en Jamal y en cuánto le gustaría mostrarle esa carta. Ya llegaría la oportunidad de sembrar sus propias flores. Pero ¿en París o en Beirut? En Beirut las iba a tener que regar todos los días para que el aire seco no les cortara la vida antes de tiempo. En París, tenía miedo de que las begonias murieran de pena. A pesar de todo, sonrió aliviada por las buenas noticias. Bajó un piso, convencida de que encontraría a su madre tomando el té con la señora Iris.

Golpeó. La señora Iris gritó que entrara, no había pasado la llave. Las vio sentadas en el sofá. El reflejo del televisor encendido teñía de color las paredes de la sala. Apenas se podía escuchar de fondo la voz del presentador de las noticias de las seis. Su madre se secaba la cara con un pañuelo. Para no preocuparla, lloraba junto a su amiga y le ocultaba sus penas a su hija, que ya tenía suficiente con no recibir noticias de Jamal.

Amira le mostró la carta. Los ojos de la madre se iluminaron. Entonces se sentó frente a ellas y les leyó las tres hojas. Dos veces. Más tarde le pidieron que repitiera una tercera. Ahora solamente faltaba que el cartero le entregara un sobre de Jamal para que su mundo en blanco y negro se tiñera de color, como las paredes tristes de la casa de la señora Iris.

Esa noche, Amira soñó con Jamal y con la primera vez que la besó. Fue apenas un roce de labios, el primero de muchos besos que se fueron haciendo más y más largos. Le gustaban los de la mañana, cuando la pasaba a buscar para acompañarla al colegio, besos que sabían a jabón y café; los de la tarde, cuando llegaba del trabajo con hambre, sabían a él, a lo que llevaba dentro, algo metálico que se colaba desde su estómago vacío. Quería saber cómo sería besarlo por las noches en la cama con la luz apagada. Recorrer su cuello, su pecho, bajar los labios por sus costillas, sentir el aroma de su cuerpo y hacerlo feliz para que siempre quisiera estar con ella.

Le costó levantarse, hubiera preferido seguir en el mundo de los sueños, acariciando la cara y el cuerpo desnudo de su enamorado. Se desperezó. Cuando corrió las cortinas, vio pasar unas bicicletas y varias mujeres arrastrando de la mano a niñitos de piernas flacas. Algún día ella sería una de esas mujeres. Daría pasos cortos. Se detendría a estudiar las hormigas y los pajaritos, cantaría canciones para sus hijos e intentaría no hablarles de la guerra.

Oyó a su madre llamándola para desayunar.

—No tengo tiempo —le contestó—. Hoy entro más temprano.

Se fue casi sin despedirse.

Una vez en el mercado, ya había varias personas haciendo fila. La mayoría pidió café y pan tostado. Casi dos horas más tarde pudo tomarse un respiro, todavía le faltaba preparar las mesas y barrer el suelo. La esposa del señor Omar se le acercó, dijo que el cartero había dejado algo para ella. «Carta de Jamal», pensó Amira.

En ese momento, no le pasó por la cabeza lo raro que era que él le escribiera al mercado. Miró el remitente: otra carta de Rayzel. Se asustó. ¿Sería Pierre capaz de golpearla? Por algún motivo, Rayzel había enviado esa carta a su trabajo: porque no quería que su madre la leyera.

Le agradeció a la esposa del señor Omar, guardó el sobre en el bolsillo y fue a cargar agua en un balde. Luego tomó su puesto detrás del mostrador. Despachaba las bolsas con mercancías. Contaba los huevos de gallina y codorniz de uno en uno. Pesaba frutas y verduras, siempre pensando en su hermana. Troceaba los pollos, separando las alas y las patas, y volvía a preocuparse por el contenido de ese sobre. Esperó a terminar de atender al último cliente. Después de barrer el local de manera rápida, tomó la bolsa de pan que le había ofrecido la esposa del señor Omar y salió corriendo hacia su casa.

Capítulo IX

Tras abrir la puerta de su casa, Amira recorrió la sala de puntillas, como quien evita una alfombra de hojas marchitas, secas y sin vida, dispuestas a delatarla con sus crujidos. El baño sería su refugio, el lugar a salvo donde leer la carta de Rayzel. Si caminaba hasta su habitación, su madre la seguiría.

—¿Ya has llegado? —Escuchó la voz que salía de la cocina—. Ahora caliento la cena.

Imaginó que tendría la radio apagada. Esperando; sin mucho más que hacer, invernando en plena primavera.

—Primero me quiero dar una ducha. Estoy muy cansada —dijo y tiró la bolsa de pan encima del sofá—. Además, se me han mojado los pies baldeando.

Se aseguró de cerrar la puerta con llave y rompió el sobre.

París, 29 de mayo de 1988

Querida Amira:

No hace falta que te diga que si te he enviado esta carta al mercado es porque no quiero que mami la vea.

La vida aquí no va a ser tan fácil como creía, aunque quiero que sepas que Pierre está cumpliendo con todo lo que prometió. Ya nos hemos casado por lo civil. Solo estábamos nosotros dos y sus padres. No avisó a ninguno de sus amigos, si es que tiene alguno. Tampoco tomaron fotografías. Chloé no vino a la ceremonia. La vieja dijo que era mejor así, para que no anduviera contando a su maestra ni a sus amiguitas que el padre se había casado con una refugiada libanesa.

No tengo quejas de Chloé, es muy niña todavía. Por ahora, comparto habitación con ella. La primera noche estaba tan cansada que me dormí al instante. Cuando me desperté, ya la habían llevado al colegio. La segunda noche no me podía dormir, os extrañaba tanto que me puse a llorar. No quería hacer ruido, pero la niña me oyó y se pasó a mi cama. Me confesó que a ella también le hace falta su mamá. Ahora quiere dormir conmigo. Creo que nos vamos a llevar bien, siempre y cuando la vieja no le llene la cabeza en mi contra.

Como te dije en la otra carta, la semana próxima nos mudamos. El apartamento tiene tres dormitorios, está cerca del trabajo de Pierre, el hospital Saint Vincent de Paul. Estaba preocupada pensando dónde iría a dormir yo. Pierre ha comprado tres camas. Me imagino que será una para cada uno. Por las dudas, no he preguntado nada. Ayer escuchaba en la radio las historias de las sirias refugiadas en los campamentos del Líbano, las fuerzan a tener sexo con varios soldados a la vez. Así que, si tuviera que compartir la cama con este francés, al final sería solo uno. Casi no lo conozco, no sé ni quién es. Se va temprano en la mañana y regresa cuando la niña y yo estamos dormidas. Hace muchas guardias nocturnas o dormirá en la casa de otra.

Esto es lo más importante, presta atención: una vez que me mude, voy a tener espacio para vosotras. En la radio han dicho que muchas embajadas se van a ir del Líbano, más que nada por la inseguridad y los secuestros de extranjeros. Dicen que no pueden seguir exponiendo a sus funcionarios. Escuché que el país va a quedar aislado, no sé si será cierto o no, pero es mejor que estés alerta.

Las primeras semanas las pasé recorriendo oficinas, a ver si podía conseguiros un visado. Mostré mi partida de matrimonio para que vieran que Pierre es médico y que podemos manteneros. Les expliqué que vosotras no seríais una carga para el Estado. Que estáis sanas. Que podéis trabajar. Que hablamos francés y somos católicas —no les gustan los musulmanes—.

Empecé a tantear a Pierre para ver qué me decía, por si tiene algún conocido que nos pueda ayudar. Me dio una lista de excusas, que él gana muy poco, que no tenemos espacio suficiente. Y después me leyó, como si yo fuese idiota, las últimas noticias de *Le Monde*. Alguien escribió, alguno de esos intelectuales que no sabe de nada, que la guerra ya va a acabar. Que es hora de firmar la paz.

Al día siguiente, tras llevar a Chloé al colegio, seguí golpeando puertas: asociaciones civiles que prometen ayuda a las víctimas de la guerra, oficinas que usan la palabra «refugiados». Pero nadie me pidió que completara ningún papel para comenzar los trámites de los visados.

Estoy juntando dinero. Le he estado sacando a Pierre y lo escondo debajo del colchón de Chloé. Un día encontré a la vieja revisando mi bolso, entonces me di cuenta de que la billetera no era una opción segura. Le puedo sacar muy pocas libras cada vez. Tampoco es tonto. Delicado, pero no tonto. Ahora que voy a hacer las compras para la casa va a ser más fácil quedarme con los cambios.

La semana pasada fuimos a desayunar a una *pâtisserie* que hay aquí cerca. Pierre y Chloé piden siempre lo mismo, chocolate caliente y *croissants* de almendras; mejor para mí, así no tengo que cocinar para ellos. Me levanté para ir al baño y vi una cartelera de anuncios. Había un papel con letras grandes, escrito en árabe: «Trámites de visados. Consultas gratuitas». Estaba la dirección y decía que era a diez minutos andando. Volví a la mesa, no le dije nada a Pierre.

Por la mañana, tras dejar a la niña en el colegio, fui al café y copié la dirección. Fueron solo cinco calles. Esperé unos cuarenta minutos para que me atendieran. En la recepción, tres mujeres completaban formularios, una hablaba árabe. «Los abogados solo en francés», me dijo una de ellas, como si yo fuera idiota. Cuando le expliqué vuestro caso, expuso que ellos no me podían ayudar. Ellos llevan los trámites de las personas que ya están en Francia, los ayudan a poner sus papeles al día. Lo vuestro es distinto porque todavía no estáis aquí. Ellos consideran que no os van a dejar entrar. Dicen que tenéis que obtener el permiso desde allí. Amira, ya no sé qué más hacer. Todos los días deportan a cientos y cientos de personas.

Tienes que escribirle a Jamal para que hable con su madre y que ella empiece los trámites. ¿Has averiguado si eso del abuelo francés es verdad? Te tienes que casar en cuanto Jamal regrese. Cuando vosotros lleguéis, veremos cómo traer a mami.

Por favor, escríbeme. Necesito saber que has entendido lo que te he dicho.

Quiero que veas que no todo es tan malo, en el apar-

tamento hay un pequeño balcón. Lo voy a llenar de petu-
nias y margaritas del Cabo, y quiero poner unas macetas
con albahaca y menta.

Que mami no vea esta carta. Que mami no sepa que
te he escrito.

RAYZEL

Amira abrió la ducha y dejó que el agua cayera por
su espalda. Estaba decidido, por la mañana iría a visitar
a la madre de Jamal. Le preocupaba que no fuera verdad
eso que andaban diciendo, lo del abuelo francés. Quizá
porque llevaba tiempo escuchando a varios de sus vecinos atribuyéndose antepasados de alcurnia, ya sea de
Francia o Inglaterra, para darle algo de misterio a una
vida monótona. La verdad era que Jamal no parecía des-
cendiente de franceses. Por lo menos, no se parecía en
nada a Pierre. Ni él parecía francés ni ella libanesa.

La primera vez que alguien le preguntó si era ex-
tranjera fue en el casamiento del señor Omar, en un almuerzo con más de cien invitados. Eran muchos los recuerdos de ese día: la madre del señor Omar decoró el
salón con telas blancas y doradas, algunas velas y muy
pocas flores. Los adultos se sentaron alejados de los jóvenes. Ella quedó rodeada de las amigas de Rayzel. Todas tenían el pelo oscuro y vestidos mucho más sofisti-
cados que el suyo. Hablaban de novios y de muchachos
que no conocía. Para Rayzel habían alquilado un vestido
negro, largo; dijeron que como estaba a punto de cumplir los quince se podía vestir de señorita. Las amigas de
Rayzel también vestían de negro; ella de rojo. En la
mesa, las muchachas comentaban que su atuendo era
demodé. «¿De qué cuento para niños te has escapado,
Amira?», bromeó una. «*Caperucita Roja*», agregó la

101

otra. Cuando oyó: «¿Estás segura de que no eres adoptada? ¿De qué país vienes? Ni siquiera te pareces a nosotras», Amira miró hacia la mesa donde estaba su madre, la vio conversando de lo más animada con una vecina; parecía no importarle el momento amargo que le estaban haciendo pasar a su hija menor. Entonces se levantó para esconderse en el baño.

Ese era el primer baño que visitaba en un hotel. La expedición estaba resultando mejor de lo que había imaginado; descubrió una bandeja con frascos diminutos. Después de probar todas las fragancias, se decidió por una con aroma a lavanda. La fue esparciendo por su cuello y sus brazos. Se distrajo con la imagen que le devolvía el espejo: una joven muy delgadita, con el pecho plano, la miraba con cara de asustada. Dos pasadores anticuados tiraban su cabello hacia atrás, dejando al descubierto las orejas pequeñitas, sin brillos ni pendientes. La luz blanca otorgaba un aire mortecino a su cara limpia y pálida. A Rayzel le habían permitido pintarse los labios de rojo; ella ni siquiera llevaba un poco de brillo incoloro. Su hermana calzaba tacones plateados; ella, zapatos negros planos.

La madre entró en aquel baño sofisticado.

—Vamos, vuelve a la mesa —instó de mala manera—, mantente donde yo te vea.

Amira la siguió. El salón ya no era el mismo de antes. Se había llenado de invitados. Rayzel y sus amigas bailaban en un corro. Contó más de diez personas encima de la tarima: los músicos, todos hombres, dos cantantes y los novios. El señor Omar se había quitado la chaqueta del traje, la novia bailaba, con el recogido de su pelo deshecho. La música terminó y todos aplaudieron. Entonces empezó una canción de Walid Toufic.

Ella también se puso a cantar, iba buscando el modo de alcanzar su silla. Jamal se acercó, estiró su mano y la hizo girar tres veces, hasta envolverla en sus pasos. La música terminó y todos aplaudieron; ellos se quedaron el uno frente al otro. Cuando se vio en el reflejo de sus ojos, ya no volvió a recordar a la muchachita del espejo.

Esa tarde bailó y bailó. Con su padre. Con las amigas de Rayzel. Con varios de sus vecinos: con Narek y también con el padre del señor Omar. Y cada vez, buscaba una excusa para regresar a los brazos de Jamal.

Se marcharon antes de que oscureciera. El toque de queda era a las ocho en punto. En casa, la madre calentó las sobras de la cena de la noche anterior. «Muchas telas, música y parloteo. De comida, poco y nada», repitió un par de veces.

El agua de la ducha se comenzó a enfriar. Amira cerró el grifo. Era hora de dejar los recuerdos atrás. Enseguida oyó el golpe en la puerta:

—¿Qué pasa que tardas tanto? Vamos, que se enfría.

Se envolvió en una toalla. Hubiese querido seguir recordando esos bailes, la sonrisa de Jamal y la forma en que la tomaba de la mano durante los bailes.

—Ya voy.

Escondió la carta en su bolso, convencida de que debía ir a visitar a la madre de Jamal. Peinó su pelo mojado y se examinó en el espejo. Las ojeras ensombrecían su mirada. Se puso de lado: el pecho no había crecido mucho en esos cinco años. Tarareó aquella canción de Walid Toufic. Imaginó a Jamal regresando en un tren. Los pasajeros mezclándose con los demás soldados. El bullicio. Un abrazo largo. Volver a sentir el perfume de su piel, tocar su cara y besar sus labios, bailando bajo una suave lluvia de otoño. Sonrió, pero algo la hizo entristecer: por primera vez se dio cuenta de todo lo que debía dejar si se mudaba a Francia. Estaba dispuesta a irse, pero solamente si Jamal le prometía que al final de su vida retornarían a casa. Cuando el momento llegara, quería morir en el Líbano y ser enterrada cerca de su padre; en el mismo lugar donde también moriría su madre.

—¿Qué pasa que no vienes? Me estoy preocupando. —Era la voz de su madre.

Cenaron calladas, con la voz del locutor de las noticias de la radio haciéndoles compañía y el sonido de la lluvia pegando contra la ventana. Ella no le comentó nada acerca de esa segunda carta de Rayzel. Tampoco le dijo que planeaba visitar a la madre de Jamal. Poco antes de las diez, se levantaron de la mesa.

Cuando Amira despertó por la mañana, se dio cuenta de que se había quedado dormida. Miró el reloj: eran más de las nueve. Su madre no estaba en casa; asumió que habría ido a la iglesia, a la misa del padre Ángel. Escribió una nota rápida y la dejó sobre la encimera.

Me voy a ver a la señora Sahira. Le llevo una caja con algo de fruta que me dio el señor Omar. Vuelvo antes del almuerzo.

Amira

La caja no pesaba demasiado. El aire seco la hizo sentir liviana. El sol, todavía alto y sin mucha fuerza a esa hora de la mañana, le dio esperanzas. Tuvo ganas de saltar los charcos de lluvia de la noche anterior, de jugar con el agua como si fuera una niña. Estaba segura de que la madre de Jamal ya estaría despierta.

104

Llamó a la puerta. Como tardaba en abrir, se puso a vocear:

—Señora Sahira, soy yo, Amira.

Reconoció a la vecina que le abrió la puerta: había sido maestra de Jamal durante la primaria.

—Amira, querida. Pasa. Estamos todos muy tristes. —La señora la abrazó con intensidad—. ¿Tu madre ya ha hablado contigo? Hace menos de veinte minutos que se ha ido. Ha dicho que primero iba a pasar por la iglesia para rezar por su alma.

Amira dejó caer todo su peso contra el marco de la puerta. Pensó en la pobre señora Sahira, hacía casi un año que no veía a su hijo. «Quizá esa frase que todos repiten sea cierta: "se puede morir de tristeza"», razonó. Quiso irse, ya nada tenía que hacer en esa casa. Imaginó el cadáver de la madre de su novio tendido sobre la cama y tuvo ganas de salir corriendo. Seguramente, habría muerto durante la noche. Quizá a causa de un infarto.

—Pasa, mi amor. Ven, así te preparo un té. Le va a hacer bien a Sahira tenerte cerca. Ella sabe bien cuánto lo querías. Vamos, mi niña. Hay que ser fuerte.

Una mano se apoyó en su hombro y la empujó dentro de la casa.

Capítulo X

Las persianas de la casa de la señora Sahira estaban cerradas; apenas unos hilos de resplandor se colaban a través de las hendiduras desparejas. Fue como penetrar en un monasterio, habitado por sombras y espíritus benévolos. La misma mano continuó empujándola con delicadeza; la guio hacia un sofá color marrón. Allí encontró a varias de sus vecinas, reunidas al cobijo de una lámpara de pie; había solo una bombilla encendida. En la otra esquina, hecha un rollo de piel y huesos, con los ojos cerrados, la madre de Jamal se balanceaba en una mecedora de caoba y esterillas rotas.

A Amira le costaba entender qué era lo que había pasado.

—Está despierta —advirtió la señora Yaman, señalando a la madre de Jamal—, pero mejor la dejamos descansar. Le preparé un brebaje de hierbas y pastillas. ¿Y tú no quieres un té?

Amira no contestó.

—Me parece que su madre todavía no ha hablado con ella —susurró una vecina a la otra.

A Amira no le salían las palabras. ¿Qué sentido tenía estar dando explicaciones acerca del motivo de su visita? Ya poco importaba la certeza del origen de ese presunto abuelo francés. Juntó fuerzas para preguntar:

—Quiero saber qué le ha pasado a Jamal.

Las mujeres tardaron en responder. Ella las iba observando una a una, como si fuera un sueño en cámara lenta, rodeado de niebla espesa. Quizá fueron unos pocos segundos, pero los sintió como un viaje a la eternidad. Entonces, las dos que estaban a su lado empezaron a hablar al mismo tiempo, en voz muy baja. Una de ellas le apoyó la mano en el hombro.

—Hace varios días que secuestraron al batallón. Pero no fue hasta anoche que se confirmó que Jamal está en la lista de desaparecidos. Se ve que Sahira no te quiso avisar para no preocuparte.

—Anoche fuimos a tu casa. Tu madre no te quiso despertar, pero enseguida se cambió. Cuando llegamos, ella ya estaba en camisón. Vino con nosotras; nos quedamos todas juntas, acompañando a la pobre Sahira —informó la señora Yaman.

—Tu madre se ha marchado hace un rato. Iba para la iglesia, a hablar con el padre Ángel —esta vez fue otra mujer quien habló—. Ahora, Amira, solamente queda tener fe, rezar y esperar.

Amira pensó en la nota que había dejado en la cocina. Quería que su madre la encontrara pronto y que fuera a rescatarla. Sabía que no iba a ser capaz de resistir mucho tiempo en ese lugar.

Llegaron más mujeres. A todas se les dio la misma información: hablaban del secuestro. De la importancia de la fe. Se referían a Jamal como un joven fuerte, que se iba a sobreponer a esa prueba que Dios le había envia-

107

do. Un rato después escuchó una voz que hablaba de él en pasado, como si ya no estuviese vivo. Ella solo pensó en abrir la puerta y escapar. No tenía fuerzas para despedirse de la madre de Jamal.

Miró hacia ese rincón. La mujer seguía hecha un ovillo, escondida en la parte más oscura de la habitación. Alguien buscó una manta y le cubrió las piernas. Durante el tiempo que Amira estuvo en su casa, la señora Sahira no abrió los ojos en ningún momento. Pero Amira sabía que ella estaba despierta; cada tanto dejaba escapar un gemido largo que se iba debilitando hasta morir en un susurro: «Jamal, hijo. ¿Qué han hecho contigo?».

Llamaron a la puerta. La madre de Amira entró con la señora Iris. Entonces brotaron de los ojos de Amira todas esas lágrimas que tenía atragantadas. La madre de Jamal habló por primera vez:

—Llevaos a la niña. Es demasiado joven para estar viviendo todo esto. Lleváosla —reiteraba—, la vida se ha ensañado con nosotras dos.

Amira estaba segura de que no iba a ser capaz de moverse de ese sofá. Las piernas no le respondían. La tuvieron que ayudar a caminar: la señora Iris la agarraba de un brazo, su madre del otro.

La madre se lamentaba por el desencuentro:

—Debí haber sido yo quien te diera la noticia. Yo, en la intimidad de nuestra cocina.

Las vecinas abrieron la puerta. Las acompañaron un par de calles. Una procesión de almas en pena, habían perdido hijos, maridos, hermanos y nietos en esa guerra maldita.

Pateando escombros y tierra gris, cada vez con menos mujeres a su alrededor, llegaron a casa.

La señora Iris ofreció que se quedaran en la planta baja, ella pondría una manta en el sofá. Pero Amira quiso subir.

La ayudaron a quitarse los zapatos. Y se tiró en la cama.

Escondida bajo las mantas, apretó los párpados para que no salieran más lágrimas ni entrara la luz. Su madre buscaba cómo consolarla. Le ofreció leche tibia con miel. Luego una sopa. Entonces la señora Iris preparó uno de sus tés de hierbas. Amira se lo tomó sin protestar y les pidió que la dejaran sola. La madre no hizo caso, se acomodó en la cama de Rayzel para rezar unos versos en un árabe muy antiguo; los mismos que recitaba la abuela de Amira para honrar a su hijo muerto en la guerra. Otros tiempos. Mismas peleas. Más muertos.

Pasaron los días; se hicieron largos. Amira comía muy poco, tomaba algo de té y volvía a acostarse. Solamente pensaba en escribirle a Rayzel para contarle. Otras veces, quizá a causa de esos brebajes, buscaba una hoja de papel para garabatear unas líneas a Jamal, una carta parecida a esas que escribió durante casi dos años. En el instante en que entendía qué era lo que estaba haciendo, se quebraba otra vez.

Le llevó cerca de una semana juntar fuerzas suficientes para tener la voluntad de hacer una comida en la mesa. Fue para la hora de la cena, en una cocina a media luz. De nuevo había bajado la tensión eléctrica. Su madre le tomó la mano, dijo que era hora de volver a estudiar y centrarse en la materia que había suspendido en el colegio: inglés.

—Estudiar y volver al trabajo —mencionó.

Amira se quedó mirándola, pero no contestó. Sintió que a nadie le importaban los muertos. Aún no estaba segura de qué era peor: si saber que alguien había muerto o cargar con la incertidumbre de que podría estar con vida. Con vida y siendo sometido a las peores torturas.

A lo que más le temía era a las noches, cuando todas esas imágenes que había logrado apaciguar durante el día cobraban forma, haciendo danzas en su cabeza. Escuchaba la música estridente, Chopin, las campanas de la procesión. Bombas que prendían fuego a un camión cargado de soldados. Ametralladoras que agujereaban el cuerpo de un joven corriendo por un descampado. Subía la fuerza de los acordes. Gritos desgarradores, como si lo estuvieran mutilando. El silencio. Olor a sangre. La cabeza de Jamal rodando por el barro, con los ojos abiertos. Entonces, a gritos, llamaba a su madre. Ella corría a abrazarla, la arrullaba y juntas rezaban un padrenuestro.

El tiempo pasaba de manera lenta y pareja. Con la llegada del verano, los días se hicieron más largos; el sol asomaba temprano en la mañana, muchas veces se ponía tras el inicio del toque de queda. El clima se volvió más seco, las hojas de los árboles se oscurecieron; en su mundo, ninguna de esas cosas tuvo sentido, ¿de qué servía registrar el paso del tiempo si no llegaban noticias de Jamal? Era como si la Tierra hubiese dejado de girar. Regresó a trabajar en el mercado. Cada tarde, antes de ir a su casa, agradecía al señor Omar y a su esposa lo buenos y comprensivos que eran con ella. La dejaban llorar sin molestarla, sin hacerle preguntas. Porque no quería responder más cuestiones: si habían llegado noticias, si los habían rescatado, si alguien sabía algo. No deseaba saber más de esa guerra. Y, aunque no lo hablaba con nadie, luchaba por mantener las esperanzas porque una cosa es estar en una lista de personas muertas y otra, muy distinta, en una lista de desaparecidos. Pero esos no son asuntos fáciles de explicar.

«Querida, te tienes que alimentar», oía de cada una de las clientas. Un día se observó en el espejo. La asustó lo que vio: parecía uno de esos hilos que su madre enhebraba en la máquina de coser. Fue alrededor de esa misma fecha cuando la señora Iris la invitó a tomar el té en su casa. Amira tuvo miedo de que le fuera a dar una mala noticia, porque, aunque no lo comentaba con nadie, ella había notado que su madre también se estaba apagando.

Llegó a casa de la señora Iris a las seis en punto.

Después de colocar la tetera y las tazas en la mesa de café, la señora Iris se apresuró a tranquilizarla:

—No te asustes. No te he llamado para decirte nada malo. Mi vida, solamente quiero recordarte que hay que hacer un esfuerzo. La vida continúa. —Le pasó la mano por la cabeza—. Tu madre está preocupada. Es solo eso. La acompañé al médico. Es solo preocupación.

Amira asintió. Era una madre que había perdido a su única hija quien le estaba dando ánimo en ese momento.

La señora Iris regresó entonces a la cocina para tostar el pan. Cuando todo estuvo a punto, Amira la ayudó a llevar el queso blanco y la mermelada de damasco a la sala. Encendieron el televisor y lo dejaron sin volumen. Los rayos del sol ya no entraban por la ventana. La señora Iris encendió la luz y luego se acomodó junto a Amira.

—¿Te acuerdas de Narek? —le preguntó mientras untaba una de las tostadas.

—¿El hijo de la señora Maryam? ¿El que vive en América? —dudó Amira.

—Parece que no se acostumbra a Estados Unidos.

Por allí todo es muy distinto. Su madre me contó que ya ha cumplido veintisiete. Lo que ese muchacho necesita es una buena compañera.

A Amira la voz de la señora Iris le sonaba demasiado categórica, pero, absorta en las imágenes de la televisión, solo atinó a hacer que sí con la cabeza.

—Voy a traer agua. ¿Usted también quiere, señora Iris?

—No, mi vida.

De vuelta Amira en la sala, la señora Iris insistió con el tema.

—Parece que Narek quiere venirse otra vez para Beirut. Yo creo que es porque se siente solo. Su madre está muy preocupada y no es para menos. Este no es un lugar seguro. No, señor.

Unos minutos antes de la seis y media, la dueña de la casa subió el volumen. Escucharon la misma musiquita de cada semana, vieron a Alexis Carrington y sus enormes ojos delineados en negro. En ese instante, la señora Iris cerró la boca.

Ya en casa, su madre quiso saber de qué habían hablado con la vecina.

—Hemos visto *Dinastía*.

Un par de días después, Amira encontró en su casa a la señora Iris conversando con su madre en la cocina. La madre se apresuró a servirle la cena.

Empezó a comer. Las oía decir que la veían más repuesta. Tuvo la sensación de que le iban a hablar de Narek. Comió en silencio. Permanecieron calladas unos minutos. Hasta que la señora Iris se puso a hablar:

—¿Cómo están las hijas del señor Omar?

—Ayer vinieron. Andaban revolviendo los cajones de naranjas. Esas niñitas son muy graciosas.

Amira continuó masticando. Su madre y la señora Iris charlaban entre ellas:

—¡Cómo pasa el tiempo! Y qué hermosa familia han formado —valoró la madre de Amira.

—Yo al principio tuve mis dudas. No pensé que se fueran a llevar tan bien —contradijo la señora Iris—. Se ve que estaban destinados a estar juntos. Me alegra que los padres hayan insistido. Y que ellos hayan obedecido.

—Me acuerdo del casamiento. Fue la primera vez que bailé con Jamal. ¿Los padres insistieron para que se casaran? No sabía que fue en contra de su voluntad —participó Amira sirviéndose un vaso de zumo.

Lo fue bebiendo despacio, observándolas a través del vidrio tallado.

—Nadie se casó en contra de la voluntad de nadie —atajó rápidamente la madre—. Se casaron siguiendo los deseos de sus padres.

—Y tuvieron suerte. La suerte es importante. Se llevan bien y son felices —remató la señora Iris.

Amira siguió comiendo, estudiando las hojas de parra y los granos de arroz desparramados sobre la fuente. Unos minutos más tarde, recogieron la mesa entre las tres y la señora Iris se despidió.

La próxima vez que recibieron a la señora Iris fue a la hora del té; subió con una bandeja de *mahamul* espolvoreadas con azúcar. Se sentó a la mesa, movió la servilleta de forma un poco afectada para dejar ver las rosquillas y anunció que tenía un chisme que contar.

—Narek regresa de visita. Viene dos semanas para

acompañar a una comitiva que viaja desde Estados Unidos. No he entendido muy bien cuál es el nombre. Algo de ayuda humanitaria, he escuchado.

Mientras su madre y la señora Iris hablaban de Narek, de lo buen estudiante que siempre había sido, de lo orgullosos que debían de estar sus padres, Amira se examinaba las uñas. Deshizo una rosquilla en el agua del té y jugó a juntarla con una cucharita.

Antes de irse, la señora Iris le consultó:

—Amira, ¿cómo vas con tus estudios? ¿Ya sabes la fecha en que tendrás el examen de inglés?

—Es lo que le vengo diciendo, quiero ver ese certificado en un cuadro en la pared —se anticipó la madre—. Va a ser la primera de todos nosotros en terminar la secundaria.

Ninguna mencionó el motivo por el cual había suspendido la materia. El examen se había hecho unos días después de que Jamal fuera declarado desaparecido. Amira no se presentó en el colegio; esos días vegetaba en su cama, bebiendo los tés de hierbas que le preparaba la señora Iris.

A partir de esa tarde, cada vez que ella volvía del mercado, su madre le hacía la misma pregunta:

—¿Has podido ir a la biblioteca a buscar algún libro? ¿Has leído algo antes de dormir? ¿Quieres que te ayude con los verbos en inglés?

Amira solo negaba con la cabeza. «¿Quieres que te ayude con los verbos en inglés?» No tenía siquiera sentido contestarle.

Una mañana, durante el desayuno, la madre formuló con voz firme:

—Voy a hablar con Maryam. A lo mejor, cuando venga Narek, te puede dar unas clases. Si él vive allá, debe hablar bien el idioma.

114

Amira no la dejó terminar. Le dijo que se estaba haciendo tarde, cogió su bolso y corrió por las escaleras. Ahora sí estaba segura de que esas ideas eran todas de la señora Iris. Su madre no solía planear tan bien las cosas.

En cuanto puso un pie en la calle, entre la gente que iba y venía, las bocinas de las bicicletas y las cestas con frutas coloridas de los vendedores ambulantes, se olvidó de Narek, de su madre, del examen de inglés y de la señora Iris. Aunque no lograba olvidar a Jamal.

Ese día hubo pocos clientes en el mercado. El señor Omar insistió en que comiera algo y tomara un tazón de café con leche.

—Has trabajado toda la semana doble turno, te mereces un descanso.

Amira se acomodó en una de las mesitas del fondo. No podía dejar de contemplarlo. Le costaba creer que el señor Omar hubiera accedido a casarse solamente para respetar la voluntad de sus padres. Recordó a la novia cantando sobre la tarima, su vestido blanco, el moño desarmado de tanto saltar. Su sonrisa. La cara seria del señor Omar; el bigote fino, que ahora era un poco más grueso y con un par de canas. Las mismas cejas espesas. Quizá ella estaba enamorada y él no. Pero ahora él la quería. Parecía feliz con ella, con sus niñas y con el bebé que estaba en camino.

Cuando terminó su café, limpió la mesita y fue detrás del mostrador para preparar otro pedido. El señor Omar le había dejado el listado, debía pesar la mercancía y hacer las cuentas. Colocó las frutas en la base del cajón de madera y encima las hortalizas. Entonces Narek apareció en sus pensamientos: cargaba un cajón repleto de verduras coloridas, berenjenas, tomates, cebollas y lechugas; la señora Maryam iba adelante, abriéndole paso entre la gente. Amira acompañaba a su madre. Recordó ese día. Se habían detenido a saludar. Él había apoyado el cajón sobre la acera. Maryam había elegido unas verduras y se las había entregado a la madre de Amira. Después de la muerte de su padre, los vecinos siempre les ofrecían cosas: ropa vieja, sobras de comida. También recordó el hedor del pescado: la madre de Narek lo llevaba envuelto en papel de diario, la cabeza por fuera, los ojos bien abiertos. Cada vez que alguien les regalaba algo, su madre estiraba la mano y agradecía dando la bendición. Amira bajaba la vista y decía «gracias», contando las grietas de la acera, en un intento por controlar la vergüenza. Esa tarde, su mirada y la de Narek se cruzaron durante unos segundos. Tras sonreír, él enseguida miró para otro lado. «Tímido y callado», evocó Amira. A lo mejor, ese era el motivo por el cual su madre se había decidido a buscarle esposa.

Los días seguían siempre idénticos: Amira esperando una declaración del Gobierno que dijera que habían liberado al batallón secuestrado, pero las novedades no llegaban. Continuaban sin noticias de Jamal. Y, otra vez, Rayzel le escribió al mercado. Cuando el señor Omar le entregó el sobre, ella corrió a encerrarse en el baño. Esta vez no iba a esperar.

La carta estaba fechada en París, el 20 de agosto de 1988. Rayzel contaba, con su letra desordenada de siempre, que su madre y la señora Iris la habían llamado para decirle que Narek estaba viajando a Beirut. Le habían pedido ayuda para que la convenciera de que debía casarse con él. Amira volvió a leer la misma oración varias veces. ¿Cómo le pedían semejante cosa? Rayzel decía que las llamadas eran costosas, por eso estaba escribiendo. En otro renglón, ponía: «En París todo es muy caro».

Más abajo leyó: «Jamal» y paró en ese renglón. Había cambiado la letra y escribía con aires de experta en filosofía: «En la vida, como en la guerra, uno va perdiendo cosas en el camino. Tienes que salir de Beirut. En cualquier lugar, en Europa o en América, la vida va a ser mejor que en casa». Reiteraba lo que siempre se escuchaba en las calles: que estaban viviendo una guerra que sería eterna. «No puedes dejar pasar esa oportunidad.» Lo repitió tres veces. Subrayó las letras. Quería que supiera que no estaba escribiendo esa carta porque su madre se lo hubiese pedido, sino porque ella estaba convencida de que casarse con Narek era su única oportunidad de abandonar Beirut. Las últimas líneas fueron las peores de leer:

Si te fueras a vivir a América, seguramente me vendrías a visitar. Muchos norteamericanos vienen de vacaciones a París. ¿Te imaginas a las dos caminando bajo la nieve? Las dos usando gorro, bufanda y guantes de lana. Podríamos visitar la torre Eiffel. Aquí no hay toque de queda, aquí llueve y hay nieve. Eso es agua y vida. No más tierra seca. Esa maldita tierra seca.

Cásate con Narek. Ya tendrás tiempo de regresar a Beirut y rescatar a Jamal. Si continúas allí, nada podrás hacer. Hazme caso.

RAYZEL

Cuando terminó de leer, un escalofrío le recorrió la espalda. Así era como pensaban su madre, la señora Iris y Rayzel: «A rey muerto, rey puesto».

Esa tarde, salió del trabajo decidida a enfrentarse a su madre en cuanto pusiera un pie en casa.

Abrió la puerta y la vio sentada en el sofá, mirando la telenovela. Encendió la luz para que le viera la cara y entendiera que no quería más habladurías a sus espaldas. Sacó la carta de su bolso y se la sacudió en la cara varias veces.

—¿Qué te pasa, Amira? ¿Qué tienes? ¿Qué te pasa? —preguntaba la madre, haciéndose la desentendida—. Justo hoy es el último capítulo de la telenovela. Apártate que no me dejas ver.

Amira apagó el televisor.

—Mi vida está aquí. Tengo mi trabajo. Estoy esperando a Jamal porque sé que va a volver. ¿Qué es todo esto acerca de Narek? —le recriminó.

—Maryam piensa que serías una buena esposa. Te conocen desde que eras una niña. Y no sé si te acuerdas, pero siempre han sido muy buenos con nosotros —expuso la madre y se levantó para ir hacia la cocina.

Amira fue tras sus pasos.

—«Siempre han sido muy buenos» —imitó su voz—. ¿Y eso qué tiene que ver? Muchas vecinas han sido buenas y no por eso me voy a casar con los hijos de todas ellas. ¿Y qué es esto de que «Maryam piensa que serías una buena esposa»? —Otra vez moduló la voz para emular su tono.

—Si sabes que Narek es muy tímido. Siempre te sonreía, se le iluminaban los ojos cuando andabas por los alrededores. Yo creo que le gustabas. Te voy a preparar un chocolate caliente, así hablamos tranquilas.

Amira se quedó mirándola. Le estaban haciendo lo mismo que a Rayzel. Ella había ayudado. Ahora era el turno de Rayzel de devolverle el favor. Su madre y la señora Iris moviendo los hilos de las marionetas.

Como Amira no decía nada, la madre siguió:

—Buscaba excusas para acercarse y hablar contigo. Él siempre te quiso bien. Ahora está de regreso. El tiempo pasa y seguimos sin noticias de Jamal. ¿Y si algo me pasara a mí? Me asusta pensar que te voy a dejar sola.

Amira se dejó caer en la silla de la cocina. No iba a iniciar una discusión.

—Solo te pido que le des una oportunidad —le rogó, y puso leche a hervir.

Su madre le estaba pidiendo que abandonara Beirut. Que dejase morir sus esperanzas. Y le pedía que la abandonara a ella también. No le iba a contestar. ¿Para qué? Estaba convencida de que Narek no tendría interés en hablar con ella. Se había convertido en un doctor que viajaba en avión, que vivía en Estados Unidos. ¿Para qué necesitaba él a una muchachita pálida y desgarbada como ella? Alguien que fregaba los suelos en un mercado, preparaba cajones de verdura y servía café a otros libaneses.

No probó la taza de chocolate. Esperó a que su madre se acostara para servirse la cena. Prefería no tener que hablar con ella.

El sábado, la madre fue temprano a misa. Amira no la quiso acompañar.

—No me gustan estas discusiones —murmuró su madre antes de cerrar la puerta.

Cuando se quedó sola, Amira se vistió. Iría a visitar a la madre de Jamal.

Recorrió las calles planeando qué decir. Debía ser ella quien le llevara esperanzas a la señora Sahira. Además, en esa casa lograba sentirse cerca de Jamal; estaban sus fotos, su taza de café.

Encontró a la mujer sentada en su sillón hamaca, con la misma manta de lana sobre sus piernas huesudas;

las persianas bajas y las cortinas cerradas, igual que la vez anterior.

La madre de Jamal la tomó de la mano, le contó que le habían otorgado una pensión especial. La pensión para las madres de los héroes que habían perdido la vida defendiendo a su país.

Amira no se animó a liberar sus dedos del secuestro de esas manos frías y arrugadas. En esa sala en penumbra, en la que creyó que un día sería su casa, intentó convencer a la señora Sahira de que Jamal seguía con vida. Le aseguró que él iba a regresar. Él se lo había prometido.

—Y cuando nos casemos, vamos a vivir en el cuartito del fondo. Jamal quiere comprar la casa del vecino para hacer las habitaciones de nuestros hijos. Un varón y una niñita.

La señora Sahira le pasó la mano por el pelo. Luego se secó los ojos.

Amira se quedó observándola. Hubiese preferido no haber ido de visita. Esa era una madre que se había dado por vencida, que había dejado de esperar a su hijo. De la misma manera que, muchos años atrás, dejó de soñar con el retorno de su marido, al que también le arrancó la guerra.

Capítulo XI

El lunes 19 de septiembre, dos días antes de que llegara el otoño, Narek aterrizó en Beirut. Por lo menos, esas fueron las noticias que les llevó la señora Iris. A Amira le costaba creer que alguien que vivía en Estados Unidos, rodeado de mujeres rubias, independientes, quizá hasta de ojos azules, estuviera camino de Beirut para buscar una prometida y rescatarla de la guerra. Pensaba en esas revistas americanas que la esposa del señor Omar leía a escondidas para que su marido no le reprochara que descuidaba a las niñas. Eran hojas brillantes con fotos de Brooke Shields nadando en las aguas de *El lago azul* y de Daryl Hannah caminando por Nueva York, antes de volverse una sirena. ¿Acaso no había mujeres allí, donde Narek estaba estudiando? En el mercado comentaban que esas americanas eran todas muy libertinas.

El viernes, mientras limpiaba las mesas, escuchó las últimas novedades que retumbaban en el local: la señora Maryam había hecho un pedido grande, estaba preparando un almuerzo especial para Narek. Se chismorreaba que había invitado a varios vecinos.

A las cuatro, concluyó su turno. En el camino a casa, decidió que no le iba a contar nada a su madre. Ya podía imaginar la cara de decepción: los ojos hinchados a causa del llanto por no estar en la lista; luego las conversaciones con la señora Iris, debatiendo cuál había sido el motivo de que no las hubieran invitado. «Ocultar algo no es lo mismo que mentir», se convenció cuando abría la puerta.

La casa estaba en silencio. Encontró una nota sobre la mesa de la cocina:

He ido a la mercería. Necesitaba unos cierres. Por favor, empieza a preparar la cena.

Mamá

Amira encendió la radio. Se apresuró a cambiar el dial; no deseaba oír más acerca de los enfrentamientos entre Hezbolá y Amal, ellos eran los culpables de todo lo que les estaba sucediendo. ¿Qué diferencia suponía en su vida un país sin presidente, pero con dos gobiernos? Lo único que esperaba oír era que habían rescatado al batallón de Jamal. ¿Para qué ser oyente de un programa de noticias si todo se ocultaba? Los desaparecidos. Los muertos. Los secuestrados. Los exiliados. ¿Y quién les aseguraba que cuando se lograra la estabilidad interna no seguirían peleando con los de afuera? Llegó a Radio One justo cuando empezaban las canciones en inglés.

Apenas movía las caderas sin dejar de revolver la mezcla de leche y avena. Le agregó el huevo y una pizca de canela; la miel iría lo último, tal como le había enseñado su abuela. Y entonces se preguntó si alguien le daría de cenar a Jamal. Ahí estaba ella, de pie frente a una olla de aluminio, cocinando una vieja receta, como si la vida fuese la misma de antes. La culpa se le atravesó en la garganta por tararear a coro con la radio: *Never gonna give you up*. A nadie le dejaba saber su dolor. Había aprendido a mantenerse callada para no permitir que las clientas ni las vecinas aniquilaran sus esperanzas.

Bajó el fuego. Tenía el tiempo justo para correr hasta el dormitorio y buscar el libro de inglés antes de que la mezcla hirviera. Si descuidaba la olla más de un segundo, tendría que limpiar leche y avena el resto de la tarde. Ese día le tocaban «los femeninos y los masculinos». Si no lograba concentrarse, nunca pasaría el examen.

Diez minutos después, con el fuego apagado y el cuaderno abierto en la quinta hoja, oyó unos golpes en la puerta. Asustada, inquirió con una voz que simulaba fortaleza:

—¿Quién es?

Su madre nunca golpeaba así.

—Soy yo, Maryam. La madre de Narek.

Se apuró a abrir. No quería dejarla esperando.

—Señora, ¡qué sorpresa!, pase por favor —saludó y enseguida se empezó a ordenar el pelo con las manos. De pronto, se percató de cuánto le preocupaba su apariencia.

—Gracias, querida, ¿tu madre no está? —La señora sonreía, pero no se movió.

—Ha ido a la mercería. Ya estará a punto de volver. Pase, por favor, y le sirvo un poco de zumo. Si quiere, puedo ir a avisarla de que está usted aquí.

—No hace falta que me sirvas nada, querida. No tengo sed. Salgamos a caminar un rato. ¿Te gustaría? La tarde está muy agradable.

Amira asintió.

—Déjeme tapar la olla y lavarme las manos.

Mantuvo la puerta abierta; regresó en menos de un minuto. Entonces cerraron sin pasar la llave y bajaron juntas por la escalera.

Eran casi las seis, el sol ya no calentaba con tanta fuerza. Comenzaron su andar a paso lento, saludando a las vecinas que se cruzaban en su trayecto. Todas llevaban algún paquete: alimentos para preparar la cena. Se aferraban al papel marrón, asiéndolo a su pecho; ninguna sabía si tendría dinero suficiente para volver a hacer la compra la tarde próxima. Había varios niños jugando por los alrededores; los vieron correr y gritar detrás de una pelota de trapo, la polvareda se desplazaba con ellos. Un pequeño se acomodó bajo una de las higueras masticando un trozo de pan. Amira imaginó que esa sería su cena; lo único esa noche. Cuando el niño acabó de comer, se bajó los pantalones y orinó contra el tronco.

El ruido era mucho, parejo y monótono. A medida que avanzaban, el sonido se hizo más leve, se perdió entre las nubes de polvo que levantaban esos pies descalzos jugando en la acera. Ella estaba segura de que ni las risas apagadas de los niños ni los murmullos de la tarde interferirían en la conversación. La señora Maryam tomó su brazo con firmeza.

—El tiempo pasa rápido, querida. Ya hace dos años que se fue Narek. Más de cinco desde que falleció tu padre. Era un buen hombre, todos lo apreciábamos mucho. Tu madre ha hecho un buen trabajo. No es fácil criar a dos muchachas en este infierno. ¿Qué sabes de Rayzel?

Amira se tomó unos segundos antes de responder, quería escoger sus palabras.

—Rayzel se está adaptando bien a París, la hija de su esposo es una niña muy buena. Nos extraña, claro, pero está bien por allá.

Después agregó algunas anécdotas acerca de las plantas en el balcón y de las callecitas parisinas, pero, cuando vio que a la señora Maryam no le interesaba hablar de esos temas, no mencionó nada más.

Esta volvió a tomar la palabra.

—Ya hace dos años que se fue Narek —repitió suspirando.

Amira proseguía callada.

—Él está bien por allá. Le falta un año más de práctica, pero ya ha recibido ofertas de clínicas importantes. Siempre ha sido un excelente alumno. ¿Tu madre ha hablado contigo?

Amira no supo bien qué contestar. No había entendido la cuestión: ¿si su madre le había contado que Narek era buen alumno o la señora Maryam se refería a algo más?

—No es bueno para un hombre vivir solo en un país lejano, todo es distinto, las costumbres, la comida. Los americanos son amables y respetuosos, estamos agradecidos por cómo lo han recibido. Pero somos distintos.

—La señora gesticulaba mucho con su mano. El último gesto que hizo pareció indicar «basta».

Luego no hizo más preguntas. De ahí en adelante, Amira solo se dedicó a asentir cada tanto, nunca se hubiese atrevido a interrumpir a la señora, que continuaba enfrascada en su monólogo:

—Ninguna joven americana dejaría su carrera para seguirlo. Necesita una buena compañera, una mujer que lo atienda y lo acompañe.

La charla se estaba tornando incómoda. Amira sentía la tensión en su cuerpo, intentaba respirar con calma. La señora Maryam continuaba apretando su brazo con fuerza. Si se dio cuenta de su reacción, no le dio importancia, porque no se detuvo:

—Amira, nos enteramos del telegrama. Ya fui a hacer la visita de duelo a Sahira. Pobre madre —Maryam pronunció esas palabras con verdadera dulzura y compasión—. Sé qué eres una buena chica, ¿tienes otro novio? Quiero creer que eres virgen todavía, ¿no es así?

La señora frenó la marcha y la enfrentó con la vista, como diciendo: «Espero que seas sincera».

—¡Claro que soy virgen! ¿Cómo voy a tener otro novio? —A Amira le costó contener las lágrimas. Sabía que no debía llorar delante de ella.

Tuvo ganas de decirle que Jamal no estaba muerto. Pero no era un juego para el que estuviera preparada. La señora Maryam intentaría convencerla de que lo habían matado. Diría que le pasó lo mismo que a su hijo Gafar.

—Jamal era mi amigo. Cuando mi padre murió, él me acompañaba todo el tiempo. —Palpó la manga de su blusa, pero no encontró ningún pañuelo. Justo cuando más lo necesitaba—. Y sí, señora Maryam, él era mi novio. Claro, un noviazgo inocente, pero era mi novio. Yo creía que me iba a casar con él.

—Me alegra que me lo hayas dicho. Me imaginé que era un noviazgo inocente. Siempre has sido trigo más limpio que tu hermana.

Amira no fue capaz de lidiar con ese comentario.

Tampoco se animó a defender a Rayzel, solamente bajó la vista con la excusa de no pisar escombros ni restos de gatos muertos.

—No queremos más muertos. Necesitamos que esté tranquilo, allá en América. Anda diciendo que cuando termine sus estudios va a volver, que el Líbano lo necesita. Pero yo lo quiero lejos, lo quiero con vida. Y para eso tiene que llevarse una buena mujer, que lo cuide y le dé hijos. —Sus ojos se enrojecieron, se los limpió con la mano que tenía libre. Suspiró como si le faltara el aire y nuevamente, antes de que Amira pudiese reaccionar o decir algo, le preguntó si se acordaba de Narek.

—Sí, aunque hace muchos años que no lo veo. —Amira se restregó la cara con el puño de su blusa. Respiró profundamente e hizo un esfuerzo para concentrarse también ella en el presente.

—Mañana viene a almorzar con nosotros, está alojado en un hotel con toda esa gente con la que ha viajado. Os espero a ti y a tu madre, así lo saludáis. Va a ser más cómodo para todos si venís para el café. Al principio, pensé en el almuerzo. Pero es mejor solo el café. A las tres es una buena hora. ¿Entiendes de qué trata todo esto, Amira? —Otra vez, la señora interrumpió su andar. Y de nuevo le clavó la mirada—. Me gustaría mucho que dijeras que sí.

«¿Que sí a qué?», pensó Amira. La señora Maryam aguardaba una respuesta sin pestañear. Amira le confesó que le daba miedo dejar a su madre sola, ¿quién la iba a cuidar cuando se pusiera más vieja? Entonces ya no pudo seguir conteniendo las lágrimas.

Cuando vio la forma en que Maryam la estudiaba, se apresuró a explicar:

—A lo mejor, mi madre se podría mudar con mi tía a Baalbek. No nos queda familia en Beirut.

—No te preocupes por tu madre, nosotros estamos aquí para hacerle compañía. Estoy segura de que con el tiempo nos sentiremos muy unidas. Pasaremos a ser familia. —Y otra vez, la madre de Narek la tomó del brazo.

—Si Narek y yo nos entendemos, todo está bien para mí —aceptó Amira y cerró los ojos unos segundos para dejar salir lo que esperaba fuera el último sollozo en ese paseo.

Giraron alrededor de un viejo árbol de morera. Ninguna volvió a pronunciar palabra durante el camino de regreso. Amira estaba segura de que la señora Maryam estaría pensando en sus hijos. Agradeciendo el encuentro con Narek, la posibilidad de abrazarlo después de tanto tiempo. Pero también sabía que era una alegría efímera: solo dos semanas. Entonces lloraría por él y por el recuerdo de su otro hijo muerto: Gafar. Vinieron a su cabeza las épocas en que los vecinos hablaban de Maryam todo el tiempo. De su cara triste y ojerosa, caminando siempre distraída, diciendo que no había podido pegar un ojo en toda la noche. Fueron dos años en los que Narek y Gafar hicieron el servicio militar casi a la par. En el mercado, el señor Omar dio la orden de que se la atendiera primero, no quería que hiciera la fila. «Hay que rezar por esa madre que tiene cuatro hijos y que no duerme por las noches por miedo a que le devuelvan a alguno en una caja de madera. Cuando estos dos terminen, cuando Gafar y Narek vuelvan, se van a ir los dos más chicos.»

El esposo de la señora Maryam fue quien abrió la puerta el día que llegaron los telegramas. Un soldado le entregó las notificaciones; en una de ellas le informaban de que Narek sería condecorado por los servicios prestados al Líbano; en la otra, le comunicaban con pesar la muerte de su hijo Gafar.

Los pasos de la madre de Narek se habían hecho más lentos. Ahora era Amira quien arrastraba todo el peso; lo sentía en el brazo y en la espalda.

En la entrada del apartamento, Amira se ofreció a subir para bajarle un vaso de agua. La señora se lo agradeció, dijo que no era necesario.

—Déjeme acompañarla hasta su casa. Deberíamos haber ido para el otro lado.

—No te preocupes, querida. Me hace bien andar. Tengo mucho en qué pensar. —La mujer llevó su cabello corto y canoso hacia atrás—. Os espero mañana a las tres en punto. No es necesario que traigáis nada.

Amira confirmó con la cabeza, considerando cuánto le debía de haber costado a Narek elegir un regalo para su madre. Nada de ropa, ¿para qué? Desde hacía cuatro años, la fecha en que murió Gafar, Maryam solo vestía de negro. Al despedirse, Amira la abrazó.

—No recuerdo si alguna vez le di el pésame —se disculpó. No le podía explicar que desde hacía un par de meses necesitaba abrazar a todas las mujeres que habían perdido hijos, padres, hermanos y amores en esa guerra. Ahora solo veía soldados muertos por todos lados—. Lo siento mucho.

—Eras muy pequeña. ¿Qué tendrías?, ¿unos catorce cuando me pasó esto? Fue poco después de lo de tu padre. Escucha lo que te digo: ya todos hemos tenido bastante. Es hora de buscar nuevos horizontes.

Amira la vio alejándose despacio. El sol, ya bajo, se apreciaba muy a lo lejos. La imagen de Maryam con su falda y la blusa negra, caminando erguida, era la de una mujer fuerte y segura. «Fuerte por fuera y destruida por dentro», concluyó, y subió las escaleras.

Tiró del pestillo. La sala estaba en penumbra, el reflejo de la velita blanca llegaba desde la cocina y se mezclaba con las sombras en blanco y negro del televisor, velando por el sueño de su madre, que descansaba en el sofá.

Capítulo XII

La noche se le hizo larga. Amira se dormía y al rato despertaba, preguntándose qué pensaría Narek acerca de su visita. En uno de esos aterrizajes forzosos, desde los brazos de Morfeo a las sábanas arrugadas de su cama, se percató de que la señora Maryam nunca le había dicho si él sabía de sus planes o si todo se trataba de pactos secretos entre mujeres desesperadas. A las nueve, cuando empezó a chillar el despertador, ella llevaba un buen rato despierta, con su cabeza sobrevolando miles de imágenes, caras serias, de alegría, y a lo mejor también de decepción en ese encuentro con Narek.

Fue a controlar que su madre no se hubiese quedado dormida; la encontró sentada a los pies de su cama, intentando secarse el cabello con sus manos. Las cortinas estaban a medio cerrar, una luz muy suave entraba por la ventana.

—Esperemos un poco más y me pones los rulos —declaró—. Tengo miedo de que no se me marque bien. ¿Qué va a pensar Maryam? Ahora estoy preocupada. Quizá debí lavármelo anoche.

En ese momento, la madre fijó los ojos en Amira y la estudió en silencio. Las miradas se cruzaron. La madre desvió su atención hacia el pelo de la hija. No hizo comentarios.

—Yo me ocupo del desayuno, luego vengo y te los pongo —se apuró a expresarle Amira. ¿Qué necesidad había de empezar una discusión tan temprano?

Puso agua a hervir y se dedicó a cortar el pan; dos minutos después, le llegó la voz potente de su madre:

—Deja. Deja. Ya he decidido que es mejor que los rulos vayan a tu pelo.

Hizo como que no había oído nada y encendió la radio; el volumen más alto que de costumbre. Se sentó a esperar a que apareciera el vapor por el pico de la caldera, convencida de que había hecho bien en descartar la falda de Rayzel. No es que fuera demasiado corta, el largo era decente, pero no tenía ganas de andar mostrando las piernas, pálidas y delgadas. La ropa se había convertido en un problema. Apagó el infiernillo y entonces clamó:

—¡Mamá!

El resto de la mañana pasó muy rápido. Plancharon la blusa y la falda de la madre, luego el pantalón azul y la camisa blanca que ella iba a usar. Había aceptado el pañuelo para el cuello que la señora Iris le había ofrecido: uno en tonos cremas y pasteles. Enseguida imaginó que se iba a parecer a esas azafatas que salen en las películas. Y no pudo dejar de pensar qué hubiese dicho Jamal si la viera recorrer las calles, paseándose vestida de esa manera. Al final, para dejar de escuchar la voz de su madre repitiendo que se marcara el pelo, accedió a ponerse unos rulos caseros: los cartones vacíos del papel higiénico.

Ninguna de las dos tenía ganas de almorzar. En parte por el calor, pero más que nada era ese cosquilleo en medio del pecho. Se sentaron a ver la repetición de la telenovela hasta que la madre anunció que era hora de vestirse.

Ya de salida, pararon en casa de la señora Iris. Fueron tantos los elogios que Amira se sonrojó. Nunca usaba maquillaje. Ese día se había puesto un poco de rímel, además de brillo en los labios. En el último instante, agregó unos toques de colorete, más que nada porque si no lo hacía ella, se iba a encargar su madre, dándole unos pellizcos en las mejillas. «Para quitarte esa palidez», diría.

A Cenicienta le tocaba ir a conocer a un príncipe en el que no tenía interés. La señora Iris se ofreció a ayudar con los retoques finales: quitó unos pelos dispersos de la blusa de la madre y anudó el pañuelo para Amira.

—Golpead en la puerta cuando estéis de regreso. Ya mismo voy a prender una velita blanca a San Antonio de Padua —mencionó sin dejar de pasar la mano por la blusa de la madre de Amira.

Se despidieron. Anduvieron despacio, buscando la sombra de los pocos árboles que había alrededor y de los techos de todas esas casas con fachadas desteñidas por el paso de los años.

Antes de tocar el timbre, limpiaron el sudor de sus caras con un pañuelo que la madre llevaba en el bolso. Entonces cerraron los ojos al mismo tiempo. Cuando Amira los abrió otra vez, su madre aún murmuraba con vehemencia. No le consultó a qué ángel o santo le rezaba ni qué era lo que esperaba. A ella solo le preocupaban sus propios deseos: que al final de ese camino, sin importar que fuera un recorrido largo y con muchos vericuetos, el destino la uniera otra vez con Jamal. Todavía le costaba creer que estaba yendo a cerrar un trato: no sabía qué preguntar; tampoco si habría algo que exigir. La madre se esponjó el cabello y Amira vio cómo le temblaban las manos. Quizá porque, aunque no lo dijera para no preocuparla, tenía muy claro que no solo se trataba de los deseos de Maryam, sino que era Narek el poseedor de la última palabra.

—Hacía mucho que no venía a esta casa. La última vez estuvimos con Iris, fue para la visita de duelo. Pobrecito Gafar. Dios lo tenga en su gloria —dijo la madre cuando pulsaba el timbre.

—No es necesario hablar de eso ahora —Amira, incapaz de controlarse, inmediatamente la reprendió.

—No lo voy a nombrar, salvo que Maryam lo recuerde. Los muertos no se olvidan así como así.

—Eso ya lo sé —le contestó y cerró los ojos un segundo.

Percibieron el retumbar de unos pasos. Uno de los hermanos de Narek abrió la puerta; era alto y bien parecido. El joven le ofreció el brazo a la madre y las fue guiando hasta la sala. Amira estaba segura de que él sabía el porqué de esa visita. Quizá por eso caminaba sin hablar. ¿Qué le iba a decir? «¿Vamos a ver si mi hermano te acepta?»

Cruzaron un patio abierto, rodeado de verde, en el que se veía un trozo grande de cielo. Las orejas de elefante estaban crecidas, pero no descuidadas. Había también varias macetas, todas grises; ninguna flor, solamente tallos, matorrales y hierbas aromáticas; varias *hookahs* de distintos colores, algunas bastante herrumbradas. Amira pensó que, si fuera su casa, ya se hubiera deshecho de ellas: ¿qué necesidad había de guardar cosas viejas?

Cuando dejaban el patio, y a medida que se acercaban a la sala, comenzaron a escuchar voces de mujeres. A Amira le volvió a latir el corazón deprisa. Hubiese querido cuchichear a solas con su madre. No estaba preparada para eso. ¿Y si se desmayaba? Tampoco podía hablar delante de ese muchacho. Imaginó la sala llena de jóvenes como ella: las harían sentar una al lado de la otra. Narek se pasearía por los alrededores para estudiarlas con detenimiento. Podía verlo haciendo comentarios en secreto con Maryam, evaluando a las candidatas, hasta finalmente elegir esposa. Les pedirían que cruzaran las piernas, les harían tejer la manga de un suéter, bordar en punto de cruz y repetir de memoria la receta del *moghrabieh*.

Cruzaron otra puerta. La cocina estaba a la izquierda; vio una mesa de madera grande y rectangular, dos pilas de platos, bandejas, latas de esas con *baklava*, *mamoul* y *ghraybeh*; cintas y papeles de confitería. Las botellas de vino, ordenadas en fila al lado del cubo de la basura, ya no llevaban el corcho. Se notaba que era un desorden fresco y que todo estaba limpio, a pesar del revuelo. Le gustaba el hecho de que Narek se hubiese criado en una casa mucho más grande y lujosa que la de ella; entonces reparó en que, en cierto modo, eso también era una desventaja. ¿Qué tenía ella para ofrecer?

Las cortinas de la sala estaban cerradas. En ese ambiente fresco, con el ruido del ventilador de techo girando a toda velocidad, contó más de veinte personas, a la vez que iba descubriendo caras conocidas: muchas de sus vecinas y algunas clientas del mercado. A varias de ellas las había visto en la casa de la señora Sahira el día que se

135

enteró de la desaparición de Jamal. Todas de la edad de su madre. Ella era la única mujer joven.

La señora Yaman levantó la mano y le sonrió. Amira hizo un gesto con la cabeza. Los padres de Narek se acercaron y las condujeron hasta la mesa. Se oyó el timbre varias veces; continuaban llegando vecinos y amigos de la familia. Narek no aparecía por ningún lado. Se preguntó si ya habría llegado o si estaría escondido, muerto de vergüenza, igual que ella. Unos minutos después lo tuvo frente a frente. Era mucho más alto de lo que recordaba. El pelo quizá apenas más oscuro, de los colores del *baklava*. La camisa azul contrastaba con su piel blanca. Inmediatamente se les aproximó. Se le iluminaron los ojos; parecía contento de verlas. Y a ella le subieron los colores por las mejillas. Segundos más tarde, él se disculpó para seguir saludando. Amira desvió la vista para observarlo con disimulo; se dio cuenta de que a todos les sonreía de la misma forma: con los labios y los ojos. Contestaba las preguntas de buena manera, a pesar de que todos querían saber más o menos lo mismo: cómo era el clima y si le gustaba la comida. Nadie bromeó ni hizo comentarios acerca de pretendientes, novios ni de un posible compromiso con la invitada, la joven huérfana de padre que trabaja en el mercado.

Casi media hora más tarde, tras varias tacitas de café, las mujeres vaciaron la mesa y extendieron un fieltro verde para jugar a las cartas. A la madre de Amira la acomodaron en una segunda fila, pero la señora Maryam le hizo un lugar y la sentó a su derecha.

Los hermanos de Narek prepararon más café. A Amira le gustó verlos colaborar. No recordaba si su padre o su abuelo ayudaban en la casa. Un rato después, comenzaron a circular algunas *hookahs,* todas en buenas condiciones. Alguien dijo, un hombre al que Amira no conocía, que a Gafar le gustaba coleccionar *hookahs*. Entonces ella pensó en las que había visto en el patio: viejas y herrumbradas; entendió que desearan conservarlas y que hubiesen reservado un lugar especial para las pertenencias de aquellos que ya no estaban.

Se quedó de pie a un lado, sin saber muy bien qué hacer. Creyó que quizá en algún momento Narek se acercaría a hablar con ella. Los minutos pasaban y él no abandonaba su grupo de hombres. Descubrió a la señora Maryam contemplándolos desde lejos: creyó que se iba a acercar para echarle una mano. Con tono relajado, diría: «Se ha terminado el azúcar. Narek, Amira, ¿por qué no vais a comprar otra bolsa?». Pero Maryam volvió su vista al fieltro verde, las cartas y las judías negras. Y ya no los miró más.

¿Debía ser ella quien diera el primer paso? Podría preguntarle cómo era la ciudad en la que vivía y si extrañaba sentarse en un café y aspirar el aroma frutal de los *hookahs* y de los habanos. No se movió de lugar porque entendió que solo había una explicación para lo que estaba sucediendo: nadie le había comunicado a Narek el motivo de su presencia; o si lo sabía, si lo tenía claro, simplemente no le interesaba la oferta. Entonces suspiró; fue como sacarse un peso de encima. Y de nuevo suspiró para liberarse de esa angustia que le oprimía el pecho desde la noche pasada.

Sin mucho más para hacer, se dedicó a estudiar a las mujeres: llevaban sus mejores ropas, aunque quizá algo anticuadas. Collares de perlas y alguna alhaja de oro. Los hombres, contó diez en total, parecían un poco fuera de lugar, formales y solemnes, hablaban en voz baja, apabullados por el griterío y los festejos de sus esposas, que se habían adueñado no solo de la mesa, también de la sala.

Contar la ayudaba a relajarse: veintisiete cuadros diminutos distribuidos a lo largo de las cuatro paredes. Hizo una lista por orden de prioridad: luego sumaría las tacitas de adorno; las había en azul y dorado, y en blanco y burdeos. Iba a seguir con las cucharas de plata, acomodadas en fila india sobre el bargueño. Las tazas en uso. Desvió la mirada hacia los jarrones: Maryam había puesto crisantemos amarillos. Después de los adornos, se encargaría de los pétalos: uno por uno, hasta que llegara la hora de marcharse.

En uno de esos recorridos por las paredes, las repisas y las flores, se encontró con los ojos de Narek. La observaba en la distancia. Él le sonrió y luego retomó la conversación con uno de sus hermanos.

Un rato antes de las seis, varios de los invitados se fueron. Amira y su madre también se despidieron. Caminaron junto a una pareja que vivía a dos calles de su casa. Las mujeres querían hablar de las demás vecinas, pero el señor no dejaba de insistir con la política: ¿cuánto tiempo más sería posible mantener esa misma situación? Un país gobernado por dos grupos extremistas y la población a la deriva. La esposa le pidió mesura:

—Te va a venir la acidez y no vas a poder dormir.

La pareja dobló una esquina. Ellas todavía debían recorrer dos manzanas más. Amira, para no ver los gestos de su madre, que movía la cabeza de lado a lado rezongando por lo bajo, se adelantó unos pasos. Hasta que se cansó de sus murmullos y le recriminó:

—No puedo creer que te hayas dedicado toda la tarde a jugar a las cartas. No me has ayudado en nada.

—¿En qué te tenía que ayudar? ¡Cuidado!, no pises

ahí. A veces, tengo miedo de que una de esas cosas explote. —Y la asió del brazo contra ella.

—Me has dejado sola —insistió.

Esperaba no tener que caminar la próxima manzana dando explicaciones. Porque, a pesar de que ella no tenía interés en Narek, a nadie le gusta que lo rechacen.

—Había más de treinta personas en la casa. Te he dejado sola para que pudieras hablar con él. Si has perdido tu tiempo, ¿qué puedo hacer yo? Haberle preguntado por el clima, por la comida. ¡Tantas cosas!

—Todos le preguntaban lo mismo: cómo es el clima y qué se come por allá.

—Haberle preguntado dónde está el baño, lo que fuera, en vez de quedarte ahí parada como una momia. Haberte ofrecido a llevar las tazas. —Con cada nuevo paso, la madre se agitaba más y más—. Esto no le hubiera pasado a tu hermana.

Amira siguió callada, con la vista fija en el suelo, como castigo por no ser tan hábil ni sensual como Rayzel.

—Mañana voy a hablar yo con Maryam. A ver qué dice.

—No es necesario. Narek no tiene interés. Y yo tampoco. No pierdas tu tiempo.

Se quitaron los zapatos en cuanto entraron, luego cada una se fue a su habitación. Las dos estaban dolidas por el desaire que les había hecho Narek. Amira cerró la puerta de su cuarto y, después de tirar el pantalón y la camisa contra el suelo, se metió debajo de las mantas. Le pareció escuchar que su madre lloraba. ¿Cómo saber si era porque extrañaba a Rayzel o porque se lamentaba de que se le había quedado la hija tonta en casa? La culpaba de haber dejado pasar esa única oportunidad. ¿Qué se supone que debía haber hecho?, ¿decirle que le gustaría vivir en Estados Unidos?, ¿suplicarle que la salvara de esa guerra? Cerró los ojos para no ver las paredes blancas y tristes, para no pensar, para no dejar que siguieran saliendo más lágrimas.

Se despertó cuando su madre entró en el cuarto. Ya había oscurecido, solo se veía el reflejo de algunas luces a través de la ventana. Le dolía la cabeza. La madre habló de forma rápida:

—Ha venido. Está sentado en la sala. Vístete rápido. Y, por favor, esta vez no lo arruines.

Capítulo XIII

Amira necesitó un par de minutos para entender qué era lo que estaba pasando: Narek sentado en la sala de su casa. Levantó la ropa del suelo y se vistió deprisa y corriendo. Le temblaban las manos cuando el peine se deslizaba por su pelo. ¿Cómo iba a saludarlo sin antes lavarse los dientes? Tendría que caminar de puntillas, ir hasta el baño sin que él se percatara. Abrió con cuidado; él estaba de espaldas. Dio el primer paso, entonces vio los zapatos de su madre con las suelas apuntando al techo, ¡esa costumbre de descalzarse!, y la plancha con el cable largo que colgaba desde la manta vieja y agujereada que usaban para proteger la tapa de nogal. ¿Qué iba a pensar Narek de ellas?

Dos minutos más tarde, con la boca fresca y muerta de vergüenza, se le acercó. Narek estaba solo, sentado a la mesa, frente a una taza de café. Su madre, como era habitual, había huido a esconderse en la cocina.

Él se levantó cuando la vio. Amira dejó una silla en medio de los dos y se sentó.

—Lo pasamos muy bien en tu casa. —Ya no se le ocurrió qué más decir. Tampoco sabía si estaba preparada para oír lo que él quería preguntar.

Narek sonrió. Y no agregó nada más. Fue un silencio largo, incómodo para los dos. Entonces Amira fue enrollando el cable de la plancha. Dijo algo acerca de que lo habían dejado todo desordenado antes de salir.

Alguien golpeó la puerta.

Ella suspiró aliviada cuando vio que se trataba de la señora Iris. Hizo las presentaciones, luego la invitó a sentarse con ellos.

—Me quedo un ratito nada más —avisó mientras se acomodaba—. Necesito una taza de azúcar —le explicó a Narek—, estaba convencida de que tenía media bolsa en la alacena.

Narek dijo que sí con la cabeza.

—Yo me levanto a las seis, querido, y no puedo andar molestando tan temprano. Y el té sin azúcar no me gusta. No, señor.

Tras eso, continuó: aseguró que Amira y su madre eran como su familia. Amira bajó la vista, complacida cuando escuchaba los elogios de la señora Iris. Enseguida le vinieron a la mente esas novelas que tenía en la biblioteca: la señora Iris nunca había salido de Beirut y, sin embargo, se comportaba como una dama de la nobleza europea.

A partir de ese instante, todo se volvió más fácil. La señora Iris hacía preguntas, Narek contestaba. Les contó cómo era la ciudad en la que vivía y cómo, dos años antes, consiguió la beca para Estados Unidos: lo habían recomendado sus profesores por sus buenas notas. La madre de Amira apareció en la sala, cargando dos tazas de café. Saludó a la señora Iris con tanta efusividad que

Amira se asustó: ¿y si Narek descubría la falsedad del cuento acerca de la tacita de azúcar?

Él reiteró entonces la misma historia para la dueña de casa. Esta vez, se explayó en la parte del visado y la embajada. Sostuvo que era muy importante tener los papeles en regla para vivir en América. Ya le habían dado la *green card*. Prosiguió explicando de qué se trataba todo eso. Amira hizo un esfuerzo para mantener su cabeza en la conversación; no podía dejar de pensar en los papeles que mencionó Rayzel, los que quería conseguir para ella y su madre. Por más que Narek intentaba sonar sosegado, sus piernas se sacudían por debajo de la mesa.

Parecía un programa de televisión, como si la vecina fuera la encargada de llevar adelante la entrevista y de hacer lucir —muchísimo— al entrevistado. Narek detalló que la ciudad donde vivía se llamaba New Haven, dijo que estaba en la costa este. Después comentó que le faltaba poco para acabar el posgrado en la Universidad de Yale. Las tres mujeres asintieron. Solo la señora Iris había oído hablar de Yale. Amira asumió que sería un lugar importante, porque él lo repitió varias veces, orgulloso de su currículum.

—Ay, ¡qué hermoso debe de ser ese lugar! —soltó la señora Iris.

Él respondió, bajando la voz, que en algún momento había considerado mudarse nuevamente a Beirut. El último año se le había hecho muy largo. Sus compañeros, y en especial sus profesores, le decían que era arriesgado volver, que él, como cirujano, sería más útil en un país grande como Estados Unidos.

La señora Iris seguía en su rol de entrevistadora:

—¡Qué orgullosa debe estar tu madre! Yo creo que

tus profesores tienen razón: habría que quedarse unos años más para retribuir todo lo que te ha dado ese gran país.

Narek refirió que le habían ofrecido hacer sus prácticas en Haití. Sus compañeros tenían otros destinos. Era un buen contrato, una oportunidad importante para su carrera, pero le preocupaba sentirse solo en un lugar tan alejado.

Amira cerró los ojos un segundo; esa era la parte donde ella entraría en escena. Los tres se quedaron callados. La madre ofreció más café. Todos negaron. La señora Iris continuaba con la entrevista del programa «Un marido para Amira».

—¿Cuándo regresas a Estados Unidos, querido?

—En diez días. —Entonces sonrió y, como si fuera algo que se le acabara de ocurrir, las invitó a las tres a almorzar al día siguiente para presentarles a sus compañeros: los demás integrantes del grupo de ayuda humanitaria que habían viajado con él.

—Qué amable. Yo me disculpo. A mí no me gusta ir al centro ni alejarme de casa. Además, no hablo mucho de eso, pero tengo un problema en la pierna derecha. A veces, me duele tanto que me hace renquear —se justificó la madre de Amira, masajeando su rodilla.

—Entiendo, no se preocupe, señora Daima —la disculpó él con mucha formalidad.

—¡Ay, pues yo encantada! A mí me gusta mucho pasear —se apuntó la señora Iris.

Los tres se volvieron hacia Amira. Era la única que faltaba.

—Claro —asintió.

Narek tomó el resto del café de un sorbo. Dijo que se había hecho tarde.

«Ahora se va. Ya ha conseguido lo que había venido a buscar», razonó Amira.

—Amira, ¿por qué no acompañas a Narek hasta la planta baja? —se le ocurrió a la señora Iris—. Iría yo, pero, si estáis de acuerdo, me quedo un rato más. Hoy pasan *El pájaro espino*.

Narek sacó algo de su bolsillo, una tarjeta con el logo del hotel, y se la entregó a Amira:

—Ahí están los datos. Si tenéis problemas para llegar, llamadme. Mi habitación es la 711. Y no es necesario que bajes conmigo. Es una película muy bonita, no quiero que la tengas que ver empezada. Hasta mañana. Os dejo.

Miró a las otras dos mujeres. Tras saludarlas con la cabeza, cerró la puerta.

Contaron hasta diez, entonces la señora Iris y la madre de Amira se abrazaron. Amira, arrastrando los pies, llevó las tazas a la cocina, luego abrió el agua del grifo. Casi enseguida, oyó los gritos de la señora Iris:

—¡Ay, Amira! Le iba a llevar la taza de Narek a la adivina. Es una experta en la lectura de los posos del café.

La madre de Amira no contestó, quizá porque se imaginaba que la única lectura que le interesaría a su hija era la de una taza en la que hubiese bebido Jamal.

—Aprovechemos que Iris está aquí y decidamos la ropa —dijo la madre—. Ven con nosotras, Amira.

Ella las siguió. Revolvieron las bolsas que había preparado Rayzel y que al final no se había llevado. Esa noche, las mujeres ajustaron un vestido color guinda con flores blancas. A cada rato, le pedían a Amira que posara para ellas. Prendían alfileres en la sisa, puntillas marrones en las mangas y el cuello. Ella se levantaba del sofá de mala manera, convencida de que no iba a estar satisfecha con el resultado. Pero todo salió mejor de lo que esperaba; tuvo que admitir que ambas se habían lucido como diseñadoras de moda. Por último, llegó el turno de los zapatos: marrones, de tacón chino, otro legado de Rayzel.

—Me quedan grandes —se quejó.

—No te preocupes —se apuró a contestar la madre—, ahora hago unas plantillas mientras vemos la película. Le pongo la tela de las hombreras, así mañana no se te salen en ese hotel tan elegante.

Era casi la una de la madrugada cuando terminaron de preparar el vestuario.

A la mañana siguiente, a las once en punto, Amira llamó a la puerta de la casa de la señora Iris.

—Pasa, mi vida.

Sobre el sofá había dos bolsos. Amira tomó el más pequeño, marrón, con una cadena larga dorada. La señora Iris apareció con sus zapatos en la mano.

—Los he puesto ahí para que elijas el que más te guste.

Salieron. El viaje en autobús fue muy rápido; hablaron poco durante el recorrido. Amira observaba por la ventanilla, esperando una señal que le dijera que estaba haciendo lo correcto. La vecina estudiaba la carterita, la preferida de su hija, con la que jugaban durante las tardes, a la hora de la telenovela. Le ponían lápices de colores y caramelos.

Tuvieron que caminar dos calles por una zona llena de turistas. Era la primera vez que alguna de las dos ponía un pie en el hotel Le Commodore, aunque lo habían visto en anuncios y fotos de revistas.

Narek las aguardaba en la recepción. Llevaba una camisa celeste y un bléiser de color marrón, a tono con el vestido de Amira. Les presentó a varios de sus compañeros. Primero a la señora Iris, luego decía:

—Ella es Amira.

No aclaraba si era una amiga, una vecina, una novia o qué. Tampoco nadie preguntó.

Muchos de los médicos viajaron acompañados por sus esposas. A Amira le estaba costando entender qué hacían esas mujeres en un país en guerra. La mayoría provenían de Estados Unidos. Dos dijeron que eran francesas. ¿Por qué no se habían quedado en sus casas?, ¿en sus hermosos países? ¿Qué necesidad de poner en riesgo la vida? Hasta que entendió la respuesta: si Jamal hubiera hecho un viaje al extranjero, ella lo habría acompañado feliz, sin importar a dónde, solo para estar con él.

—Y ella es Amira —repetía Narek. Entonces Amira extendía la mano.

Como si cada momento estuviera cronometrado, unos minutos después de que concluyeran las presentaciones, un camarero se acercó para decirles que era hora de pasar al salón comedor. Todo estaba dispuesto para que las mujeres se acomodaran a un lado de la mesa, los hombres al otro. Amira se sentó junto a una libanesa. Se pusieron a conversar: le contó que llevaba tres años viviendo en Estados Unidos.

—¿Y cómo es? —quiso saber Amira.

Asumió que no era necesario que le explicara el porqué de esa duda. Pensó que quizá esa joven, a la que le calculó entre cinco y siete años más que ella, también se había casado para acompañar a un libanés que extrañaba demasiado su país. Para cocinar y encargarse de su casa en América.

—Es bonito, pero se extraña mucho. Vivimos en Vermont, una de las últimas ciudades al norte, casi en el límite con Canadá. Es muy frío. A eso todavía no me acostumbro. —La joven continuó describiendo el paisaje, las cabañas alpinas, las montañas y los ciervos que recorrían los parques nacionales.

Amira solo asintió. No tenía idea de cuán frío era el lugar donde iba a vivir, si es que Narek decidía casarse con ella.

La señora Iris quedó al lado de una francesa que reiteraba, emocionada, lo bien que hablaban algunos árabes en francés. La señora Iris le quiso explicar acerca de la relación entre los libaneses católicos y el francés. Siguió con el tema de los musulmanes y Palestina. Cuando vio que a la mujer no le interesaba conocer los pormenores, le preguntó si tenía hijos. Y la conversación tomó otro rumbo.

Dos veces, Amira levantó la vista y vio que Narek la observaba desde lejos. En algún momento, se cuestionó para qué la habría invitado al hotel si, otra vez, no iban a poder hablar.

El almuerzo concluyó cerca de las tres. El grupo se empezó a dispersar. Algunos dijeron que irían a recorrer el jardín René Moawad para tomar fotografías. Narek sugirió que sería una buena idea ir a caminar por la rue Hamra y buscar un café para sentarse a conversar.

—Vayan ustedes, queridos, yo prefiero quedarme en los sillones —formuló la señora Iris—. Tengo ganas de ver un poco de televisión.

Los dos asintieron.

—¿Estás segura de que puedes andar bien con esos zapatos? —le consultó Narek cuando iban saliendo del hotel.

Ella sonrió y dijo que sí.

Dos calles más adelante encontraron un café rodeado de plantas verdes y *menaras*, los faroles de luces de colores. Las *hookahs* adornaban las mesas, perfumando con aroma a durazno, limón y mango el aire fresco que llegaba desde el mar. No había mesas libres en la acera. Siguieron a la recepcionista y se ubicaron en un rincón tranquilo en el primer piso. Allí, las cortinas de paño pesado dejaban pasar una luz tenue que se fundía con el reflejo ámbar de los plafones.

Pidieron dos cafés. En menos de un minuto, el camarero regresó con una bandeja donde, además de las tazas, había dos platitos con mentas y masitas de sémola.

Amira se puso a jugar con el papel plateado de las mentas. Notó que Narek estaba tan o más nervioso que la tarde anterior cuando la visitó en su casa. Sintió que debía ayudarlo. Le consultó cómo era vivir en Estados Unidos, quiso decir New Haven, pero lo pronunció mal. Él sonrió, restándole importancia. Y ella creyó que esa era una buena señal.

Narek habló de una ciudad muy verde. Se explayó en el clima y dijo que su vida era bastante monótona: iba del hospital a su casa y de ahí a la universidad; todos los días lo mismo. Al cabo de un rato, se sintió más cómodo y describió sus fines de semana: salía a correr temprano, antes de que amaneciera, por los parques y las calles que bordeaban el campus universitario. New Haven era muy segura, ya fuera de día o de noche. También le confesó que muchas veces se sentía solo.

El camarero volvió con dos vasitos de agua. Narek se había quedado pensativo; ella creyó que le iba a hacer la pregunta en ese momento, pero, en vez de eso, él se refirió de nuevo a cuánto extrañaba Beirut. Se quedaron callados unos segundos. Le quiso dar tiempo para que continuara pensando de qué forma se lo iba a preguntar. Narek dijo algo acerca de uno de sus profesores: el doctor Gopal. Amira consideró que él estaba perdiendo el hilo de la conversación.

—El doctor siempre dice que después de casado dejó de sentirse tan extranjero. Él emigró de India solo. Estuvo a punto de regresar. Parece que, cuando se casó, todo cambió.

—¿Se casó con una americana?

—Con una mujer de la India. Un matrimonio concertado. Tengo muchos conocidos que se han casado así y están bien —sostuvo con aire de seguridad, convencido de lo que decía—. Con una vida estable.

Ella gesticuló un sí para que él supiera que había entendido lo que quería decir: «Bien, pero no enamorados».

El camarero preguntó si querían algo más. Narek pidió otro café. Amira, un té. Cuando se quedaron solos, Narek reanudó:

—El doctor Gopal me sugirió que aprovechara este viaje para buscar una buena mujer. Enseguida le dije que aquí las cosas son distintas, que ya no es común que se celebren matrimonios de esa manera. Luego lo pensé bastante, en especial, cuando salía a correr. Todo se fue dando en etapas. Cuando decidí volver, tuve la suerte de sumarme a este grupo de ayuda humanitaria y... aquí estoy.

Amira asintió. Llegaron el té y el café. Entonces Narek le preguntó acerca de si había tenido tiempo de pensar lo que había hablado con su madre. Estaba buscando una compañera, usó esa palabra: «compañera», para que fuera con él a América. Mencionó que allí se trabajaba muchas horas al día, pero que vivir en Estados Unidos también tenía sus cosas buenas. Para empezar: seguridad. Calles limpias. Y que era un país abastecido.

—Un hermoso país, quizá no tan bello como el nuestro, pero con infinidad de cosas buenas.

Fue muy fácil ponerse de acuerdo. Narek parecía un hombre poco complicado. Lo único que le interesaba era el trabajo y sus clases en la universidad. Necesitaba que alguien lo estuviera esperando en su casa por las noches. Ella le creyó cuando dijo que se sentía muy solo en América. Hizo un esfuerzo para no pensar en lo solo que se debía de haber sentido Jamal todo ese tiempo que estuvo lejos de ella. No se animó a preguntar si había dos habitaciones en la casa. ¿Tendría que compartir la cama? Rayzel ya no le hablaba de esas cosas en sus cartas.

Regresaron al hotel paseando.

El *lobby* estaba vacío. La señora Iris dormía frente al televisor. Ellos se acomodaron en un sofá de cuero marrón, frente a una mesita de cobre y vidrios oscuros. Unos minutos después, aparecieron los otros médicos con anécdotas acerca del jardín René Moawad y ya no se volvió a hablar de matrimonio.

La señora Iris se despertó con el ruido de la conversación. Narek pidió un té para ella. Más tarde, insistió en contratar un vehículo con chofer para que las llevara a la casa. Le dijeron que no era necesario, a esa hora las calles estaban despejadas.

El viaje de vuelta fue tranquilo y sin sobresaltos. La ciudad parecía en calma: soldados patrullando las avenidas, el tráfico ordenado y a baja velocidad. Amira se preguntaba cómo sería recorrer las calles sin tener que estar todo el tiempo en estado de alerta; sin pensar en toques de queda, coches bomba ni ataques sorpresa. Entonces supuso que le gustaría vivir de ese modo, aunque fuese durante unos pocos meses.

Capítulo XIV

Al día siguiente, Amira llegó al mercado poco después de las siete y media. Una hora más tarde seguían sin aparecer los clientes. El señor Omar se asomaba a la calle y, cabizbajo, repetía:

—No creo que se hayan quedado dormidos. Cada día hay menos libras de este lado de la ciudad.

Al final, resignado, se sentó a leer el diario. La cocinera, con su mal humor de siempre, esparció la harina sobre la mesa de trabajo y les dio la espalda. Sin nadie con quien conversar, los pensamientos de Amira se sublevaron. Primero llegó el recuerdo de Jamal y cuánto le gustaba compartir un vaso de café con él, sorbo a sorbo, sin dejar de mirarse a los ojos. Luego, su cabeza se acordó del hotel lujoso, de las servilletas con el holograma dorado y las mentitas envueltas en papel de aluminio en la rue Hamra. Narek nunca le había dicho si se volverían a ver.

Pasadas las diez y media, se presentó la señora Maryam para hacer un pedido. Se acercó a saludar a Amira.

—Quisiera ir a tomar un té con vosotras, querida —avisó—. Ya me he enterado de que ayer fue muy bien.

—Claro, nos encantaría recibirla. ¿Cuándo quiere venir?

La señora sonrió, pero no dijo la hora.

En cuanto terminó su turno, Amira salió apurada. Quería darle la noticia a su madre para que la visita no las pillara por sorpresa: guardar la plancha y las mantas viejas, esconder los zapatos y todo lo que estuviese dando vueltas.

Cuando abrió la puerta, la visita ya estaba instalada en la sala, dando órdenes desde el sofá.

—Querida, ven aquí. Tenemos mucho que hacer. Narek regresa a Estados Unidos en una semana. —Se levantó y le dio un abrazo.

Amira no se animó a decirle que necesitaba ir al baño. Siguió sus indicaciones y se acomodó a su lado. Así se enteró de que ella quería regalarle el vestido. La señora expuso algo acerca de una tienda en el centro que tenía modelos exclusivos con bordados y puntillas. Habló de velos y tules vaporosos.

—Me gustaría algo menos llamativo —señaló Amira, buscando aprobación en los ojos de su madre.

—El primer hijo que se nos casa. Yo estaba muy ilusionada, pensaba que te iba a gustar la idea —contestó la señora Maryam, buscando también apoyo en la madre de Amira.

—Voy a traer más té. —La madre enfiló para la cocina.

—Se lo agradezco muchísimo, señora Maryam. Pero yo creo que sería mejor guardar ese dinero por si lo necesitamos en América. Además, con todo lo que está pasando, no sé si deberíamos celebrar. Ni siquiera sabemos qué va a pasar con este gobierno.

La mujer asintió.

—Tienes razón. Eres una joven muy sensata.

Amira bajó la cabeza, quizá porque intuía que, aunque no lo dijera, en el fondo, Maryam sabía cuál era el motivo de que ella no quisiera festejos: aún estaba haciendo su duelo.

Entonces se animó a decir que necesitaba ir al baño.

—Disculpe —insistió un par de veces.

Cuando regresó a la sala, su madre y la señora Maryam estaban hablando de fechas.

El jueves, poco antes del mediodía, Amira y su madre terminaron de coser un vestido blanco con mangas de encaje, confeccionadas con los restos de una blusa que había sido de alguna abuela.

A las cuatro de la tarde, dio el sí frente al padre Ángel en la parroquia de Lourdes, en el mismo lugar donde también se había casado Rayzel. Llevaba sobre su pelo una mantilla apenas amarillenta, con puntillas duras y ásperas a causa del almidón. Era la misma que lució la madre de Narek el día de su boda y que ella no había tenido el valor de rechazar.

Cuando el sacerdote le preguntó si aceptaba a Narek como su esposo, Amira dijo «sí» con un hilo de voz. Miró a Narek y le sonrió. Entonces mantuvo los ojos fijos en la imagen de la Virgen María y el Niño Jesús, convencida de que hay sueños que es necesario poner a dormir hasta que llegue la oportunidad de echarlos a andar otra vez.

Después de la ceremonia, frente a la puerta grande y

pesada de la iglesia, saludaron a los pocos vecinos que los acompañaban. Maryam había organizado una cena en su casa. Fue solo para las dos familias, ni siquiera la señora Iris estaba invitada.

Un bizcocho de naranja, adornado con dos rosas amarillas naturales, hizo de pastel de bodas. Cerca de las ocho, Narek advirtió que debía regresar al hotel. Esa noche no hubo toque de queda. Él se fue con sus compañeros; Amira durmió en casa de su madre.

Se vieron una vez más. Fue la tarde antes de que él volviera a Estados Unidos; otra vez en casa de la señora Maryam. Hablaron del horario en que el coche pasaría a buscar a los padres para llevarlos al aeropuerto. Amira pensó que estaba invitada para ir con ellos, pero Narek afirmó que no era necesario; quizá porque no quería que los viera llorar durante la despedida.

Cuatro semanas más tarde, llegó la citación desde la embajada: el pasaporte y el visado de Amira habían sido aprobados. A partir de ese momento, los días pasaron cada vez más rápido.

Se despidió de su madre en la cocina, frente a tres velitas blancas, encendidas para que la Virgen María la acompañara en su viaje. Ya habían decidido que sería mejor que su madre no fuera al aeropuerto; estaban seguras de que su corazón no iba a tolerar tanta tristeza.

Bajaron las escaleras. Allí las esperaba la señora Iris.

—No te preocupes, mi vida, que yo voy a cuidar bien de tu madre —le aseguró con voz dulce.

Amira se abrazó a las dos. Apretó los párpados con fuerza, aunque ni eso logró impedir que las lágrimas corrieran por su cara. Oyeron unos bocinazos. Era el chofer avisando de que se tenían que ir.

La acompañaron hasta la calle.

Amira les hizo adiós desde la ventanilla, con la tierra ocre volando de forma suave a su alrededor. Imaginó que su madre y la señora Iris pasarían la noche en vela, rezando hasta que el avión aterrizara, tal como hicieron cuando fue el turno de Rayzel de abandonar Beirut. Otra vez les hizo adiós y, un minuto después, las dos figuras tristes se esfumaron.

El coche avanzó un par de calles y se detuvo frente a la casa de Narek. Vio aparecer a sus suegros. Asombrada, se movió para hacerles sitio.

—¡Cómo íbamos a dejar que te fueras sola! Tu madre ha hecho bien en quedarse en casa. No es fácil ver a un hijo partir —repetía la señora Maryam.

En el aeropuerto, antes de pasar al área de inmigración, Amira les extendió la mano. Los dos la abrazaron. Lloraban como si fuera de Narek de quien se estuvieran despidiendo. Les devolvió el abrazo, prometiéndoles que cuidaría bien de él.

La fila para subir se le hizo larga. Su asiento era el 28D. Se asomó a la ventanilla cuando el avión despegaba: el mar Mediterráneo, mezcla de azules y turquesas, parecía un globo. Las edificaciones se iban haciendo cada vez más pequeñas. Solo unos minutos después, antes de que las nubes lo cubrieran todo, como si fuera un árbol navideño que se enciende por primera vez, las luces de las avenidas comenzaron a titilar. Amira limpió sus lágrimas con el puño de la camisa. Recordó las palabras de la señora Iris: «No pienses que es un adiós, piensa que es un hasta pronto, mi vida».

Hicieron trasbordo en Londres. Ocho horas más

tarde, a bordo de un avión más grande y moderno, llegó a Estados Unidos. Los trámites de migraciones resultaron rápidos y sencillos.

Tras sellar el pasaporte, el oficial hizo un gesto con el dedo índice, le estaba anunciando que dejara lugar para el siguiente pasajero.

Una vez que recuperó su maleta, siguió las líneas del suelo indicando la salida. Lo reconoció al instante: estaba de pie entre un mar de personas. Narek se aproximó. Se saludaron con un abrazo torpe. Ese era su marido, con quien se había casado hacía poco más de un mes, la única persona que conocía en ese lado del mundo. Narek tomó la maleta con suavidad y le consultó si tenía hambre. Ella dijo que no.

Lo siguió y, casi sin percatarse, se encontró a bordo de un coche con chofer. El coche avanzaba rápido. Se distrajo observando por la ventanilla: todo se veía limpio, con árboles frondosos y cuidados. La gente estaba abrigada. No pudo recordar si al salir del aeropuerto sintió frío o calor. Tampoco tenía idea de la hora. Daba la impresión de media mañana. No le iba a consultar, quizá él creyera que era una tonta. Hizo ver que le interesaba el paisaje, no se le ocurría de qué hablar con su marido.

—¿Cómo está tu madre? —preguntó él de golpe.

En ese momento, ella se puso a lagrimear.

—Hacemos una parada antes de llegar y la llamas —explicó en árabe. Luego le habló al chofer en inglés—. En la casa tenemos teléfono, pero no hacemos llamadas internacionales. Es un acuerdo que tenemos entre todos. No queremos sorpresas a fin de mes. —Le sonrió.

«¿Un acuerdo entre todos?», pensó ella. No indagó en quiénes eran esos todos.

La cabina estaba en plena calle, rodeada de árboles. Fue una llamada corta para avisar a la señora Iris de que había llegado bien. Acordaron que el domingo llamaría a las seis de la tarde de Beirut. Esa fue una costumbre que mantuvo mientras vivió en la ciudad. Cada domingo, después de hablar con su madre, caminaba junto a Narek hasta algún café para tomar el desayuno. Él siempre entraba a la cabina con ella; también era parte de esas conversaciones. Ella nunca se animó a decirle que prefería hablar a solas.

Cuando colgaron con la señora Iris, Narek volvió a cargar la maleta. La casa estaba a solo dos calles. Todas las edificaciones alrededor del parque eran iguales: casitas de dos pisos, con ladrillos rojos y techos azules. Entraron en una con la puerta pintada de verde. Narek, tras bajar la maleta, gritó algo en inglés.

Enseguida aparecieron tres jóvenes. Se los presentó. Ella no pudo retener los nombres. Más tarde, llegaron dos mujeres, también americanas. Asumió que las jóvenes eran las novias de esos muchachos, pero un rato después se enteraría de que ellas también compartían la casa. Eran seis estudiantes en total, incluido Narek. Había tres dormitorios, uno para las muchachas y dos para los cuatro varones. Amira se quedó contemplando los marcos por unos minutos. No vio puertas en los cuartos. Solo en el baño.

Uno de los jóvenes acabó de sacar sus cosas de la habitación donde dormía Narek y las tiró frente al sofá de la sala. Luego le guiñó un ojo; ella se sonrojó.

La primera semana se le fue tratando de adaptarse al nuevo horario. Recorría los alrededores durante las mañanas; un par de veces visitó la biblioteca pública. Narek sugirió que debía buscar libros para seguir aprendiendo el idioma. Las muchachas le recomendaron que mirara mucha televisión: «De nada sirve escribir bien si uno no entiende cuando le hablan», decían.

New Haven, 12 de noviembre de 1988

Querida mamá:

Todavía me asusto cuando me despierto por las mañanas y no reconozco este lugar. Narek se levanta muy temprano, casi en silencio, se va al hospital antes de que amanezca. A eso de las siete empiezan los ruidos. Vivimos en una casa con tres habitaciones, compartimos todo con sus compañeros, también el baño y la cocina. Son hombres y mujeres. Me pregunto qué pensarían nuestras vecinas si se enteraran de esto.

Nunca había visto un lugar así, el paisaje, las construcciones, los negocios, todo es tan distinto, hasta el verde de los árboles es diferente. Los aromas son otros, también el color de la tierra. Pero lo que más me llama la atención es la gente, su piel y su pelo: son muy parecidos entre ellos, como si fueran hermanos gemelos. A New Haven la llaman «ciudad universitaria» porque la vida gira en torno a los estudiantes. Me impresiona que el paisaje sea tan inglés, como en las películas de la televisión. Narek dice que cada lugar en Estados Unidos es distinto y que esta es una de las zonas con más influencia británica.

Va una foto del casamiento. Puse una sola porque pesan mucho y no sabía si en el correo me iban a querer cobrar de más. Te voy a ir enviando una por vez. Un compañero de Narek llevó una cámara moderna, Polaroid la llaman, y reveló las fotos en ese mismo momento. Son pequeñas, espero que puedas ver mi vestido, es de color lila, más clarito de lo que en realidad se ve. Los estudiantes que comparten la casa vinieron a vernos firmar los papeles. Una de las jóvenes dijo que tenía que ir a la biblioteca. Fue la única que no nos acompañó. Me llamó la atención que Jennifer no viniera.

Adivina qué pasó: cuando volvimos del Registro Civil, había globos, un pastel de boda y cantidad de bebidas para brindar. Jennifer se había quedado preparando la fiesta, por eso no nos acompañó, para regalarnos esa sorpresa. —Es la pelirroja que está de pie al final del grupo—. Cuando me conoció, dijo: «Te tenía escondida, nunca nos había hablado de ti».

Hay días en los que me siento muy sola y otros en los que estoy un poco mejor. Todos en esta casa están siempre ocupados, se van muy temprano y no vuelven hasta la noche. Esto que te voy a contar pasó el otro lunes. El fin de semana no había sido tan malo. El lunes, después de que los muchachos se fueran, salí a dar una vuelta. Narek dice que no me quede en casa, que hay que aprovechar los días de sol, que los inviernos son muy largos. Ya ha empezado el frío, aunque todavía no hay nieve. Regresé a eso de las once, entré y lo vi todo tan vacío, tan distinto a nuestra casa, mamá. No sé qué me pasó... Extrañaba el olor a tomillo y ají molido, el sonido de la radio que siempre está encendida en nuestra cocina. Aquí la ciudad entera huele a desinfectante y un poco de limón. No es mi casa, este no es mi lugar. No reconocí nada y me puse a llorar. Jennifer abrió la puerta en ese instante, se quedó de pie mirándome. Todavía no logro comunicarme muy bien, ellos hablan demasiado rápido. Movió la boca despacio y la entendí, quería que la acompañara a sus clases. Al principio, no quise, pero insistió. Dijo que el anfiteatro es grande, que estaban leyendo a James Joyce. Ella estudia lo mismo que Narek, y toma cursos de arte «para

161

no tener tanto estrés», dice. Me preguntó si había leído *Ulises*. Me dio vergüenza decirle que no. «Con más razón tienes que venir. No quiero que te quedes sola», cogió mi bolso y me empujó despacio, con palmaditas en la espalda. Mamá, Jennifer es la joven que hizo la fiesta.

El profesor proyectaba partes del libro en una pantalla enorme. Yo lo seguí con la vista. Me es más fácil entender lo que está escrito que cuando la gente habla. Los alumnos hacían comentarios. Fue divertido verlos intercambiando ideas, hasta eso es distinto, la forma en la que se enseña en este país.

Cuando salimos de clase, nos reunimos con un grupo grande en un café. Una de las jóvenes comenzó a hablar conmigo. Le pedí que fuera un poco más lento porque no le entendía bien. «*I'm sorry*», le dije, pidiendo disculpas. Me preguntó qué idioma hablo. Cuando dije árabe y francés, Emma, así se llama, pidió una copa de vino para celebrar. Ella es de Canadá y estudia literatura francesa. Después me comentó en secreto que no puede tolerar el acento de los norteamericanos en francés. Quería que yo también pidiera vino. Le dije que no.

Me invitó a que la acompañara a sus clases. Le consulté a Narek y le pareció bien. El miércoles pasado nos encontramos otra vez en la cafetería y fui con ella. Están estudiando a Baudelaire, *Les fleurs du mal*. De Baudelaire sí me acordaba. No sé..., a lo mejor me gustaría estudiar literatura. Me gusta cómo viven los americanos. No pierden el tiempo pensando que al día siguiente o esa misma noche puede explotar una bomba en la puerta de su casa. Sueñan y planifican, así es su vida. «Voy a hacer esto», dicen, y lo hacen. Y no le piden permiso a nadie, tampoco las mujeres, ni a sus padres ni a sus maridos.

Quiero averiguar cuánto cuestan esos cursos y ver si

no es un problema que no me haya presentado para ese último examen de inglés. No sé..., quiero planificar los meses que tengo por delante, igual que hacen los americanos.

Mamá, ayer tuve que dejar la carta a medio terminar para hacer la cena antes de que llegaran Narek y sus compañeros. Cocinamos un día cada uno. Yo cocino por mí y por Narek. En la mesa, nos avisó que en menos de un mes tenemos que estar en Puerto Príncipe. Jennifer me abrazó y dijo: «Pobrecita, tienes que ser fuerte». Narek contó que ya había hablado con los coordinadores del hospital en Haití. Todos le hacían preguntas. Yo me quedé callada. Me preocupa cómo van a ser las cosas por allá. Me hubiese gustado quedarme más tiempo en New Haven.

En cuanto tenga la dirección de Haití, te escribo. No sé cuánto tardará en llegar esta carta.

Te pido, por favor, que, si algún día sabes algo de Jamal, me avises. No me ocultes nada. Por favor.

Tu hija que te extraña,

AMIRA

Cuando terminó esa carta, buscó más hojas.

New Haven, 13 de noviembre de 1988

Querida Maryam:

Espero que todos os encontréis bien. Esta es la foto que nos sacamos el día de la boda civil. Esta ciudad es muy bonita. Los amigos con los que Narek comparte la casa han sido muy buenos conmigo. Estaban sorprendidos de que se hubiese casado porque nunca les dijo que tenía novia.

Les contamos que nos conocíamos desde que éramos niños y de esa manera dejaron de hacer comentarios. Le agradezco sus consejos, tiene razón, es mejor así. Sus amigos americanos nunca entenderían el porqué de nuestro casamiento. Me acuerdo de lo que comentó esa tarde cuando salimos a caminar: «Los americanos son muy buenos y respetuosos, pero somos distintos». Es verdad, somos muy distintos.

Ayer avisaron a Narek desde el hospital de Puerto Príncipe de que tenemos que llegar a mediados de diciembre. Finalmente, le han aprobado las prácticas. Él está muy entusiasmado. Le escribiré otra vez cuando tenga la nueva dirección.

Saludos para toda la familia,

AMIRA

Tras cerrar ese segundo sobre, Amira consultó el reloj. Eran poco más de las diez de la mañana. Pensó en escribirle a Rayzel. Quería hablarle acerca de las mujeres que vivían en la casa y escuchar sus consejos. Su hermana siempre había sido la más sabia de las dos.

En una nueva hoja, le fue contando todas esas novedades secretas: la tarde que encontró a Narek sentado en la cama de Jennifer. La naturalidad de Jennifer y los nervios de Narek. Hizo una descripción minuciosa de cómo era Jennifer, sabía que a Rayzel le gustaría leer esas cosas. Le confesó que le molestaba que fuera tan guapa. No podía dejar de observarla, envidiaba sus ojos azules, pero lo que peor le caía era que siempre anduviera presumiendo de sus senos grandes y de sus piernas largas, con esas falditas cortas y medias negras. Estaba deseando que llegara la nieve solamente para no verle más las bragas, que se escapaban cada vez que se sentaba en el sofá con las piernas abiertas.

Escribió, palabra por palabra, la conversación que había tenido con Emma, después de la clase de Baudelaire. «Te lo cuento solo para que lo sepas y tengas cuidado. Jennifer y Narek fueron novios. Por lo que sé, ella lo dejó porque es judía y su padre dijo que nunca iba a aceptar un pretendiente que estuviera del otro lado de la guerra.»

Lo último que escribió en esa hoja para Rayzel fue la anécdota de aquella vez que llegó de la tienda, cargada de bolsas de comida. Narek estaba al teléfono, Maryam lo había llamado. Él gritaba en árabe para que ella oyera bien. Le decía que estaba preocupado, ya llevaban dos semanas en New Haven y su esposa seguía sin adaptarse a vivir con sus compañeros, sin aprender las reglas de convivencia entre americanos y sin mostrar ningún tipo de interés ni por él ni por su trabajo.

En ese punto, Amira dejó de escribir. Rompió la carta. No tenía sentido confesarle esas cosas a su hermana. En unos pocos días se mudarían a Haití y ya no volverían a saber de Jennifer.

Capítulo XV

Habían pasado apenas unas semanas desde la llegada a New Haven cuando comenzó el ajetreo de una nueva mudanza, que incluyó vacunas contra la fiebre amarilla y otras pestes. Lo más pesado fue completar los formularios y los visados; lo más fácil: hacer el equipaje. Se mudaron sin muebles. En cinco maletas lograron reunir las pertenencias de los dos, ropa de cama y toallas incluidas.

Aterrizaron en Puerto Príncipe un sábado poco después de las dos de la tarde. Fue un vuelo largo con tres escalas. Amira escuchó hablar en criollo por primera vez mientras hacían los trámites de inmigración.

—Sí, se parece mucho al francés —valoró Narek.

Un chofer los esperaba a la salida; era moreno, muy oscuro. Le dio la mano a Narek antes de coger las maletas. Ellos lo siguieron hasta el coche.

El hombre conducía despacio. Amira no pudo despegar sus ojos de la ventanilla: solo veía chozas y más chozas. Barro. Gente que vagaba de un lado a otro. Ancianos delgados apoyándose en bastones, pero también jóvenes que parecían no tener fuerza suficiente siquiera para mendigar. «Adiós a las lecturas de Baudelaire en la universidad, a los paseos por esos jardines muy verdes. No más cúpulas ni edificaciones inglesas», reflexionó buscando los ojos de Narek.

El chofer la estudiaba por el espejo retrovisor.

—La zona donde vamos a vivir es muy segura. No te preocupes —le anunció Narek.

Quince minutos más tarde, llegaron a la primera garita de seguridad del barrio privado. Un guardia, vestido con uniforme color caqui y un arma en su cinturón, se asomó a la ventanilla. Fue controlando los documentos. Tras confirmar que sus nombres estuvieran en el listado de los residentes, les autorizó el paso.

—Te dije que era muy seguro. Seguridad veinticuatro horas. La mayoría de los vecinos son extranjeros. Vamos a estar bien.

Las casas eran todas parecidas, en tonos amarillos y con postigos de madera. Amira casi no lo oía, se dejó atrapar por los colores de la vegetación. Había cientos de palmeras, por todos lados y de todos los tamaños posibles: enormes como si quisieran tocar el cielo o endebles, con tutores sosteniendo sus troncos. Le preguntó al chofer cuántas casas eran en total.

—Ciento treinta y dos —calculó—. Tengo muchos clientes en este barrio.

Cuando el vehículo estacionó, ella pensó cuánto le gustaría que su madre la visitara en esa casa de fachada amarilla y techo rojo brillante. Iba a sacar fotos y enviárselas la semana siguiente. La última vez que hablaron, su madre había llorado. La señora Iris cogió el teléfono para explicar que el llanto era producto de la emoción: a las dos las hacía felices saber que se mudaba a un nuevo país y que iba a vivir rodeada de mar. Se distrajo razonando que ella también quisiera recibir algunas fotos y estudiar sus semblantes; le preocupaba que no se estuvieran alimentando bien.

Narek, ya al otro lado de la puerta, la llamó para que entrara. Amira encontró el interior más grande y moderno de lo que había imaginado. La cocina estaba integrada a la sala. El sofá de pana suave, cubierto con almohadones estampados en hojas verdes, era una réplica del paisaje que embellecía los alrededores.

Subió las escaleras; contó tres dormitorios. Los fue recorriendo uno a uno: el primero era grande y luminoso. Desde la ventana, pudo ver el mar y algunas palmeras que se balanceaban de forma suave y pareja. Empujó la puerta corredera para salir a un balcón cuadrado, con barrotes de madera. Reconoció el aroma a salitre, el mismo que le hizo falta en Yale, semejanzas con su tierra y el mar Mediterráneo. No era momento de distraerse con recuerdos, había que elegir un cuarto rápido, antes de que Narek subiera. Fue a recorrer las habitaciones restantes; se oían las pisadas de su marido cargando las maletas.

De algún modo, le tenía que hacer saber que ella iba a dormir en otro de los cuartos. Antes de que pudiera explicarle, él dijo que debían ir a por provisiones.

Fue un paseo corto. Primero cenaron, luego hicieron una parada en el supermercado. En el taxi de regreso, Amira se empezó a preocupar: en New Haven habían compartido el dormitorio, pero se trataba de una casa sin puertas, con dos camas de una plaza y paredes tan finas como si fueran de cartón. Allá, él ni siquiera intentó un beso. En esta nueva casa, en los tres cuartos había camas de dos plazas. ¿Cómo saber si Narek la había respetado esas semanas porque ella no le gustaba, porque el acuerdo fue que ella viajaba solo para cocinar, hacerle compañía e ir con él a alguna reunión social o porque aún soñaba con recuperar a Jennifer y meterla nuevamente en su cama? Le asustaba conocer la respuesta.

Diez minutos más tarde, el taxi aparcó delante de la casa. Entre los dos, ordenaron las compras. Cuando Narek estaba guardando las botellas de agua en el refrigerador, Amira se escabulló hacia la escalera.

—Me voy a acostar, estoy muy cansada. Lo que no necesite frío, déjalo por ahí que mañana lo arreglo —le advirtió, ya desde el quinto escalón.

De pasada por la habitación principal, cogió su maleta y, arrastrándola, la llevó al cuarto más alejado.

Cuando cerró la puerta, se dio cuenta de que había olvidado abrir la maleta con las sábanas, pero no le importó tener que acostarse sobre la colcha.

Esa noche, por primera vez desde que había dejado Beirut, pudo bajar la guardia y dormir tranquila. No fueron fáciles esos días en New Haven: tener que compartir el dormitorio con alguien a quien no conocía.

El domingo, salieron otra vez a recorrer la ciudad. Pasearon por las ferias artesanales: puestos callejeros repletos de artesanía, lienzos con acuarelas que reproducían el paisaje de las playas, las palmeras y los cuerpos semidesnudos de sus mujeres. Se detuvieron varias veces en las esquinas para escuchar la música de tambores y panderetas de hombres y niños que bailaban adornados con telas coloridas.

Amira se comportaba de la misma forma que lo había hecho en New Haven: conversaba poco, era simpática, pero mantenía la distancia. Narek no habló acerca de las habitaciones ni le pidió que fuera a dormir con él.

Esa noche, cuando volvieron a la casa, dijo que estaba cansada. Subió rápido por las escaleras y fue directa a su cuarto.

Al día siguiente él comenzaría su trabajo en el hospital. En New Haven ella nunca se levantaba para preparar su desayuno, por lo que asumió que en Haití iban a seguir la misma rutina. Durmió otra vez con la puerta cerrada.

Se despertó temprano; el sol apenas empezaba a asomar detrás de las palmeras. El reloj marcaba las seis. Lo oyó hacer ruido en la cocina. Cuando él se fuera, bajaría a desayunar. Le esperaba una larga jornada. Planeaba hacer una lista para organizarse con la limpieza. Era una casa grande, con muchos suelos que fregar. Escaleras. Ventanales y hasta un balcón. Quería dejar las tardes libres para leer y descansar. Cerró los ojos. Eran más de las nueve cuando volvió a despertar. Otra vez, le llegaron ruidos desde la cocina. Solo podía haber un motivo para que Narek estuviera de regreso: lo habían despedido en su primer día de trabajo. Se asomó a la escalera de puntillas. Dos mujeres muy morenas, vestidas con uniformes de trabajo gris, se paseaban por la planta baja. Una de ellas limpiaba la mesa de la cocina, tarareando una canción y moviendo las caderas. La otra barría con una escoba de paja. Amira se asustó. ¿Las mujeres se habrían equivocado de casa? ¿Y si tras limpiar le reclamaban una suma descabellada? Retornó al cuarto para llamar al número de seguridad.

—Hay dos mujeres limpiando y nadie me ha avisado de que vendrían.

—No se preocupe, señora, el servicio está incluido en el alquiler. Su marido ha autorizado la entrada antes de irse. Yo las he acompañado, tenemos una llave. Él no ha querido que tocaran el timbre, así no la despertaban.

—Ah. Gracias. No lo sabía —fue lo único que se le ocurrió.

—Son dos hermanas que llevan mucho tiempo trabajando para nosotros. Cualquier inconveniente, me vuelve a llamar.

Amira se vistió para bajar a presentarse. Era la primera vez que tenía una mucama. Y, en este caso, eran dos.

Las saludó en francés. Las mujeres apenas si la miraron. Le hicieron un gesto de respeto con la cabeza y continuaron con su labor.

Amira no quiso insistir, a lo mejor no tenían permitido ser amigables con los inquilinos. Un rato más tarde, las vio juntar baldes, trapos y escobas. Una de ellas le entregó una lista con los alimentos que era indispensable comprar. En otra hoja aparte vio el nombre de varios productos de limpieza. Eran dos listas extensas. Le hablaron en un casi perfecto francés. Esa misma noche, Amira le dijo a Narek que necesitaba dinero.

El martes, caminó hasta el colmado, dentro del mismo barrio cerrado. Eligió las verduras, el arroz, los garbanzos, las chuletas de cerdo y los demás elementos de la lista. No creía que esa comida típica le fuera a gustar, pero no estaba bien hacer un desaire. Deseaba que fuera un plato delicioso, que a Narek le encantara, así ella podría pasar más tiempo en la playa y bañarse en el mar. Las haría cocinar dos o tres veces a la semana, tampoco quería abusar. Encargó también un pollo y berenjenas, aunque no estuvieran en la lista. Si la comida haitiana no resultaba, iba a preparar *baba ghanoush* y *shish tawook*.

Dos días más tarde, el jueves, la alacena estaba vacía sin que las hermanas hubiesen cocinado siquiera uno de sus platos típicos. En algún momento, tuvo el presentimiento de que se llevarían alguna cosa pequeña. Nunca pensó que iba a ser la compra entera.

El viernes las esperó sentada en la mesa de la cocina. Les preguntó dónde habían guardado los paquetes de azúcar, las judías, el arroz, las verduras y qué había pasado con la carne de cerdo, la de vaca y la de pollo que estaba en la nevera. La que parecía mayor subió el volumen de su radio portátil y siguió trabajando. La otra se puso un poco nerviosa; se escapó escaleras arriba y encendió la aspiradora. Se fueron una hora después. Sin despedirse.

Esa tarde, cuando Narek llegó del trabajo, encontró a una Amira ofuscada, una persona a la que no conocía. No tuvo tiempo siquiera de sacarse el bléiser; ella no paraba de rezongar:

—No he podido preparar la cena porque se lo han llevado todo. Ayer no te dije nada porque pensé que a lo mejor lo habían guardado en otro sitio.

Le detalló cómo la ignoraban cuando les hablaba. Se sentía una tonta a la que estaban timando por su falta de experiencia.

—No te preocupes. Estas cosas pasan —moderó Narek y, entonces sí, se quitó la chaqueta y se sentó junto a ella en la mesa de la cocina.

—Ya no me queda nada del dinero que me diste. Me lo gasté todo el martes en esa tienda. Acabo de ver que también se han llevado mi champú. No he querido ir a pedir fiado. No tenemos comida. Ni siquiera en Beirut he pasado por esto.

—Yo ahora te dejo más dinero. El lunes encargamos

un talonario en el banco —mencionó, siempre con el mismo tono de voz.

—Quiero que las eches. No me respetan.

—No las puedo despedir, su sueldo está incluido en el pago del alquiler. Si quieres, no les abras la puerta, pero vas a tener que encargarte de la limpieza. Al final, es solo algo de comida.

Amira, cada vez más alterada, se levantó de la mesa.

—¿Sabes lo que pienso cuando se llevan nuestra comida? Que me gustaría darle esos paquetes a mi madre o a alguna de sus vecinas. Creo que no lo puedes entender porque hace demasiado tiempo que te fuiste. Hay una guerra, y la gente muere de hambre todos los días. Ellos son nuestros hermanos. Estas mujeres no son nada mío.

Como él no contestaba, ella levantó la voz.

—No tienes idea de las cosas que tuvo que hacer mi hermana para conseguir comida. No tengo por qué dejar que me roben.

Esa vez, Narek sí la enfrentó:

—Te va a llevar un tiempo entenderlo, pero tienes que aprender a separar las cosas.

—Nunca lo vas a entender. Nunca. Porque ya te has vuelto un extranjero. Porque hace mucho que te fuiste.

Narek le recordó que él era tan libanés como ella. Que había luchado en el frente. Su hermano Gafar había muerto de la peor manera posible, había caído prisionero y lo habían torturado hasta dejarlo sin vida.

Amira se tuvo que sentar. Las lágrimas le rodaban por la cara y ya no pudo controlar el llanto. Narek le pidió disculpas, dijo que lamentaba haberle gritado. Repitió que no se preocupara por la comida. Era viernes, podrían ir al pueblo y cenar en alguno de esos cafés para turistas; él no trabajaba al día siguiente.

—No quiero salir —reiteró ella un par de veces, todavía con la respiración entrecortada.

Él intentó consolarla. Dijo que, tras un año en Haití, regresarían a Estados Unidos. Prometió que iba a hablar con el personal de seguridad, que pondrían candados en las alacenas. Sin agregar nada más, salió a comprar comida.

Cuando se quedó sola, Amira corrió hasta el baño para llorar bajo la ducha todas esas lágrimas que tenía atragantadas. Se preguntaba dónde estaba Jamal. ¿Seguiría con vida o lo habrían matado del mismo modo terrible en que asesinaron al hermano de Narek?

Media hora después, lo oyó abrir la puerta. La llamaba para que fuera a cenar con él.

Bajó las escaleras y lo vio vaciando las bolsas sobre la encimera.

—Con todo esto, se me había olvidado que va a haber una tormenta tropical. He comprado velas porque es muy común que se vaya la luz. Tenemos que acostumbrarnos a estar pendientes del canal del tiempo. Voy a subir a cerrar los postigos y enseguida bajo.

Ella lo miraba. Tenía hambre, no había comido nada en todo el día.

—No guardes las velas, mejor las dejamos a mano. Y no quiero que te preocupes, no es un huracán —le aseguró con voz tranquila—. Es una tormenta tropical, pero siempre hay que estar preparados.

Había unas gerberas color anaranjado envueltas en papel de diario.

—He traído estas flores para que te sintieras mejor. No sé si hay algún florero.

Amira puso las gerberas en un jarrón mientras preparaba la mesita de la sala. Encendió las luces del techo, aunque ninguna vela. Tampoco habló durante la cena.

Él le habló del hospital y de sus pacientes: lo habían asignado al quirófano. El primer mes estaría de ayudante, luego, cuando empezara su entrenamiento, operaría bajo la guía de un cirujano de prestigio. Ella intentaba seguir su conversación para no pensar en Jamal, la sangre, la cara desfigurada, agujeros en el pecho. Una pierna quebrada en tres. Un brazo de menos.

Él seguía hablando: le contó que el último paciente del día había sido un niñito que lo observaba con cara de asustado. El padre había dicho que él era el primer hombre blanco y de ojos azules que su hijo conocía. Amira continuó haciendo un esfuerzo para no pensar en Jamal y concentrarse en la imagen que tenía frente a ella. Narek era un hombre atractivo, esa noche llevaba un pantalón caqui y una camisa a rayas blancas y azules. Le llamó la atención que no hubiese siquiera una sombra de barba en su cara, quizá porque era muy rubio, ¿o se habría afeitado cuando terminó su turno en el hospital? Estuvo tentada de pasarle la mano por la mejilla. A Jamal, ya desde muy joven, se le notaba la barba ni bien comenzaba a caer la noche.

Cuando estaban acabando de cenar, cayó el primer chaparrón. La luz se fue unos segundos, luego regresó. Cada tanto, algún rayo iluminaba el cielo para perderse en el mar. Narek había dejado uno de los postigos de la planta baja abierto; advirtió que lo iba a cerrar en cuanto empezaran las ráfagas fuertes. La lluvia se fue haciendo más intensa: se escuchaba el ruido golpeando contra el techo y los ventanales. Él encendió un par de velas, convencido de que se cortaría de nuevo la luz.

175

—Ve al sofá, estaremos más cómodos. He traído pastel de chocolate. Llévate una vela. Yo ahora lo sirvo.

Ella se movió con el plato de la vela en su mano. Hubiese querido subir a acostarse, pero no dejaba de pensar en el pastel de chocolate.

Además del pastel, Narek puso sobre la mesita de centro una botella de champán y dos copas que había comprado esa misma tarde.

Se acomodaron en el sofá, uno muy cerca del otro. Un rato después se fue la luz.

La mañana siguiente, Amira se preguntaría si fue el champán, la lluvia, las velas o la tristeza que no la abandonaba desde hacía meses lo que la llevó a reaccionar así. Cuando Narek le acarició la cara con su mejilla, no se movió ni lo rechazó. Cuando la besó, pudo sentir su calor y su aliento dulce que sabía a frutas, chocolate y champán; entonces abrió la boca y dejó que su lengua la explorara, poco a poco. Cuando él buscó sus senos debajo de la blusa, tampoco se negó.

Capítulo XVI

Por la mañana, cuando abrió los ojos, Amira notó unos pies que rozaban sus talones. Una mano muy blanca descansaba en la almohada, cerca de su cara. Ella apenas se movió. La punta de su cabello, enrollado en el dedo índice de Narek, simulaba una alianza de compromiso. La noche anterior habían girado varias veces en la cama, una especie de juego de persecución entre el gato y el ratón, hasta que él terminó encima de ella, acariciando sus pechos y dándole más besos.

—¿Quieres que pare? —había preguntado Narek.

—No, por favor, no pares.

Cuando lo recordó, volvió a cerrar sus ojos, llena de vergüenza, ¿desde cuándo se había vuelto tan desinhibida? Culpó al exceso de champán y a la mala influencia que había sido convivir con esas rameras americanas en la casa universitaria. En especial, con Jennifer. En ese galanteo de lucha de poder, ella había ido perdiendo el control hasta quedar inmóvil bajo el cuerpo de Narek, presa de los jadeos que la arrullaban, declarándole su amor en oleadas de susurros. Y luego ella había rogado por más.

Él desenrolló el anillo hecho con hilos de su pelo suave. Amira hizo ver que aún dormía. Giró en la cama para terminar de espaldas a él.

Lo escuchó bajando las escaleras. Abrió los ojos: ahí estaban los restos de una vela sobre un platito de loza, las copas ya vacías y una botella de vidrio verde, a la que no le quedaba ni una última gota de champán. Desperdigados por el suelo, sus vaqueros, la blusa, el sujetador y las bragas de algodón blanco. El dormitorio olía a vainilla y al perfume de Narek.

Recordó las confesiones de Narek, entre caricias y besos, y solo atinó a esconder su cabeza debajo de la almohada. Le costaba respirar. Se sentó de golpe y volvió a cubrirse la cara, esta vez con las palmas de las manos. Pues su madre tenía razón cada vez que repitió que Narek estaba enamorado de ella. Le gustaba desde que eran niños, tal como él le confesó.

La puerta se abrió. Narek traía una bandeja con una de las gerberas anaranjadas en un vaso que hacía de florero, además de café y un plato de colores brillantes con tostadas y huevos revueltos. Se lamentó de no haber comprado naranjas la noche anterior, dijo que le hubiera gustado hacerle un vaso de zumo. Puso la bandeja sobre la cama, se acercó para besarle los labios. Tras pasar las manos por su espalda desnuda, le acarició el cuello y luego bajó por el pecho hasta posar la palma derecha en un gesto posesivo sobre uno de sus senos, como diciendo: «Ahora eres mía. Solo mía». Ella no le podía decir que, a pesar de lo sucedido, Jamal seguía siendo su dueño.

Se lo veía satisfecho, feliz de haber descubierto que esa había sido su primera vez y que él le había dejado su marca en el cuerpo. Entonces tiró de las sábanas y se quedó observándola. Amira hizo lo contrario: tirar para cubrirse. Él sonrió.

—¿Náuseas, dolor de cabeza? —preguntó—. Te acabaste la botella tú sola.

—Me duele la nuca. Voy al baño, ahora vuelvo.

Se sentó en el inodoro. Le pesaba la cabeza, se le partía de dolor. ¿Iba a ser capaz de mantener tanta proximidad con Narek? ¿Cómo decirle que había sido solo una noche? Podrían repetir cada tanto, pero ella necesitaba regresar a su cuarto al final del pasillo para dormir sola y tranquila. Volver al Líbano. Sí, eso era lo que en realidad quería: ir a su casa y con su madre. ¿Cómo se rechaza a alguien sin lastimarlo? Tenía que pedirle efectivo para el pasaje. Si no, ¿de dónde sacaría ella el dinero? En New Haven estaban muy justos con los gastos; ahora a él le habían ofrecido un buen salario. Iba a tener que hacer el equipaje a escondidas. A lo mejor también tendría que sacar los billetes a escondidas. Pensó en la madre de Narek. Se horrorizó. Siempre le había tenido miedo a la señora Maryam. Se la cruzaría en el mercado, en la parada del autobús o cuando fuera a llevar sus zapatos a remendar en la tienda. Sintió pánico de solo pensarlo: no sería capaz de enfrentarla a diario. Ella le había dado su palabra, le había dicho que iba a cuidar de Narek. Retornar a Beirut no era buena idea.

Oyó su voz que llegaba desde el dormitorio preguntando si estaba bien. Entonces abrió el grifo para meter la cabeza debajo del agua. Volvió a la cama con una toalla que le cubría el pelo. Él la besó y quiso saber si necesitaba un calmante para el dolor de cabeza. Amira negó. Solo pensaba en buscar la forma de llamar a Rayzel. Le iba a pedir que la recibiera en su apartamento. Ya había logrado salir del Líbano, no era cuestión de dar marcha atrás. Esa fue siempre la idea original: mudarse a París. Cuando Jamal fuera rescatado, vivirían felices en Francia.

Narek se acercó a la ventana. Abrió los postigos y las cortinas. El aire fresco de la mañana entró en la habitación. La tormenta se había disipado durante la madrugada, el sol brillaba en el cielo. Para Amira, la habitación aún continuaba en tinieblas.

El lunes llegó más rápido de lo que esperaba. Unas dos horas después de que él se fuera al hospital, ella preparó una bolsa para ir a la playa. No tenía ganas de ver a las hermanas ni de escuchar el tamborileo que salía de su pequeña radio portátil, tampoco el ruido de la aspiradora. Su marido ya había puesto los candados en las alacenas y en los armarios de los cuartos.

En la playa, se acomodó bajo una palmera, al resguardo de los rayos del sol. Buscó el cuaderno en su bolsa para ensayar un par de frases. Lo mejor sería despedirse por escrito; si lo enfrentaba, él intentaría convencerla de que se quedara. Iba a redactar una carta dulce pero firme al mismo tiempo.

Hizo y rehízo los párrafos infinidad de veces. Faltaba resolver el tema del dinero para el pasaje. A eso de las tres, antes de ir a la casa, arrancó las hojas para deshacerse de ellas en un recipiente de basura. Llevaba varias ideas en su mente, pero nada que la comprometiera por escrito.

Los días sucesivos compartieron la cama. Ella puso la excusa de que seguía dolorida para frenar sus avances. El jueves encontró dinero en el armario, en el cajón donde él guardaba sus calzoncillos. Tras contarlo, calculó que habría suficiente como para comprar un pasaje, ya fuera al Líbano o a Francia. A pesar de que le dio vueltas un par de días en su cabeza, no se animó a huir. Necesitaba comunicarse con Rayzel y confirmar que la iba a recibir en París. La casa tenía teléfono, pero no era buena idea dejar rastros. No quería que él supiera cuál era su paradero. Esa pasó a ser su prioridad número uno: localizar un teléfono público.

Esa tarde, mientras cocinaba distraída planificando qué palabras usar para convencer a Rayzel, Narek abrió la puerta sin que ella lo notara. Amira seguía revolviendo la mezcla de cebollas, crema y salsa de soja. Narek la abrazó por la espalda. Luego se quitó el bléiser para lavarse las manos, dispuesto a ayudar.

—Tengo buenas noticias. Te va a gustar la sorpresa: mañana tenemos una fiesta. Es aquí mismo, en el salón de la comunidad. Una especie de celebración de Año Nuevo. Vamos a conocer a varios de nuestros vecinos. —Cerró el grifo y la besó en los labios.

—No sé si tengo ganas de ir a esa fiesta. No conocemos a nadie.

—¡Claro que vamos a ir! Te has estado quejando de que estás muy sola. Además, no puedo cancelar. Ya he avisado de que vamos. Es a las seis —apuntó antes de cortar un tomate en rodajas—. ¿Le pongo orégano?

Ella solo asintió.

Al día siguiente, por insistencia de Narek, fueron a comprar un vestido. Se decidieron por uno sin mangas y escotado, con un diseño floreado en color verde. Solo cuando llegaron a casa notaron la similitud con los almohadones de la sala. A Narek el tema le hizo gracia, dijo que él llevaría una camisa verde, así combinaban.

A las seis menos cinco, caminaron las tres calles que los separaban de la edificación de paredes blancas y techo de paja donde iba a tener lugar la reunión. Amira pasaba a diario por allí, cada vez que iba a la tienda. Era un lugar amplio con grandes ventanales, rodeado de palmeras decoradas con lucecitas de colores. Una manzana antes ya se podía apreciar la música que salía por los altavoces: una mezcla de bandas latinas y *rock and roll*. Reconoció *La bamba*.

Ya allí, varias personas se acercaron para presentarse. Les indicaron dónde estaba el barman y dónde ir a buscar las hamburguesas. Había tres hombres cocinando en la barbacoa. Se trataba de un grupo muy internacional: italianos, sudamericanos de Colombia, Brasil y Argentina; un matrimonio canadiense, otro europeo. Los demás, todos americanos.

Le llamó la atención una mujer alta, rubia, con melena *carré*, vestida de blanco. A ratos desaparecía. La siguió con la vista: se sentaba junto a una niñita al final del salón. Luego un hombre, que seguramente era su esposo, la relevaba para que ella pudiera unirse a algún grupo y conversar. En un momento, con la excusa de servirse más limonada, Amira pasó muy cerca del hombre y pudo confirmar lo que sospechaba: hablaba en francés. Pensó en aproximarse a ellos para presentarse, pero no se animó. Tampoco quiso pedirle a Narek que la acompañara; él ya se había instalado con el grupo de los americanos. No había otros libaneses. Antes de marcharse, dio una vuelta alrededor de la mujer rubia. Si sus miradas se cruzaban, se detendría a saludarla. Pero la mujer estaba concentrada en cuidar a su niña, coloreando con ceras y rotuladores. Le calculó cerca de cuarenta años, quizá un poco menos.

A las nueve, ya estaban en casa. Ella se acostó sin ganas de hablar. Narek le preguntó si había conocido a alguna vecina interesante. Le dijo que no. Nadie le había parecido interesante.

—Quisiera tener una amiga libanesa —balbuceó entre llantos. ¿Cómo explicarle la culpa que sentía por haber ido a una fiesta con la música sonando a todo trapo, cuando hacía tan poco tiempo que había desaparecido Jamal?

—Déjame averiguar..., seguramente, a través de la embajada podríamos ver si hay algún grupo de...

—Yo no quería irme del Líbano. Si hubiera sabido que íbamos a terminar en un lugar tan horrible como Puerto Príncipe, no habría accedido a casarme.

Narek le secó las lágrimas. Explicó que ese era el precio que había que pagar por la libertad, pero confiaba en que algún día iban a regresar. Realizó un discurso largo sobre lo difícil que es dejar a la familia y a los amigos. Sobre la soledad y el desarraigo. Pero ella no quería escucharlo; giró en la cama para darle la espalda. Cerró los ojos para no pensar.

Él la abrazó, le hablaba bajito, muy cerca del cuello. Le aseguró que ella era la mujer más guapa de la fiesta; se había quedado observándola desde lejos mientras se movía por el salón. Estaba feliz de tenerla a su lado. Volvió a contarle cuán solo se había sentido durante los últimos meses. Comentó que todos los días, antes de cada operación, soñaba con el momento de volver a casa y encontrarla en la cocina porque, en el instante en que abría la puerta, se sentía a salvo y seguro. Los mismos aromas y sonidos de sartenes de su niñez. No había nada que lo hiciera más feliz que la intimidad de hablar en árabe en voz baja en la cama, de sentir su perfume y de acariciar su piel en ese nido solo para los dos.

Le habló de su pelo, ahora más rubio por el salitre

del mar, de su nariz chiquita y sus pecas; cada vez la voz de Narek se tornaba más ronca, mientras revolvía su cabello y le acariciaba el cuello con sus labios. Dijo que le gustaba verla con sus vestidos cortos, que le hacían recordar a la niñita que conoció en Beirut y que lloraba cuando murió su padre. La abrazó más fuerte. Ella seguía dándole la espalda. Narek le repitió varias veces que lograba enloquecerlo, que no tenía conciencia de su sensualidad. Después se rio, quería contarle un secreto: el miércoles había llegado temprano y, sin que ella lo notara, se quedó de pie al lado del marco de la puerta, observando cómo cocinaba, sus quejidos por el calor del horno y la manera en que alejaba su pelo de los ojos. Habló de algunos recuerdos de Beirut: de cuando la veía correr por la calle detrás de Rayzel y de Jamal, llorando, pidiéndoles que la esperaran porque se le había salido una de sus sandalias. Ese día se prometió que nunca permitiría que nadie la hiciera llorar. Y se dijo a sí mismo: «Me voy a casar con ella». Suspiró. En aquel tiempo, la diferencia de edades era demasiada, él ya había iniciado la universidad; ella apenas la secundaria.

Le recorrió la espalda con sus dedos gruesos, de cirujano experto, y la hizo girar hacia él para arroparla con la sábana, como si temiera que algún día ella fuera a desaparecer. Amira recordó esa tarde: Jamal y Rayzel corrían, ella les rogaba que no la dejaran atrás. Se había roto una de las tiras de sus sandalias; eran las que había usado Rayzel durante más de dos años, luego ella las había heredado. Oscurecía, tenía miedo de cruzar el descampado. Miedo de los soldados. Quiso dejar de recordar. Se le escapó un sollozo.

—Echo de menos a mi madre —se excusó enseguida.

—Mañana la podemos llamar a casa de la señora Iris.

—Sí, quisiera llamarla. —Luego dejó que la besara y la envolviera en sus brazos.

Hicieron el amor y, otra vez, durmió muy cerca de ese hombre que ahora era su marido.

El domingo salieron de casa temprano para aprovechar y recorrer los alrededores antes de que empezara el calor. Llevaban la cara embadurnada de protector solar, ropa de playa, sombreros y una máquina fotográfica. Desayunaron en el mismo café francés que habían visitado la semana anterior. Amira vio la cabina telefónica desde la mesa.

—Voy a llamar a mi madre. Si espero a llegar a casa, ya será muy tarde en Beirut. Quédate aquí, así no perdemos el sitio. ¿Podrá el camarero abrir la sombrilla?

Él asintió a todo y pidió otro café.

Amira cruzó la calle. Compró una tarjeta en el puesto improvisado que había frente al teléfono y marcó todos los números que llevaba anotados en su agenda mientras le pedía a la virgen que fuera su hermana y no Pierre quien atendiera el teléfono.

Rayzel contestó al tercer timbrazo. Ella dejó salir las palabras de forma atropellada; tenía mucho que decir. Le fue contando cómo se sentía. Habló de la pobreza de Puerto Príncipe, de que no tenía amigas. Dijo que Narek no era un mal hombre, era bueno con ella, sabía que no estaba bien quejarse. Él nunca se enfadaba. Pero ella no lo amaba.

Rayzel la interrumpió, tenía que ir a buscar a Chloé a casa de sus abuelos.

—No, no cortes. Dime, ¿me puedes recibir en tu casa? Porque lo pienso abandonar. No quiero que mamá se entere todavía... —comenzó a decir sin dejar de mirar hacia la mesa donde estaba Narek.

—No. No lo hagas, te vas a arrepentir. Ahora no es buen momento para viajar. Tienes que aguantar un poco más.

Le confesó que extrañaba Beirut, que no podía dejar de pensar en Jamal, que estaba segura de que lo rescatarían y entonces, ¿cómo le iba a explicar que se había casado con otro?

—Tienes que aguantar un par de semanas. He conseguido un trabajo. Yo también voy a abandonar a Pierre. Voy a tener espacio para las dos, pero no es momento todavía.

Amira le reveló llorando que se arrepentía de haberle hecho caso y de haberse casado. Le rogó que la ayudara a salir de todo eso.

—Escúchame bien. Te voy a enviar una carta certificada. No puedes dejar que Narek la lea. Ahí te voy a dar instrucciones.

—Sí. Solo yo la voy a leer. El cartero siempre pasa a la hora en que él está en el hospital. Nadie más la va a leer.

Se oía la música en las calles. Se habían instalado dos mulatos con sus tambores; tocaban sin parar. Cada tanto alguien les tiraba unas monedas.

—Muy bien. En una semana tendrás noticias mías. Mientras tanto, aguanta.

Amira se secó las lágrimas y regresó a la mesa. Después de sacarse el sombrero de paja, se acomodó junto a Narek para tomar otro café.

Capítulo XVII

La carta que Amira esperaba se demoró. Se fueron dos semanas sin novedades, hasta que un mediodía de febrero, casi veinte días después de esa llamada a París, en el instante en que entraba a su casa cargando una bolsa de frutas y verduras, oyó el teléfono.

—Señora, ha llegado un sobre para usted. ¿Lo viene a buscar o quiere que se lo dé más tarde a su marido? —le consultó el guardia de seguridad.

Amira tiró las bolsas en la cocina y salió corriendo. El corazón le latía deprisa.

Ya de regreso en casa, se sentó en el balcón del dormitorio. El cielo estaba celeste con algunas nubes blancas; quiso creer que esa sería una buena señal. Había algo de brisa. Se ató el pelo con el lazo que llevaba anudado en su muñeca y así, cómoda y esperanzada, rompió el sobre.

París, 30 de enero de 1989

Querida Amira:

He mandado esta carta certificada para que la recibas en mano. Cuando termines de leerla, rómpela.

Vas a tener que hacer un esfuerzo y aguantar un poco más, a la larga, todo tiene solución. Ni te imaginas lo que fue vivir con mi suegra esas semanas, mucho peor de lo que te conté. Y llegó el día en que nos mudamos y ahora casi ni veo a la vieja esa. Tienes la suerte de que la madre de Narek está a miles de kilómetros de distancia.

Es cierto que ahora vivimos más tranquilos, pero Pierre no me hace la vida fácil. No quiere que gaste, nunca me da dinero. Por primera vez en mi vida, tengo la oportunidad de comprar ropa o de ir a la peluquería. Ya padecí bastante la miseria, ahora estoy casada con un médico, no quiero que la gente piense que soy la niñera de Chloé. Además, él había dicho que me iba a dar para que le mande a mami. Nada. Nada. Nada, no me da nada. Le tengo que rogar todo el tiempo. Lo poco que me da es a base de súplicas. Siempre debo conseguirlo todo a cuatro patas. Y mira la diferencia con Narek, mami me escribió, me contó que él le está pagando a alguien para que le haga los trámites del teléfono, así tú la puedes llamar. Me explicó también que tu suegra le dio dinero, que tu esposo dijo que le va a enviar todos los meses. ¿Ves la diferencia entre tu marido y el mío?

Vivimos discutiendo por los gastos, entonces le dije que me iba a buscar un trabajo de secretaria, no puedo estar mendigándole siempre unos pocos francos. Se rio de mí, dijo que nadie me iba a dar trabajo. Busqué en los anuncios del diario, fui a varias entrevistas, pero en ningún lugar me contrataron, pedían experiencia en informática y muchas otras cosas de contabilidad y archivos que yo no sé. Le dije a Pierre que quería hacer un curso de peluquera, sabes que siempre me ha gustado todo eso. ¿Quieres saber qué me respondió? Que él no iba a pagar por ningún curso, que mejor me pusiera a limpiar la casa.

Comencé a pensar que no sirvo para nada, solo para mover cajas en el mercado, y estuve bastante deprimida. Te cuento todo esto para que veas que no eres la única con problemas.

Hace como dos semanas, cuando estaba regresando de llevar a Chloé al colegio, descargó una terrible tormenta. Entré en una galería abierta y me quedé debajo de los toldos de las tiendas. Nunca llevo paraguas, nunca lo hacía en Beirut, es algo a lo que todavía no me acostumbro. La galería está aquí cerca, en Montparnasse, no muy lejos del apartamento. Escuché a dos hombres hablar en árabe, estaban negociando la compra de un local de comidas. Dejó de llover, pero no me quise ir, me quedé mirando la ropa en un escaparate, no quería perderme ningún detalle de la conversación. Nunca había estado allí, no conocía ese restaurante. El local estaba cerrado —cierra los lunes—. Me daba curiosidad lo que hablaban. Creo que al rato se dieron cuenta de que los estaba oyendo, me consultaron en francés si necesitaba algo. Contesté en árabe, les dije que yo era libanesa —todavía no puedo creer que no se hubieran dado cuenta—, a lo mejor es porque me he teñido el pelo de rojo, ese fue otro tema que enojó a Pierre, dice que me hace parecer una mujerzuela. —Le dije que, si tanto le desagradaba el color, que me llamara directamente «puta», en lugar de «mujerzuela»—. Lo que dice es mentira, el rojo brillante me resalta los ojos. Los hombres me miran y eso le da celos. Él cada día está más viejo y calvo.

Volviendo a esa tarde de lluvia, les dije que me parecía interesante el menú que proponían. Me ofrecí para trabajar con ellos. Les conté todos los platos que sé cocinar y les dejé mi teléfono.

Esa misma tarde, Farid me llamó. Me preguntó si

podía ir al restaurante al día siguiente. Me puse contenta, necesito ganar mi dinero. Además, estoy harta de estar todo el día pendiente de Chloé. Ella no es mi hija. No es nada mío. Volviendo al tema, fui a las doce en punto tal como me pidió. —Chloé entra a las doce y media, la dejé cuarenta minutos más temprano—. Lo primero que le aclaré es que solamente puedo trabajar hasta las cinco, por lo del colegio de la niña.

Me pusieron una semana a prueba, pero ya me han aceptado definitivamente. Bueno, son casi las once. Me tengo que empezar a preparar para ponerle el uniforme a Chloé y después seguir para el restaurante. ¿Entiendes lo que te digo? Tienes que hacer un esfuerzo, y trata de no preocupar a mami con todo esto. A tu marido le va a ir bien en Haití o en América y vas a poder mandar dinero. Estoy segura de que él no te causa problemas y de que te tiene como una reina. Tanto que te quejabas de niña: «No sé para qué me pusieron Amira. Amira es una princesa y yo no tengo vestidos de princesa». Hazte a la idea de que te has casado con un príncipe. ¿Qué más quieres? ¿Te imaginas la vergüenza que pasaría mamá si las vecinas se enteran de que te quieres divorciar?

Las cosas se están solucionando para mí; de la misma manera, pronto también se arreglarán para ti. Por ahora, no le puedo dar nada a mami, mi sueldo es muy poco y tengo que ahorrar para irme sola. Cuando me vaya, voy a poder trabajar más horas y enviarle dinero. Mientras tanto, quédate donde estás, callada y sin levantar sospechas.

Rompe esta carta, que tu marido no la encuentre.

¿Todavía no has entendido que no debemos volver a Beirut?

Te he adjuntado una tarjeta del restaurante, por si me quieres llamar. Así Pierre no se molesta, porque cada vez que hablo en árabe con mami, él resopla. Siempre quiere enterarse de todo.

Rayzel

Releyó la carta tres veces. Ahí estaba la verdadera Rayzel, con la que nunca había podido contar. Caminó hasta la cocina para romper el papel. Lo fue quemando poco a poco con la llama de una vela.

Los días pasaban. Las noches se le hacían muy largas; cada vez era más difícil conciliar el sueño. Pensaba en Rayzel cantando entre las ollas de ese restaurante, en su madre recorriendo las calles polvorientas de Beirut; iba del brazo de la madre de Narek.

En Beirut tenía un motivo en la vida: levantarse por las mañanas para ir a trabajar y llevar dinero a su casa. Esperaba por Jamal. Ahora no tenía nada que hacer. Narek cubría los gastos y le mandaba dinero a su madre. Ella estaba allí para satisfacer sus deseos: sexo y comida.

Un día, él comentó que la veía apática. A ella no le gustó ese término; tuvieron un cruce de palabras. Otro día, le dijo que se estaba empezando a preocupar, quería que tomara clases de natación en la piscina de la comunidad. Cada tarde, le proponía algo distinto: clases de gimnasia, cursos de inglés en el Instituto Americano.

—Tienes que salir. Tomar el autobús es seguro. Almuerzas por ahí, haces algún curso y después nos encontramos para cenar. Puedes leer en el café que tanto te gusta. Debe de haber poca gente durante la semana.

La convenció de visitar la biblioteca. Irían el viernes cuando él acabara de trabajar.

La pasó a buscar temprano. Llegaron un rato antes de las seis. Pero la biblioteca distaba mucho de parecerse a las que conocieron en Estados Unidos. Los pocos cursos que ofrecían eran en criollo. Desde allí, algo decepcionados, caminaron hasta una librería. Compraron revistas, un cuaderno con mandalas para colorear y un par de libros que les recomendó el vendedor. Luego hicieron más compras en una mercería. Amira revolvió todos los cajones que estaban en oferta. Se llevó bastidores, hilos para bordar, canutillos y un set de agujas y tijeras en miniatura. Esa noche, cenaron en un restaurante francés, tal como quería Narek. No hubo música, tamboriles ni aromas fuertes. Solo una luna que se reflejaba a lo lejos sobre el mar.

El sábado fue día de playa. Ella bordó bajo la sombrilla mientras Narek se bañaba en las aguas templadas. Luego se turnaron para leer la revista *National Geographic* que habían comprado el día anterior. Él insistió en que debía mojarse para que no le bajara la presión. Se metieron en el agua de la mano. Narek no se separó de su lado. Buscaba cualquier excusa para acercarse y tomarla por la cintura. Esa noche cenaron en la playa. Ya en la casa, tras bañarse, se sentaron a ver la televisión. Un rato más tarde, en el mismo sofá, hicieron otra vez el amor.

Se quedaron un rato callados, todavía desnudos, escuchando el ruido del viento suave sacudiendo las hojas de las palmeras. Unos minutos después, a Narek se le empezaron a cerrar los ojos, dijo que se iría a acostar. Ella estaba desvelada.

—Voy en un rato. —Y buscó el paquete de la librería.

Si se acostaba, andaría dando vueltas entre las sábanas sin poder dormir; necesitaba alejar su cabeza de las imágenes de su madre, de su hermana, Jamal y Beirut.

Esa noche, Amira viajó a París: recorrió sus callecitas angostas y empedradas mientras sentía el frío del invierno parisino en la cara; aspiró el aroma de sus bares antiguos, mezcla de café y coñac. Narek había elegido *París era una fiesta*, de Ernest Hemingway. Y ella encontró en esas páginas la escapatoria de su propia realidad. Pero antes de subir al dormitorio, sin buscarlo, su cabeza se trasladó al Líbano, a las aceras de tierra, las mujeres vestidas de negro, los burkas y los paraguas agujereados para protegerse del sol. Su madre y la madre de Narek comentaban las cartas que cada una había recibido. Velas blancas en la cocina, alumbrando las noches largas, interminables, de una viuda solitaria que recorría descalza el pequeño apartamento, orando por el bien de sus dos hijas, ahora lejos, a quienes quizá nunca viera de nuevo. Hasta que la luz de las velas se extinguía y esa madre quedaba sola en la oscuridad.

El domingo fue otra vez día de playa. Entre bastidores, lienzos en punto de cruz y el libro de Hemingway, el día transcurrió rápido. Cenaron temprano. Fue un pícnic sobre la arena con pollo guisado y plátanos fritos que Narek compró en un puesto para turistas.

En casa, él le puso crema en la espalda. Terminaron jugando en la cama, él haciéndole cosquillas, sin dejar de repetirle cuánto le gustaban sus pecas.

El libro de Hemingway se acabó demasiado rápido. Amira se organizó para regresar el viernes a la ciudad. Preparó una bolsa de playa y el sombrero de paja. Luego se puso vestido largo sin mangas. Planeaba pasar por la librería antes de ir a desayunar.

No le fue difícil llegar; llevaba un plano con ella. El

autobús la dejó a dos calles, tal como le había explicado Narek.

La atendió el mismo vendedor de la semana anterior. El hombre la reconoció enseguida. El negocio olía a polvo y humedad. Amira vio un plumero y supo que estaban haciendo limpieza.

—No se preocupe, madame. Siempre es buen momento para buscar algo de lectura —mencionó el vendedor con voz seria, mientras escondía el plumero debajo de la mesa de ofertas.

Ella solo asintió. Dudaba de si debía preguntarle alguna otra cosa. No parecía oriundo de Haití, quizá era mezcla. ¿Padre extranjero, madre haitiana?

—¿Qué le puedo ofrecer? —Eso bastó para interrumpir los pensamientos de Amira.

—Alguna novela que suceda en Europa. En París no, ya he estado allí con Hemingway. —Sonrió—. Nada que tenga que ver con la guerra o el Líbano. —Esta vez no sonrió.

Le mostró *The Remains of the Day*, de Kazuo Ishiguro. Ella hizo una mueca. Dudaba.

—Le aseguro que todo pasa en Inglaterra y nada en Japón. Si no le gusta, me lo devuelve mañana, pero no le doble las hojas.

—¿No tendrá la versión en francés?

—No, madame. Lo siento. En francés tenemos *Crime de l'Orient-Express*. Se lo recomiendo, va a poder recorrer varios países de Europa a bordo de un lujoso tren. ¿Le gusta Agatha Christie?

Cinco minutos más tarde, Amira dejó el local con los dos libros envueltos en papel azul. Buscó un lugar donde desayunar, pero vio una feria de artesanos y asumió que su café podría esperar.

194

Recorrió esos locales pensando cuánto le gustaría llevar alguno de esos cacharritos coloridos para su madre, o quizá un cuadro con mujeres de piel morena, bailando al compás de los tambores. Unos pasos más adelante, abrió un pareo en tonos violetas y amarillos. La tela era suave, pero sería mejor no gastar de más. Pronto iba a necesitar esos ahorros. Cuando se movía hacia el área de los sombreros, oyó hablar en francés.

—*Niélé, il fait très chaud.* Mejor vamos a tomar un zumo, hoy no voy a comprar nada —la voz era aguda. El acento, muy hermoso.

—Sí, tienes razón, hace calor. Además, tengo hambre. Vamos a comer algo, a ver si se te va ese cansancio —la otra mujer también hablaba en francés, con un tono más grave y una voz ronca que arrastraba demasiado las erres. Un francés distinto que nunca había escuchado, ni en Beirut ni en las calles de Haití.

—*Allez* —aceptó la del acento hermoso.

Entonces quiso saber cómo eran. Cuando estuvo segura de que no la iban a descubrir, se dio la vuelta para observarlas. Era una pareja extraña: una de ellas, muy alta, rubia y delgada, llevaba un vestido blanco playero que casi arrastraba el suelo y una bolsa de tela a rayas blancas y azules con un ancla bordada en dorado. En la otra mano, un sombrero de paja. Tuvo la impresión de que se trataba de la misma mujer de la fiesta para extranjeros. Y, si era ella, no se había cambiado el vestido. La otra, muy morena, de caderas prominentes, era una explosión de color: azul, amarillo y anaranjado.

Las siguió. Las mujeres doblaron la esquina, enfilando directamente hacia una cafetería. Amira dudó de si ella también debía entrar. Estaba casi segura de que no la habían visto. Por otro lado, tenía hambre. «¿Qué tiene de malo tener hambre?», pensó mientras cruzaba la puerta del local.

Vio muchas mesas vacías. Las paredes estaban cubiertas con acuarelas de paisajes y calles haitianas. El pedido se hacía en el mostrador. Se decidió por unos huevos revueltos, un *croissant* con mermelada de frambuesa y un *café au lait*. Después de pagar, eligió una mesa libre. Justo al lado de las mujeres. Las dos, enfrascadas en su conversación, ni siquiera levantaron la vista cuando ella se sentó.

Unos segundos más tarde, abrió el envoltorio para sacar el libro del autor japonés; entonces se dio cuenta de que mejor sería el del título en francés. Quizá alguna lo notaba y le diría: «*Parlez-vous français?*».

Seguían hablando entre ellas. Comentaron algo acerca de una maestra, dijeron que la niña la quería mucho. Pero no la miraron. La ignoraban por completo. Ella entendió que nada de eso tenía sentido. Después de desayunar, iría a la playa. ¿Qué era eso de estar siguiendo gente? Esa sería una buena anécdota para contarle a Narek durante la cena.

Cuando la camarera llegó con la bandeja, ella se apuró a agradecerle en francés. Le dijo que todo se veía muy rico. Pidió leche extra y regresó al libro de Agatha Christie. Y, cuando menos lo esperaba, llegó la pregunta: «*Parlez-vous français?*», era la voz dulce de la rubia.

Amira sonrió. Luego cerró el libro. Durante los siguientes cuarenta minutos, las mujeres de la otra mesa hablaron sin parar; ella solo se dedicó a comer y contestar de vez en cuando. Le contaron que Marie era parisina y tenía una niña de siete años. Ese dato terminó de confirmar lo que pensaba: era la misma mujer de la fiesta. Niélé venía del Congo. Llevaban más de seis meses viviendo en Puerto Príncipe y también se habían mudado a la isla debido a los trabajos de sus maridos.

Le pareció que debía decir que ya se habían visto en la fiesta, pero era difícil interrumpirlas. A las dos les gustaba hablar. La mujer rubia preguntó:

—¿Te gusta ir a la playa?

Amira movió el tirante de su vestido y dejó ver el bañador. Ellas hicieron lo mismo. En medio de las risas, encontró un instante para nombrar la fiesta en la barbacoa. Otra vez celebraron.

Dijeron que la niña estaba en el colegio. Siguieron con sus anécdotas acerca de cómo fueron sus primeros días en la isla, todo lo que «se perdió en el camino» cuando hicieron la mudanza internacional. Las tormentas tropicales y los problemas con el personal de limpieza también estuvieron presentes en el listado de cosas *no gratas*. Y esa misma sensación muy fuerte de pasar del odio a la fascinación con lo que las rodeaba. No les contó que su caso era distinto, ella no había tenido que trasladar casi nada; nadie le había sacado cucharas de plata ni vajillas de Limoges.

Las mujeres se habían conocido en un evento por mediación de sus maridos. Cuando Marie dejó de hablar del glamur de París, Niélé describió cómo era la aldea donde se había criado en África.

Amira dudaba de qué debía decir cuando llegara su turno. ¿Sabrían esas mujeres que en el Líbano había una guerra? Quizá no tenían ganas de oír nada acerca de bombas, muertes ni duelos. ¿Debería hablarles del señor Omar y el mercado o sería mejor ocultar el padecimiento y las épocas de miseria? Ahora ella estaba casada con un médico, un cirujano, y vivía en una casa de techo rojo, rodeada de mar y palmeras. No fue necesario siquiera abrir la boca.

—¡Qué tarde se me ha hecho! Tenemos que buscar a Pauline, hoy sale a las dos. Le prometí que iríamos a la playa. ¿Tienes coche, Amira? Nosotras te llevamos. ¿En qué casa vives? Yo en la 118 —apuntó Marie.

—En la 27. Pero no os preocupéis, puedo coger el autobús para volver —respondió, aunque esperaba que insistieran. Pensó en cuánto le gustaría ser parte de su mundo, aunque solo fuera por esa tarde. Las dos eran muy distintas entre sí. Distintas a ella. Sumamente cálidas.

—*Allez! Allez!* El coche está en la esquina —anunció Niélé.

Amira se levantó de la silla y marchó tras ellas.

Capítulo XVIII

El vehículo de Niélé se hallaba en un parking a solo una calle de distancia. Era un jeep de color rojo, con ruedas altas y tubos por todos lados. Marie se sentó en el asiento del copiloto. Amira, atrás. Vio que se ponían los cinturones de seguridad, entonces hizo lo mismo.

—Amira, no creas que somos las únicas extranjeras que hablan francés, hay otras, pero no tienen nuestro *charme*. —Niélé miró a Marie y las dos se empezaron a reír al mismo tiempo.

Recorrían las calles a baja velocidad. Marie quiso hablarles acerca de la historia de ese lugar: Puerto Príncipe había sido la capital de la colonia francesa de Saint Domingue hasta el año 1804, por eso el criollo se asemejaba tanto al francés. Pero los datos más interesantes y aterradores para Amira los aportó Niélé: dijo que buena parte de los habitantes practicaba la religión vudú, una mezcla entre el catolicismo y rituales procedentes de las tribus africanas, ceremonias donde los humanos y los espíritus danzan al son de los tambores.

—¿Alguna vez has oído hablar de magia negra? —interrogó Niélé.

Amira dijo que no con la cabeza.

—Pues presta atención, mejor no te pelees con ningún nativo. Tampoco con el personal de limpieza, pueden hacer alguna brujería y dejarla debajo de tu cama para que te vaya mal en la vida. No me gusta esa gente.

—No la asustes, Niélé —censuró Marie en el momento en que se ponía el sombrero para bajar del jeep—. Deja esos cuentos para otro día. Y si te hacen mover, da una vuelta a la manzana; no quiero que te pongan una multa por mi culpa.

La puerta se cerró.

Amira quería saber más acerca de los rituales, pero Niélé cambió de tema y esas historias no se volvieron a mencionar.

—Tiene que recoger a Pauline en el aula, es por un tema de seguridad. Es un colegio americano y son muy estrictos con esas cosas. A veces, se demoran bastante.

—¿La acompañas todos los días?

—Unas tres veces a la semana. Para Marie, es más fácil, así no tiene que aparcar lejos. Luego vamos a tomar la merienda, al cine o a la playa.

—¿A qué hora regresáis a vuestras casas?

El sol les pegaba fuerte, pero Amira no se quejó. Esperaba la respuesta. A ella nunca se le hubiera ocurrido llegar después que Narek. Eso era algo en lo que su madre y su suegra la habían instruido: «Cuando vuelva del trabajo, tiene que verte en la cocina para que sepa que has estado pensando en él».

—Depende. Los viernes volvemos más tarde porque Pauline no tiene colegio al día siguiente. Tienes que aprender a preparar la cena temprano, así por la noche solo la calientas. Las recién casadas siempre quieren cocinar para sus mariditos —comentó Niélé con un tono que Amira no llegó a comprender—. He tenido suerte de conocer a Marie, porque déjame decirte que la vida aquí es bastante aburrida. No tengo hijos. Me levanto temprano, limpio un poco la casa y me pongo a pintar. Pinto cuadros, ¿sabes?

Amira la escuchaba. Le pareció raro que no tuviese una mujer que la ayudara en la casa; se preguntó si eso tendría algo que ver con esa religión vudú. Narek había dicho que todos los extranjeros contrataban ayuda doméstica.

—Crecí rodeada de mujeres. En mi aldea, cocinamos y pintamos en grupo. Las primeras semanas tras haber llegado casi no salía de casa. ¿Para qué si no conocía a nadie? Es que no me gusta la gente de este lugar. Tendremos la piel del mismo color, pero no somos lo mismo. Ahora cuéntame tú. Habla un poco, que casi ni he oído tu voz.

Amira sonrió.

—De donde vengo es bastante parecido: los vecinos se vuelven parte de la familia. Yo tampoco salgo mucho, es que no conozco a nadie. Vosotras sois las primeras. En casa trabajaba, iba al colegio. Ahora lo único que hago es cocinar y sacar fotos. Tengo una hermana; no es que fuéramos las mejores amigas, pero me hace falta, por lo menos, para tener con quién conversar. Ella también se fue, ahora vive en París. —Entonces se calló por temor a estar monopolizando la conversación.

—¿Y la culpa? ¿Sientes culpa por haber dejado a tu madre sola? Porque yo, a veces...

Se contaron sus penas.

Cuando Marie entró en el coche con Pauline, Niélé y Amira intentaron ocultar sus lágrimas.

—A cambiar esas caras, *s'il vous plaît* —dijo Marie mientras ayudaba a su hijita a ponerse el cinturón.

—¿Están llorando, *maman*? —quiso saber Pauline.

—Le estaba contando a Amira una película que vi ayer en la tele y es un poco triste. Pauline, ella es Amira. Va a venir a la playa con nosotras. ¿Cómo te ha ido en el colegio? —le preguntó Niélé.

—*Très bien*. ¡Voy a recibir un premio por un trabajo de Ciencias!

—¡Bravo! —celebraron todas a la vez.

Marie encendió la radio. Ella y su hija empezaron a cantar. Luego se sumó Niélé al coro y, por último, Amira. Cuando llegaron a la playa, las cuatro iban repitiendo el estribillo de *Voulez-vous danser* a toda voz.

Se bañaron en el mar. Pauline saltaba las olas, tomada de la mano de su madre y de Niélé. El agua estaba fresca y salada. Más tarde, extendieron una toalla sobre la arena para ver cómo, poco a poco, el sol se perdía en el horizonte, detrás de unas nubes tan blancas como el algodón.

Durante las siguientes semanas, comenzaron a pasar cada vez más tiempo juntas. Los martes y viernes Amira almorzaba con ellas, antes de buscar a la niña en el colegio. El resto de los días bordaba o leía sola, a la sombra de alguna palmera, esperando a que Narek regresara del hospital. Escribía cartas para su madre y enviaba postales a su suegra y a la señora Iris. Esperaba, también, noticias de Rayzel. Y, en silencio, tampoco dejó de soñar que rescatarían a Jamal.

Una tarde, Niélé las invitó a su casa. Les mostró el cuartito en el que pintaba: un lugar repleto de lienzos y latas con pinceles; tenía grandes ventanales y un ventilador de techo que giraba moviendo el aire cálido, con aroma a trementina. Optaron por tomar el té en el jardín.

Niélé arrastró su caballete fuera del cuartito. Luego hizo otro viaje para buscar los pinceles. Se instalaron a la sombra de un hibisco de flores borgoñas. Marie había llevado su bastidor en un bolso, lo sacó para terminar unas servilletas en punto de cruz. Amira estaba arrepentida de no haber llevado su máquina de fotos. Se quedó sentada, con los brazos cruzados sobre las rodillas, prestando atención a los gestos y las voces de las dos mujeres.

Oír las historias de Niélé era como perderse en las hojas de una novela; hablaba de aroma a pastos frescos y de las puestas de sol de color rojo intenso. De atuendos brillantes, adornos hechos en cuero y hueso, los azules de los ríos, hilos zigzagueantes que se perdían en el infinito. Cuando Pauline estaba cerca, Niélé ponía las manos sobre su boca para imitar el ruido de los tambores que alegraban las celebraciones de su aldea; fruncía los labios para llevarles el sonido del viento fuerte acariciando las malezas. Pauline, festejando, le pedía que lo repitiera una y cien veces.

Cuando la niña estaba en el colegio, los temas eran otros: la pobreza de su aldea, de la que se aprovechaban siempre los extranjeros, en especial, europeos y americanos. Los hombres llegaban por trabajo y, en general, lo hacían solos; sus familias no los acompañaban, ya fuera para evitar el dengue, la fiebre amarilla o las condiciones precarias de los campamentos. Durante los pocos meses que duraban sus contratos, recorrían casas de citas, embarazaban a mujeres, a veces muy niñas.

Esa tarde, Niélé les relató cómo conoció a su marido. Su madre cocinaba para los extranjeros en una cantina en la que se servía el almuerzo a los empleados de la minera. Ella la ayudaba cuando salía del colegio. Frank era el ingeniero encargado de las operaciones, el mandamás en el campamento de trabajadores. Cuando él estaba cerca, Niélé movía sus hombros para que se sacudieran sus pechos, apoyaba el plato de comida en la mesa, le sonreía y regresaba a la cocina contoneando sus caderas. A veces, giraba despacio para asegurarse de que él la estuviera observando; siempre le habían gustado los hombres blancos. Tenía en ese entonces diecisiete años; él, treinta y dos. Frank le devolvía las sonrisas, se sentía solo en esa aldea olvidada en medio de la selva. Un jueves, después de almorzar, la tomó del brazo, le dijo que estaba buscando una mujer joven y fuerte que le hiciera compañía por las noches y que se ocupara de su ropa y la comida.

Ese fin de semana, Niélé mudó sus pocas cosas al apartamento del americano; llegó cargando una bolsa pequeña y unas naranjas que su madre le enviaba de regalo para hacerle saber cuán agradecida estaba de que hubiera elegido a su hija. Por las noches, le entraba algo de nostalgia pensando en su madre y en el novio que había dejado en la aldea. Hasta que se convencía de que era mejor tener sexo con Frank, limpiar para él, en vez de recorrer tres kilómetros desde su choza para llenar un cubo de agua potable. Esperaba vivir allí todo el tiempo que durara el contrato con la minera. Entonces sí, volvería al pueblo con algo de dinero y le construiría una casa a su madre.

Jamás imaginó que Frank le pediría matrimonio. La respuesta fue rápida. Niélé y su madre apresuraron la boda, temían que el novio se arrepintiera. No son cosas que sucedan todos los días en su tierra: que un hombre blanco y poderoso le ofrezca su apellido a una joven que vive en la extrema miseria y que ni siquiera ha terminado la escuela. Niélé estaba convencida de que todo se lo debían a los rituales nocturnos de su madre; Ashanti quería que el americano se casara con su hija. Ella desconfiaba de las bondades de esos ritos, pues habían conseguido a su marido, pero, a pesar de sus ofrendas, no lograban controlar la adicción de Frank.

El americano fue durante mucho tiempo el cliente favorito de su madre: pagaba en efectivo, nunca pedía fiado y le gustaba tomar whisky del bueno. Una vez que se embriagaba, Ashanti le servía la bebida rebajada con agua y le cobraba muchos más tragos de los que había tomado. A Niélé nada de eso le parecía mal, así se ganaban la vida. Cuando se mudó con él, ya no quiso que siguiera visitando la cantina. No toleraba compartir la cama con un borracho. A veces, él vomitaba sobre el colchón y era ella quien debía lavar todo: suelo, colchas y almohadas.

Con el tiempo, Niélé aprendió. Cuando él llegaba ebrio, lo obligaba a dormir en el sofá. Frank, enfurecido, le recordaba que ella no era nadie para decidir en qué lugar se acostaría él. Solo eran agresiones verbales, nunca llegó a lastimarla. Niélé sabía —y era algo que también sabía su madre— que, aunque la hubiese golpeado, se habría casado igualmente con él. Todo lo que deseaba era escapar de África, soñaba con mudarse a América.

Quedó encinta una noche de luna llena. Ritos a orillas

del río. Tambores, flores y arena. Estaba convencida de que, con la llegada del bebé, él cambiaría. Frank regresaba sobrio del trabajo. Por las tardes, acunaba a su hijo, le decía que su llegada había iluminado su vida; lo único que deseaba era que una estrella titilara en el cielo cada noche y que su luz iluminara el sendero de su niño moreno.

Amira no se animó a preguntar por qué, si en África había nacido un niñito, Niélé decía que no tenía hijos. Todos los relatos terminaban con el mismo final: el cielo negro de África, la luna llena y el canto del viento.

Antes de que pudieran tomar la segunda taza de té, se puso a llover. Entraron el caballete, los pinceles, el bastidor y los hilos de colores. Y llegó la hora de buscar a Pauline en el colegio.

Esa tarde, nadie volvió a hablar de África ni del marido americano.

El final de la historia llegó una semana más tarde, cuando estaban las cuatro en la playa. La hija de Marie corría de un lado a otro, luego se sentó a jugar con sus cubos y palitas. Las mujeres se habían instalado sobre unas rocas; Niélé en el medio, Marie a un lado, Amira del otro. Desde allí la contemplaban hacer sus torres de arena.

Niélé les quiso contar. Habló de la malaria y de la muerte de su niño. De la imagen de su marido, ebrio, montando a caballo, noche tras noche, pidiéndole a la luna que no se ocultara; rogándoles a las estrellas que iluminaran la tumba de su niño adorado.

Amira cerró los ojos. No quería saber del alcoholismo de Frank ni de ninguna muerte. Estaba harta de tantas muertes. Se quedó callada sin saber qué decir. Marie le pasó el brazo a Niélé por los hombros, entonces ella hizo lo mismo.

La hijita de Marie se movió de lugar; jugaba a perseguir gaviotas, obligándolas a levantar vuelo y perderse a lo lejos, sobre el mar azul.

Unos minutos después, recogieron las toallas y regresaron al jeep.

En las playas de Haití quedaron sus mejores recuerdos: las tres corriendo detrás de Pauline, caminando por la orilla de esas aguas azules y turquesas. Pauline hundía sus piececitos en la espuma blanca, buscaba caracolas, intentando atrapar algún pez con sus manos. Abría sus brazos y «jugaba a volar».

A veces, a Amira le costaba creer que se tratara de la misma ciudad. A un lado, la peor de las miserias, calles sucias y descuidadas. Alejándose unos pocos kilómetros del tumulto de desorden y caos, se perdían en ese paraíso de aguas claras.

Con el tiempo, también llegó la lista de los recuerdos para olvidar, el primer indicio de que algo no andaba bien:

—¿Ves? Así, de este color tan blanco, es la nieve en París. Igual que esta espuma. No veo el momento de volver a casa —le confesó una tarde Marie mientras caminaba con la cabeza gacha.

Niélé se había alejado con Pauline, corría detrás de ella, la salpicaba con agua y, cada tanto, le tiraba de las trenzas. Pauline se reía a carcajadas.

Amira y Marie siguieron; sus pies dejaban rastros en la arena. Era la primera vez que Amira escuchaba a Marie quejarse por algo. Unos pocos minutos después, Niélé se acercó.

—Esa niñita tiene mucha energía. No le puedo seguir el ritmo. ¿En qué pensáis? —se interesó, tratando de normalizar su respiración.

Amira reflexionó sobre su regreso a New Haven. Le preocupaba que, cuando llegase la fecha, Narek no hubiera encontrado trabajo. Antes de que pudiera decir algo, Marie volvió a tomar la palabra:

—Me parece que os lo tengo que contar: la semana pasada me hice una biopsia. Dicen que el resultado tarda quince días. Lo han mandado a analizar a Estados Unidos. Tampoco os voy a mentir, tengo miedo. Creo que me sentiría más segura en París.

—Todo va a estar bien. Estoy segura de que sí —la animó Niélé—. ¿Por qué no me contaste nada? ¿Y quién cuidó a Pauline?

—Lo hicieron a primera hora. Jérôme después me llevó a casa y la fue a buscar al colegio.

Amira solo escuchaba, preguntándose si estaba bien ser parte de esa conversación. Al fin y al cabo, no hacía tanto que se conocían. Ella nunca les había confiado ninguno de sus secretos. Marie les pasó un brazo por el hombro a cada una. Y con ese simple gesto, logró que se sintiera parte de esa cofradía.

Pauline las alcanzó, volando con sus brazos abiertos. Aquella no había sido una buena tarde en la playa, a pesar de que el sol brillaba en el cielo y que, tras un baño en el mar, tomarían la merienda en un salón de té francés.

Capítulo XIX

Amira llegó a su casa pasadas las siete de la tarde. Se bajó del coche, le dijo adiós dos veces a Niélé antes de entrar. Desde la sala, escuchó el rugir suave del *jeep*. Todo estaba en silencio; Narek seguía en el hospital.

Sola, en la oscuridad de esa casa a la que todavía no se acostumbraba, lloró recordando a su madre y todo lo que había dejado atrás. Lloró también pensando en Marie y en la posible enfermedad. De pronto, tuvo miedo: si algo le pasaba a su madre, allí lejos, ¿quién cuidaría de ella? La señora Iris también estaba envejeciendo.

Narek llegó cerca de las nueve y, tal como venía haciendo desde que estaban en Haití, la consoló con sus besos y caricias. Prometió que, cuando consiguiera trabajo en América, empezarían a ahorrar para ir de visita a Beirut. También le dijo que no debía angustiarse antes de tiempo, era común que las mujeres de la edad de Marie se hicieran biopsias de pecho.

Los días siguientes, Amira y Niélé se turnaron para acompañar a Marie. A pesar de que ninguna hablaba de fechas, las tres vivían pendientes del calendario. Los resultados se retrasaron casi una semana completa.

El jueves amaneció nublado. A las once en punto, comenzó a llover; era tal la furia del viento que las hojas del árbol de orquídeas que Amira solía ver desde la sala volaban en círculos sobre los techos rojos de las casas vecinas. Corrió hasta el primer piso para cerrar los postigos.

Llovía a ratos. Cuando dejó de apreciar el sonido del viento, se asomó a la ventana: ese día no habría baños en el mar. Entonces se percató de que no tenía nada que hacer. Se acomodó en la cama para empezar *Samarcande*. Lo había ido a recoger a la librería un par de días antes.

Estaba a punto de terminar el primer capítulo cuando sonó el teléfono. Era Marie.

—¿Por qué no vienes a tomar un café? Acabo de invitar a Niélé y ha aceptado.

—Claro, me cambio y voy para ahí. Todavía estoy en pijama.

Cuando cortaron, buscó unos vaqueros y un suéter liviano. Entusiasmada, se calzó un par de botas para recorrer las seis calles que la separaban de la casa de Marie. En Beirut, casi no llovía durante la primavera ni el otoño; de niña, esperaba el invierno para jugar en los charcos de las aceras.

Abrió la puerta: había hojas y pétalos marchitos desparramados por las calles y las aceras, además de una lluvia mansa que la acompañó durante el recorrido. El barro en las esquinas le hizo recordar el Líbano. La gran diferencia era el olor de la mezcla: en Haití olía a pastos y ganado; allá lejos, donde había quedado su casa, aroma a pólvora y ajo.

Golpeó la puerta. Estaba entornada.

—*Entrez!* —gritó Marie—. Cierra con llave.

Cuando Amira se estaba quitando las botas, le llegó el sonido de una voz aflautada; parecía una canción de Édith Piaf. Dejó el calzado junto a la puerta y entró. Todo el entorno era muy francés: contó cuatro mesitas de centro con adornos azules y dorados. Contra una pared llena de cuadros pequeños con paspartús amarillos había una mesa redonda, cubierta con un mantel blanco y servilletas de tela. Aspiró el aroma a café humeante, le trajo recuerdos del mercado, del señor Omar y su esposa; de las filas largas en las mañanas.

Marie cargaba un plato con un pastel de chocolate. Lo apoyó sobre el mantel. Cuando se abrazaron, el mercado y el señor Omar quedaron lejos, en un barrio perdido en las afueras de Beirut. Con los años, Amira solo recordaría los agudos de Piaf, el azul violáceo del mar y el amargor del chocolate.

Le agradeció la invitación, sin atreverse a confesar cuánto la entristecían los días lluviosos. Quiso creer que el pastel en la mesa significaba una buena noticia, pero no se animó a preguntar. Marie miró por la ventana; comentó algo acerca del mar embravecido, después se quedó callada, con los ojos fijos en el agua revuelta. Entonces Amira tuvo miedo de que ya hubieran llegado los resultados y que no fuesen lo que estaban esperando.

—Voy a encender la luz, no quiero que tomemos el té a oscuras. Sigue muy nublado —expresó Marie y estiró su mano hacia una lámpara de pie—. ¿Estás bien, Amira? Me doy cuenta de que Niélé y yo hablamos tanto que tú poco o nada puedes decir. —Se quedó mirándola, luego movió una de las sillas para que se acomodara.

Las dos se sentaron casi al mismo tiempo. Como Marie no hablaba, Amira supuso que debía decir algo. Le confesó su temor acerca de regresar a New Haven; Narek aún no tenía trabajo en América. Dudó de si era buena idea seguir explayándose y contar que su suegra había mentido sobre todas esas ofertas de clínicas importantes. Asumió que esos eran asuntos que no se confiesan.

—Narek tiene un excelente currículum. Aparecerá algo. Esas son cosas que tienen solución, *chérie*.

—Creo que debería aprender a ser más paciente con él —razonó y empezó a jugar con las cucharitas de plata.

—Nos pasa a todas, *chérie*. No es fácil la convivencia. ¿Y tu hermana se ha adaptado a vivir con un francés? ¿Sabes en qué zona está? A lo mejor, un día la vas a visitar y quién te dice...

—Montparnasse —se anticipó.

—*Mon Dieu, moi aussi!* Cuando esté por allá, la voy a invitar a tomar un *chocolat chaud*, así le enseñaré las fotos que nos hemos sacado juntas. —Entonces se paró para buscar un sobre de la casa de revelado.

Volvió y dijo que le había hecho unas copias.

Amira contempló las fotografías sin prestar demasiada atención. Ya había entendido que las noticias sobre los resultados de la biopsia —si era que habían llegado— solo las comunicaría cuando estuvieran las tres. Algún tema de conversación iba a surgir mientras tanto en esa mesa afrancesada.

Eran sus secretos o los de Marie. Y Marie no quería hablar.

—Me casé con Narek para escapar de Beirut. El nuestro fue una especie de matrimonio concertado. Su madre, la mía y una vecina que hizo de celestina... Quizá no debería hablar de estos temas. Lo último que quisiera es que él se enterara de que te lo estoy contando. Pero es verdad, siempre estuve enamorada de mi amigo de la primaria. De Jamal —lo dejó salir todo junto, en voz muy baja, a pesar de que solo estaban las dos en la casa.

—No te preocupes, no voy a repetir nada de lo que hablemos. ¿Tu amigo vive en Beirut todavía? ¿Sigues en contacto con él?

—A los dieciocho se tuvo que alistar. Era muy joven —suspiró, aunque no tenía intención de hacerlo—. Y ahora está prisionero. Hace meses que no tenemos noticias de él. —Bajó la cabeza. No sabía si iba a ser capaz de controlarse.

—*Mon Dieu*, Amira. *Ma chérie*, ¡cuánto lo siento!

—Yo sé que no ha muerto. Sé que sigue vivo.

—*Oh, chérie*. No quisiera verte sufrir, ya sea porque esperas o porque te das por vencida. —La tomó de la mano—. A veces, la vida nos pone pruebas. —Se quedó unos segundos callada e hizo un gesto para que Amira le siguiera contando.

—Creo que por eso me asusta tanto volver a América. Con vosotras, me siento acompañada. ¿Qué voy a hacer allá sola, con la nieve y el frío, sin poder salir a la calle? Pensar en él. Eso. Pensar en él.

Marie intentó consolarla diciendo que no debería estar pasando por todo eso, una jovencita de apenas dieciocho años. Por otro lado, tenía la suerte de estar casada con un buen hombre, trabajador, inteligente y que la adoraba. Habló de la guerra y de la bendición de vivir en América. Lo que Amira nunca hubiera imaginado fue lo que vendría después.

Marie, también en voz baja, le habló de su gran amor. Se llamaba Elliot, fueron compañeros en la universidad.

Vivió un romance durante casi dos años, hasta que él la dejó para casarse con otra mujer.

—Un romance como esos que solo pasan en las películas, pero con un final triste —sostuvo—. No pienses mal. Claro que ahora estoy enamorada de Jérôme y cada día lo amo más. Pero a veces me pregunto cómo sería mi vida si Elliot no me hubiese abandonado. Me imagino que es normal pensar esas cosas. Quizá no tendría a Pauline. Esto que te cuento pasó hace mucho. Teníamos veintiséis. ¡Y ya estoy a punto de cumplir treinta y nueve!

—Y yo veo el amor con el que te mira Jérôme. Me acuerdo del día que lo vi por primera vez, jugaba con Pauline, iba y venía buscando hamburguesas para vosotras. Le oí decir que tenían que estar bien hechas. Me recuerda a alguien, no me doy cuenta de a quién... Tan alto y pelirrojo. Nadie que haya conocido en Beirut. —Se rio, pero no quiso explayarse en el tema de las fisonomías—. Por eso Pauline es tan alta, debe de ser la última de la fila en su clase. —Vio la forma en que la estudiaba Marie, como si esperase algún otro tipo de comentario ante semejante confesión, así que siguió—: Cuando os veo juntos, parece que hayáis nacido el uno para el otro. Nunca me hubiese imaginado que alguna vez estuviste enamorada de alguien más... —No pudo terminar la frase porque el teléfono sonó.

Marie se levantó. Entonces Amira se percató del parecido: Jérôme tenía la misma cara y corte de pelo de ese actor francés que tanto le gustaba a la señora Iris; el que aparecía en las películas que pasaban los domingos en la tele.

Escuchó su nombre y dejó de pensar en Jean-Paul Belmondo.

—Amira ya está aquí. No te preocupes, te esperamos, *chérie*. Tengo pastel de chocolate. No, no traigas sándwiches.

Cuando Marie regresó a la mesa, ya no hablaron de esposos ni de enamorados.

Diez minutos después, tocaron a la puerta. Niélé se disculpó por llegar tarde, dijo que iba conduciendo y decidió parar en un locutorio. El día lluvioso la había puesto triste. Extrañaba África, necesitaba hablar con su madre.

—Allí son las diez de la noche. Nunca la llamo desde casa porque, cuando llega la cuenta de teléfono, si está borracho, me grita como un condenado.

—¿Por qué no lo dejas, Niélé? —cuestionó de pronto Marie—. Eres joven y estás sana. ¿Qué necesidad tienes de seguir con él?

—El visado. No me puedo divorciar hasta tener el visado americano —contestó Niélé—. ¿Te ayudo en la cocina? —se ofreció, dejando en claro su intención de cambiar de tema.

—No. Siéntate y haz compañía a Amira. Yo ya vengo.

Amira y Niélé se quedaron solas en la sala.

—A veces, pienso en todo el tiempo que estoy perdiendo. Me va a llevar como cinco años conseguir los papeles. Escúchame, Amira: no tengas un hijo con Narek si no estás segura de querer quedarte para siempre con él. Yo no quiero más hijos, por eso pinto. Ya tuve dos. Dos niños.

Amira recordó que Niélé solo había hablado del niño que murió de malaria.

—¿Dos niños? —preguntó Marie, ya de vuelta en la sala. Dejó dos jarras térmicas encima del mantel.

Niélé hizo un gesto como diciendo que no era el momento de hablar de esas cosas.

—Claro que sí. Lo demás puede esperar —restó Marie.

Niélé hacía que no con la cabeza. Marie, que sí.

—Todo empezó cuando yo tenía ocho años. Mi padre nos abandonó. Con la excusa de que no había trabajo en el Congo, emigró a Zaire. Allí conoció a una mujer más joven y ya no regresó. Llegaron épocas difíciles, lo que mi madre ganaba no era suficiente.

Niélé aceptó la taza que Marie le entregaba. Probó un sorbo. Marie movió su mano, invitándola a que siguiera con la historia.

—Fue difícil quedarnos solas las dos, pero, con el tiempo, todo cambió para mejor: mi madre consiguió el trabajo en la cantina y pudimos salir adelante. Cuando cumplí trece, un hombre vino a vivir con nosotras. Lo encontré una tarde al volver del colegio. Lo peor que le puede pasar a una mujer es enamorarse. Mi madre estaba cegada, hacía todo lo que él le ordenaba.

Niélé volvió a tomar otro sorbo de té. Luego varió el tono de su voz por una más gruesa que de costumbre:

—«Esta niña es como mi hija. No quiero que te acompañe más a la cantina. No voy a permitir que esos extranjeros libidinosos se metan con ella. Del colegio directa a la casa. Yo me voy a encargar de recibirla y darle la cena», empezó a repetir ese hombre. Mi madre se dejó convencer. Él la dominaba.

Amira miró a Marie. Estaba segura de que ella tampoco quería oír lo que se avecinaba. «¿No deberíamos estar hablando del resultado del análisis?», pensó en preguntar. Pero no se animó. Por algo Marie demoraba la charla: quizá no eran buenas noticias lo que tenía para comunicar. Cerró los ojos un segundo, esperando a que Niélé acabara su taza de té.

—Me acostumbré a que me violara. Le tenía terror, me amenazaba con el cuchillo que mi madre usaba para cocinar. Punta dentada, mango plateado; jamás voy a borrarlo de mi cabeza. Hubiese querido tener la fuerza suficiente para sacarme ese cuerpo asqueroso de encima y clavarle el filo en medio del pecho, retorcérselo en el vientre y llegar a sus intestinos. Yo era muy menuda; él, gigantesco. Algunas veces, era tan violento que yo me quedaba sangrando durante días, pero nunca me dejaba marcas en la cara o en el cuello.

Amira deseó que Marie dijera algo para interrumpirla, pero, en vez de hacerla callar, esta apoyó su mano en el hombro de Niélé, dándole ánimo para que continuara. En ese instante, los ojos de Amira se cruzaron con los de Niélé. Entonces ella también gesticuló un sí con la cabeza y se quedó esperando a que Niélé juntara fuerzas para retomar.

—No toleraba su cara, sus dientes amarillos, algunos podridos, los pelos de la nariz. Y siempre el cuchillo en el medio. Lo ponía cerca de mis ojos, decía que, si me movía, me lo iba a clavar en el iris. Una tarde, mi madre llegó temprano. Yo no la vi entrar, ese día me tenía boca abajo. Escuché primero los gritos de él, quejándose de dolor. Mi madre había buscado una navaja y se la clavó en la espalda. Después le hirió en el brazo. Gritaban los dos al mismo tiempo. Y yo también. Había sangre sobre el colchón, aunque no sé si mía o de quién. Se escapó asustado al verla tan fuera de sí. Mi madre se tiró al suelo. Se golpeaba la cabeza contra las patas de la cama y repetía: «Qué importa que esos americanos miren a mi niña, lo importante es que nadie la toque».

—Ella necesita hablar, esto le va a hacer bien. Tiene que sacar lo que lleva dentro —dijo Marie e hizo un gesto para que Niélé continuara.

—Esa noche, los vecinos quisieron lincharlo, arrancarle los testículos. Nunca supe si lo encontraron. Es algo muy común que se castre a los violadores en las aldeas pequeñas. Hay un brujo que conduce la ceremonia. No quiero que piensen que somos unos salvajes, pero de alguna manera esos hombres tienen que aprender.

—Amira, ¿estás bien, *chérie*? —se interesó Marie.

Amira vio la cara de Niélé. Sus ojos enrojecidos, las lágrimas. «Ella necesita hablar», había dicho Marie. Entonces hizo otra vez que sí con la cabeza y dejó escapar con un hilo de voz:

—Somos amigas y debemos apoyarnos.

Niélé tomó otro sorbo de té.

—Todos se preocupaban por nosotras, sabían que estábamos solas. Mi madre no paraba de llorar. Una mujer me cuidó esa noche; me dio a tomar unas hierbas. A mi madre también le dieron algo porque se durmió inmediatamente. Mientras ella dormía, me hicieron comer unas raíces; lo vomité todo. Estuve muy enferma, no me podía levantar de la cama. Pero nada surtió efecto. El bebé nació siete meses después. Cuando la barriga empezó a crecer, mi madre buscó a una de las comadronas. Un atardecer, las oí hablando. La anciana decía: «Ahora es tarde. Ya ha pasado el tiempo de la operación con raíces. Te dije esa noche, Ashanti, que no era lo mismo por boca». La anciana agregó algo más que no llegué a entender. Luego pude escuchar a mi madre: «No debemos ahogar al bebé en el río, hay cosas que ningún dios perdona».

Marie rellenó las tazas.

—Cuando nació, no hizo falta que mi madre tomara ninguna decisión, fui yo quien cubrió la boca diminuta y la nariz de mi bebé, mantuve la mano presionada hasta que sentí que dejó de respirar. —Niélé miraba el mantel sin despegar sus ojos de la tela blanca—. Lo sepultamos una noche de luna llena. Era muy pequeñito. Tuve que hacerlo, no podía permitir que ese niño viviera. Se trataba de un ser oscuro, un espíritu con malos genes.

Niélé se limpió las lágrimas, luego dibujó algo con sus dedos sobre el mantel. Marie no dijo nada. Solamente le pasó la mano por la espalda.

—Que mi segundo hijo haya muerto por la malaria no es coincidencia. Dios lo apartó de mí. Es un castigo porque no merezco ser madre. Además, nunca tendría otro hijo con Frank. Sabía que me casaba con un borracho de fines de semana, pero cada día está peor. Parece un alma en pena. Lo siento por él: no soy capaz de decir ni una palabra de consuelo. Yo también sufro cada día, también me siento desamparada. He perdido dos hijos. Él, solo uno.

—No, Niélé. Eras una niña. ¿Cómo haría Dios algo así? Él nunca castigaría a un niño para dar una lección a sus padres —sostuvo Marie con un hilo de voz, como si ella también fuera a llorar en cualquier instante.

—Yo ya no creo en nada. —Niélé bajó la cabeza, estiró la mano y se secó la cara con la servilleta de tela.

—Hay que creer. Claro que sí, Niélé, hay que creer. Mañana vamos a la iglesia, dijiste que me ibas a acompañar.

Niélé se recompuso un poco. Marie se bebió su taza de té muy despacio, sorbo a sorbo. Amira las observaba.

—Amira, mañana vamos a Sainte Anne Church. El primer nombre de Marie es Anne, seguro que no lo sabías. Anne Marie. —Niélé suspiró un par de veces—. Es una iglesia muy humilde.

—Hablé con el cura. Le dije que lo vamos a ayudar a juntar donaciones. —Marie, algo más repuesta, se dirigió a Amira—: Es lejos. Podríamos haber elegido Saint Peter's o la catedral de Notre-Dame, pero me he querido encomendar a la Virgen de Santa Ana. Por algo mi madre me puso ese nombre. Es importante confiar.

Ahora las piezas encajaban. Ya tenía los resultados de su biopsia; Niélé los conocía, pero a ella se lo estaban contando en ese momento. Amira se puso de pie y las abrazó a las dos.

El sábado siguiente, las tres hicieron su primera visita a Sainte Anne Church, una capilla modesta, construida en madera con techo de chapa. Un edificio pequeño con paredes blancas vacías, sin cuadros ni imágenes. Solo una cruz tallada en madera reconfortaba a los fieles.

Las semanas seguían pasando. Marie comenzó los preparativos para viajar a Estados Unidos, necesitaban hacerle más pruebas. Niélé siguió pintando sus lienzos con colores fuertes y brillantes para apaciguar los grises de su vida. Amira sacaba algunas fotos de vez en cuando. Leía. Y esperaba.

Capítulo XX

El contrato que Narek había firmado con el hospital de Puerto Príncipe finalizaba a mediados de diciembre. En una carta con membrete, le agradecieron los servicios prestados durante esos doce meses y le auguraron una brillante carrera en Estados Unidos.

La mudanza fue fácil de preparar. Esta vez no tuvieron que vacunarse contra ninguna peste ni completar formularios engorrosos.

Marie también empezó a hacer las maletas casi al mismo tiempo. La habían operado de urgencia en Massachusetts. Las noticias no eran alentadoras. Jérôme renunció a su trabajo; desmontaron la casa y organizaron el retorno a París en menos de dos semanas. Amira y Niélé los fueron a despedir. Llovía esa mañana; el cielo estaba gris, triste como todos ellos. Marie, que era quien llevaba las riendas de su matrimonio en ese punto, siempre con voz suave y pausada, daba órdenes desde una silla a los tres mulatos que cargaban las maletas:

—Por favor, tengan cuidado, hay cosas frágiles ahí

adentro. —Luego se volvió para dirigirse a su hija—: Pauline, ¿quieres tomar un *chocolat chaud* antes de subir? —Por último, miró a sus amigas—: No os quiero ver derramar ninguna lágrima. Hay que confiar, claro que sí. Hay que confiar. Os voy a escribir en cuanto se me vaya el cansancio del viaje. Y espero que algún día nos encontremos en París.

Durante esa media hora que pasaron en la sala del aeropuerto, Jérôme fue dos veces al baño; regresaba con los ojos rojos, con los mismos tonos que su cabello y el de Pauline. Abrazó a Amira antes de subir al avión.

—Ella te quiere mucho, Amira. Siempre habla de ti —le dijo con la voz entrecortada—. Recuérdala en tus oraciones.

Unas semanas más tarde, llegó otro viaje al aeropuerto. Esta vez eran Amira y Narek quienes dejaban Haití. Niélé los aguardaba en el sector de embarque con un regalo para la nueva casa en América, una acuarela con imágenes de las playas y palmeras de Haití. Amira se abrazó a su amiga, convencida de que nunca la volvería a ver. Le llevó años descubrir que Niélé nunca contaba todo lo que sabía.

La llegada a New Haven fue muy distinta a aquella vez que Amira aterrizó sola, recién casada. Durante meses, había soñado con el césped muy verde y las hojas de los arces rojos; Yale en verano y el cielo azul. Pero cuando regresaron ya había entrado el invierno. Encontraron el campus de la universidad cubierto de nieve.

Un mes más tarde, se mudaron a Filadelfia; Narek obtuvo un trabajo a tiempo completo en una clínica privada. Amira se quejó un par de veces, allí los inviernos eran peores que en New Haven. Él le pedía que tuviera paciencia.

—Son solo dos años. El tiempo pasa enseguida, ya lo verás —reiteró más de una vez.

Para celebrar la llegada de la primavera, Narek le regaló una cámara de fotos profesional, con una lente de larga distancia. Dejaron atrás la Polaroid tras descubrir que con el paso del tiempo las imágenes se iban desvaneciendo. Amira se acostumbró a recorrer los alrededores de la ciudad y a elegir los mejores paisajes. Mientras disparaba la cámara y veía pasar las estaciones, su mundo, poco a poco, empezó a regirse más por colores, luces y sombras, reflejos y siluetas, que por los sonidos ásperos del nuevo idioma. Una vez por semana, caminaba hasta el correo para despachar un sobre con algunas de esas fotos. La misma rutina que había seguido con las cartas de Jamal ahora la repetía para acompañar a su madre a la distancia.

La noche que cumplieron dos años de casados, Narek dijo que tenía una sorpresa: lo habían invitado a participar en un congreso en París; quería que lo acompañara. Después de París, volarían a Beirut. Amira entonces se asustó, no sabía si estaba preparada. ¿Y si luego no quería regresar a América?

Tres semanas más tarde, aterrizaron en París, en el aeropuerto Charles de Gaulle. Las hermanas se reencontraron al día siguiente en el *lobby* del hotel. Narek había salido temprano para su conferencia. Rayzel estaba muy distinta: elegante, con el pelo color borra de vino, más corto que la vez anterior; apenas le llegaba a los hombros.

Fueron a una cafetería, a menos de una calle de distancia. El día estaba nublado; el viento las perseguía, ondeando sus faldas y produciendo un sonido lúgubre cuando se colaba entre las ramas de los árboles, como el de una flauta desentonada.

Entraron en un local pequeño, con paredes blancas y mesas redondas. Rayzel señaló un lugar frente a la única ventana. Se sentaron.

—¿Sientes el aroma? Están moliendo café —apreció Rayzel y movió la mesa para alejarse de los otros comensales—. ¿Quién lo hubiese dicho? Nosotras dos en París. De fregar suelos en el mercado y cargar cajas mugrientas a pasear por los Champs-Élysées.

—Yo daría lo que fuera por volver. Estoy deseando ver a mamá. ¿De verdad no extrañas ni siquiera un poquito? —Amira la observaba, esperando su reacción.

—Nosotras vivimos dos guerras muy distintas. ¿Qué quieres que extrañe?, ¿tener que venderme para que vosotras tuvierais comida?, ¿las bombas? Lo único que extraño es a mami —Rayzel se le acercó y susurró—: Deja que yo pida los cafés. No hables. No les gusta nuestro acento.

Apenas reconoció el sonido de las erres y el tono con que Rayzel pidió los *croissants* y los *cafés au lait*.

—No les gustan los extranjeros, ni siquiera los quieren de visita. Con este color de pelo parezco más francesa. Me lo teñí la última vez que me dijeron que debía volver al basurero del que había salido.

—Pero no todos son así. Mi amiga Marie no es así. La voy a llamar cuando regresemos al hotel. ¿Su casa queda muy lejos?

Rayzel apoyó su mano sobre el brazo de Amira.

—Está internada. No quieren hablar de eso. Fuimos

algunas veces a su casa con Chloé para que jugara con Pauline. Me dio las fotos. Pero después dijeron que no iban a recibir más visitas. Llama a Jérôme, si quieres, pero no sé si te va a atender.

El camarero se acercó con el pedido. Amira se mantuvo callada. En ese instante, un grupo dc turistas cntró en el local. Eran italianos. Hablaban tan fuerte que ya ni siquiera se escuchaban entre ellas.

—Explícame lo de Marie.

—Lo único que sé es que Pauline se está quedando con su abuela porque todavía no saben qué va a pasar. Y me tengo que ir, se me va a hacer tarde. Mañana tomamos otro café.

Le dio dos besos, uno en cada mejilla, como si fuera una francesa, y se fue.

Ya en el hotel, Amira llamó al número que tenía en su agenda. Le contestó una grabación con la voz de Marie. Dejó un mensaje. Cinco días más tarde, cuando subió al avión para volar a Beirut, ni Marie ni Jérôme le habían devuelto la llamada.

Tal como Rayzel había prometido, la visitó cada mañana en el hotel. Desde allí caminaban hasta la misma cafetería. En el segundo encuentro, Amira le preguntó cuándo tendría un lugar para ella. Iba a probar un mes, solo un mes lejos de su casa, y, si se acostumbraba, entonces hablaría con Narek. Rayzel le pidió tiempo para pensarlo.

—Mañana te digo algo —le dijo cuando se despidieron.

Al día siguiente, Narek la avisó de que la conferencia empezaba al mediodía, así que las acompañó a desayunar. Otro día que Amira se iba sin respuesta.

El miércoles, Rayzel apareció con Chloé.

—No tiene colegio, no la puedo dejar sola —le explicó antes de llamar al camarero. Luego murmuró—: No hables en árabe, Pierre se enoja porque dice que le ando ocultando cosas.

Ese día tampoco obtuvo una solución.

El jueves, cuando Rayzel pasó a despedirse, Narek sugirió que los tres tomaran un té en la confitería del hotel. Faltaba media hora para que el coche los pasara a recoger.

Se sentaron en una barra larga; Amira los dejó hablar, sin intervenir en la charla, solo pensaba en que subiría al avión sin una respuesta.

A la hora de la despedida, tras los abrazos, Rayzel se llevó la mano a la cabeza. Con un gesto compungido, dijo:

—Casi me olvido, esto es para mami. —Sacó un sobre de su bolso. Le dio otro abrazo y agregó en un hilo de voz casi imperceptible—: Hay una carta para mami y otra para ti. La lees y te deshaces de ella.

Amira se asió a sus brazos con fuerza.

A las once en punto llegó el automóvil. Narek se sentó delante, junto al chofer. Amira se acomodó detrás de él. En cuanto el vehículo arrancó, ella abrió el sobre. Mantuvo la carta oculta en su bolso mientras la iba leyendo.

Pensaba que tendríamos más tiempo para contarnos algunas cosas. Te lo iba a decir la primera mañana, pero vi que no estabas preparada para escuchar. Tienes que madurar de una buena vez. Nadie te va a dar un visado para venir a Francia, salvo que te cases con un francés. Te habrán dado uno de turista, pero eso no te permite trabajar. ¿Y qué piensas hacer?, ¿pedir limosna en las calles? Ahí tienes a Narek, que te mantiene y te lleva de viaje.

Aquí todo es muy difícil. Sigo buscando la forma de separarme, aunque las cosas no estén resultando como había planeado. Por lo menos, lo intento. Tú no haces nada, te quedas ahí, esperando que todo suceda.

Si tu marido no te gusta, búscate un novio. Después de conseguir el trabajo en el restaurante, Farid, el dueño anterior, empezó a venir al local. Me visitaba en la cocina. Yo le daba a probar *mujaddara* y *sfiha* y él me besaba las manos, decía que es el mismo sabor de la cocina de su madre.

El primer miércoles que tuve libre me invitó a almorzar en su casa. A Pierre le dije que me habían pedido que trabajara horas extras porque tenían un evento. Esa tarde, le conté toda mi vida, hasta se me escaparon algunas lágrimas, y sabes muy bien que yo jamás lloro. Él no me juzgó, al contrario, me consoló. Todos allá hemos vivido cosas parecidas.

Ya me imagino tu cara, juzgándome. Quiero que sepas que Farid tuvo cáncer en los pulmones. Por eso vendió el restaurante. Al principio, no estaba segura de querer estar con él, me lleva muchos años, treinta y dos para ser exacta. El mes que viene cumple cincuenta y cinco.

Me lo llevé a la cama por curiosidad, pero me comenzó a gustar la forma en que me cuida. En unas semanas, voy a ver a un abogado. Quiero iniciar los trámites del divorcio de una buena vez. Pero necesito estar segura de que no me van a quitar el visado, porque a Beirut no pienso regresar.

Si todo sale bien, cuando me divorcie, me mudaré con él. No te voy a mentir, me preocupa que sea tan viejo.

Hay un camarero en otro restaurante vecino, no llega ni a los veintiuno. Me gusta bastante, nos hemos visto un par de veces, pero con él no tengo futuro. Por ahora, prefiero quedarme con Farid, más adelante, veré. Hay que vivir el presente, es lo que siempre me dice Farid. Estas últimas semanas ha bajado mucho de peso. Lo veo cansado, le pregunto si se siente bien y me dice que sí. Pero yo no le creo. He visto las placas y hay otra mancha en el pulmón. La próxima semana tiene que ver al médico. Él había dicho que me iba a dar para el abogado, ahora solo piensa en los exámenes que seguramente le mandarán. No me molesta que tenga el pelo casi blanco. A él le preocupa que la quimio, si otra vez tuviera que pasar por eso, lo vuelva a dejar calvo. Me abraza y me dice que soy una rosa blanca en el otoño de su vida. Y entonces me cuestiona si estoy segura de querer seguir con él, y yo le digo que conocerlo ha sido como volver a casa. No espero que entiendas lo que estoy pasando. Solo quiero que veas que no eres la única con problemas.

Rompe esta carta y no me escribas. No confío en el correo. Prefiero que me llames a Shishka, pero no abuses, no les gusta que deje la cocina para salir a atender.

Cuídate mucho, la salud es lo más importante.

RAYZEL

Quince minutos después llegaron al aeropuerto. Amira escondió el sobre en su bolso.

Capítulo XXI

A las seis, cuando aterrizaron en Beirut, el sol ya se ocultaba a lo lejos. El aeropuerto parecía más pequeño que en sus recuerdos; quizá porque ahora se había habituado a la grandiosidad de las construcciones americanas, o sería que eran tantos los militares apostados frente a cada salida, negocio, baño, esquina, cubo de basura que los civiles debían amontonarse para no chocar con las metralletas.

Un vehículo con chofer los esperaba; fueron directos a casa de la madre de Amira. Ya desde la escalera se podía adivinar cuál era la cena: sopa de *shorbet adasa*, la preferida de la madre, que dejaba hervir durante horas para que las lentejas se fundieran con las verduras.

La madre los abrazaba a los dos. Llevaba uno de sus vestidos marrones, abotonado al frente, con la tela brillante a causa de tanto pasarle la plancha. Narek solo estuvo unos minutos; se disculpó por tener que rechazar la sopa, prometió probarla al día siguiente. Tal como habían acordado con Amira, esa primera noche cada uno iba a dormir en casa de sus padres.

Cuando Narek se despidió, Amira y su madre se quedaron en la cocina donde tantas charlas habían compartido. La encimera seguía cubierta de figuras de santos, entre las que reinaba la Virgen María. Dos velas pequeñas iluminaban las estampas.

A Amira le molestaba la luz del techo, demasiado blanca y brillante. Se preguntó quién ayudaría a su madre a cambiar la bombilla. Pensó en el señor Omar o quizá en aquel joven que vivía al final del pasillo, el que había vuelto del campo de batalla con un ojo menos. El parche era negro. Recordaba a las vecinas diciendo: «No importa cómo, lo importante es que está de regreso». Ahora, después de tanto tiempo, al fin ella había logrado comprender esas frases pronunciadas con tanta vehemencia.

La madre hablaba sin parar. Le costaba pronunciar Filadelfia.

—Seguro que allí todo debe de ser muy bonito. Esas fotos, ¡qué belleza! La casa es preciosa. Qué hermosos paisajes. ¡Qué suerte vivir en un lugar así!

Amira la escuchaba, esperando que llegara la oportunidad de poder contarle cuán triste se sentía. La madre no paraba; entre cucharada y cucharada de sopa, elogiaba la vida en América, chismorreaba acerca de los vecinos, para volver a enumerar las bondades de esa ciudad americana que desconocía.

—¿Qué sabes de la señora Sahira? ¿Sabes si ha recibido alguna noticia? Asumo que no, porque me lo hubieras contado, ¿verdad? —la encaró Amira cuando ya no quedaban vecinos de quienes hablar.

—Nunca se ha sabido nada más. Nunca ha aparecido el cuerpo. Y ella se alimenta solo de pan y té con leche. La pobre. Hará unas tres semanas que la fui a ver con Iris... —Se levantó para acercarse a la olla. Insistía en servirle un poco más.

—Quisiera ir a visitarla —mencionó Amira y empezó a enrollar y desenrollar la servilleta de tela.

—No es una buena idea. Las dos os vais a entristecer. ¿Qué sentido tiene? Después de que te vayas, iré y le diré que le envías saludos.

Amira quiso interrumpirla, pero su madre se agitó y prefirió no insistir. Se concentró en el reflejo de la luz de la vela sobre la cara de la Virgen. Ella, que había estado esperando ese momento de intimidad para contarle cuánto extrañaba su vida de antes, cuánto odiaba ese país que se cubría de una nieve sucia y espesa, supo que era mejor mantenerse callada.

—¿Tu hermana? ¿Cómo la has encontrado?

Amira la miró. «¿Cómo decía el abuelo, mamá? "No hay peor ciego que el que no quiere ver"», consideró recordarle. Pero ojeó otra vez a su alrededor, ¿qué esperaba su madre de la vida? Si la hacía feliz creer que sus hijas eran las mujeres más afortunadas del vecindario, si eso le daba paz y la ayudaba a dormir por las noches, ¿qué ganaba ella obligándola a asomarse a la realidad? Bastante tenía ya su madre con oír las noticias cada día, con tener que recorrer las calles polvorientas, rodeadas de moreras secas a causa de la aridez, con guardar fila para comprar el pan junto a las piernas flacas de esos hombres que habían recorrido el desierto a pie, que habían pasado frío, hambre y sed, que habían cruzado una línea de la que ya no podrían retornar.

—Está muy bien. Disfrutando de París. ¿Qué pasan a esta hora en la tele?

Se sentaron en el sofá y ya no volvieron a hablar.

A la mañana siguiente, Amira bajó a saludar a la señora Iris. Le llevó los regalos que había comprado para ella: bombones de frutas, un mantón de lana de cabra y dos novelas en francés.

La casa olía a libros amarillentos y col fermentada. Amira aceptó el té que la señora Iris le ofreció. Se acomodaron frente al televisor, que estaba encendido, sin volumen. Y se dio cuenta de que no tenía mucho que contar. Pensó en el marido de Marie, ese hombre que tanto se parecía al actor preferido de la señora Iris, pero si lo nombraba, también debería mencionar la enfermedad de Marie. ¿Qué necesidad había de traer más tristeza a esa casa que aún guardaba los libros y los juguetes de Badra? Repitió las mismas historias que le había relatado a su madre: nieve, fotos y las playas de Haití, y le dio una lista de las comidas que preparaba para Narek.

—¿Para cuándo un bebé, mi vida? —preguntó la señora Iris antes de quitarse los zapatos y decir que le dolían los pies—. No creo que Rayzel vaya a encargarle uno a la cigüeña. En tus manos está hacer feliz a tu madre.

—Solo me puedo quedar un rato, señora Iris. Narek ha dicho que me viene a buscar cerca del mediodía.

Se concentró en el vapor que salía de la taza a la par que escuchaba los cuentos de la señora Iris: cuántos vecinos se habían ido, cuántos habían muerto, cómo estaba la situación política y qué nuevas novelas había leído. ¿Qué sentido tenía pedir consejos acerca de los planes de mudarse a Francia si ya estaba clara la respuesta?

Cuando se despidieron, tuvo la sensación de que ya no la vería más. La abrazó fuerte y así se quedaron durante unos segundos. Miró hacia la pequeña biblioteca;

recordó los libros forrados en hojas de revistas y todo lo que había aprendido en esa casa. También las cartas que desde allí le escribió a Jamal.

Narek, tal como había dicho, llegó a las doce. Entonces sí, se sentó a tomar el tazón de sopa que su suegra le ofrecía.

—Uno solo —insistió un par de veces—. Tenemos que ir a ver a mi tío.

Ese día almorzaron con la familia del padre de Narek. Esa fue quizá la casa más antigua que Amira había visitado en su vida. Los esperaba una mesa preparada para ocho personas en un patio cubierto por un toldo verde. A pesar de sus temores, fue una ocasión amena. Hubo risas y anécdotas de cuando Narek era pequeño. Nadie nombró a Gafar, el hermano muerto en la guerra. Ni siquiera cuando el cielo se nubló y de pronto todo se puso gris.

A mitad del postre, la dueña de la casa repitió el mismo interrogante que había hecho la señora Iris:

—¿Para cuándo un bebé, Amira?

—Eso sí que me haría feliz —aseguró la madre de Narek.

—¿Entonces? ¿Ya habéis planeado una fecha? —insistió la dueña de casa.

Amira solo sonrió. Un hijo significaba quedarse para siempre con Narek; aceptar que ya no volvería a Beirut. Un hijo era abandonar las esperanzas de que Jamal regresara con vida. Estiró la mano para servirse un poco más de té.

Los próximos días se fueron entre visitas a la familia de Narek y recorridos por el vecindario. Amira aprovechó para hacer varios recados para su madre: ir a la mercería, recoger sus medicinas en la farmacia, buscar los zapatos que le había llevado a remendar. Había traído una maleta con regalos para ella, pero su madre prefería sus mocasines viejos. Una tarde fue a saludar al señor Omar a su puesto en el mercado. Lo encontró detrás del mostrador, haciendo sumas en una libreta. La esposa, tan menuda como la recordaba, instalada en una mesa en la otra punta del local, velaba por el sueño de su bebé, la pequeña que había nacido poco después de que Amira se mudara a Estados Unidos. Sobre la mesa, descubrió una de esas revistas de páginas brillantes, con fotos de artistas norteamericanos. Allí mismo se enteró de que la hija de la señora Yaman ya no trabajaba en el hospital Al Roum; ahora atendía pacientes de forma privada. La lista de novedades era larga, pero nada se comentó acerca de la señora Sahira, tampoco de Jamal.

Transcurridos seis días, Amira se fue de Beirut sin haber visitado a la madre de Jamal. Cuando llegó la despedida, caminó por el aeropuerto detrás de Narek, recordando la nieve a la que pronto se volvería a enfrentar. Se subió al avión como si una cuerda invisible la arrastrara.

Desde su asiento, antes del despegue, vio el sol reflejándose en decenas de alas de metal. Le lastimaban los ojos. Ya en el aire, acercó la cara a la ventanilla, con la intención de llevarse esas imágenes de la costa del mar Mediterráneo, hasta que las playas se perdieron a lo lejos. El avión giró para virar el rumbo. Narek la tomó de la mano. Ella, tras acomodar la cabeza en el hombro de su marido, cerró los ojos.

Diez meses más tarde llegó una nueva mudanza, en la misma ciudad, a una casa más grande. Y unas semanas después, nació la que sería su única hija. Fue un martes antes de que se presentara la primavera. Las mañanas aún eran frías, a pesar de que ya se estaban derritiendo los últimos copos de nieve que cubrían los techos y las aceras.

Hannah era larga y menuda. Y ella, más de una vez, se preguntó si tendría la fuerza suficiente para encargarse de un bebé. Le iban a faltar los consejos de su madre y de la señora Iris.

Cada noche, Narek, en pijama, se acomodaba en el sofá para acunar a su hija. Le cantaba en árabe las mismas canciones de cuna con las que lo habían criado sus abuelos:

> *Oye, vendedor de uva,*
> *dile a mi madre, dile a mi padre,*
> *que los gitanos se me llevaron*
> *de la carpa magdalena.*
> *Traía agua a mi madre,*
> *cuidaba a mi sobrino*
> *en su cuna de madera,*
> *y ahora tengo que*
> *cuidar al niño del beduino*
> *en la cuna tradicional.*
> *Comía carne asada...*

Amira los observaba desde el sillón hamaca, preguntándose si algún día Hannah lograría que ella y Narek dejaran de ser dos extraños. Si se convertirían en una verdadera familia; una familia normal americana que no piensa en los grises de la guerra ni en tumbas de soldados. Que sueña con el cielo celeste y las cincuenta estrellas de su bandera.

Los días venideros fueron todos muy parecidos: una bebé a la que atender, alimentar y bañar. Fotos, compras y paseos en cochecito.

Una mañana, dos semanas antes de que Hannah cumpliera tres meses, sonó el teléfono en la nueva casa en Filadelfia. Narek ya había salido para el hospital. Amira, todavía en pijama, ordenaba la cocina. Se apresuró a contestar para que el ruido no despertara a la pequeña. Primero escuchó el satélite. Pensó en su madre y tuvo miedo de que se tratara de malas noticias.

Fue una llamada corta. La señora Sahira había caminado hasta un locutorio. Le dijo que en Beirut era un día de sol. Habló muy rápido. Repitió un par de veces, siempre muy veloz, lo que tenía para decir. Cuando la mujer se despidió, Amira se dejó caer en el silloncito, ubicado al otro lado de la mesa del teléfono.

Casi quince minutos después, Hannah se despertó. La oyó llorar. Se percató de que aún no había colgado: el auricular continuaba en su mano. Le cambió el pañal. Buscó abrigo para las dos y, así, con el pijama debajo de un abrigo largo de lana, salieron de la casa.

Recorrieron varias manzanas. Hannah se durmió con el paseo. Amira no tenía idea de cuál era el camino que estaban recorriendo. Luego reconoció la plaza y cruzó la calle. Con cuidado, arrastró el cochecito sobre el ripio hasta el único banco libre, a la sombra de un ficus de hojas muy verdes. Se distrajo observando a una anciana que alimentaba a las palomas; un gorro de lana le cubría parte de la cabeza a pesar de que pronto llegaría el verano.

Amamantó dos veces a Hannah durante el tiempo que pasaron en la plaza. Antes de las tres, con el cielo todavía celeste, emprendieron el regreso hacia casa. Las palomas se dispersaban a su paso, embarcándose en un vuelo suave; todas en la misma dirección. Los rayos, ya menos débiles, intentaban atravesar las ramas tupidas de hojas coloridas. Sintió que el tiempo se detenía. A partir de entonces, habría un antes y un después en su vida.

Dejaron la plaza. Le estaba costando orientarse aun reconociendo las casas y los edificios bajos de los alrededores. Oyó las campanadas de la iglesia y buscó la cúpula en el cielo, entre las nubes de los últimos días de primavera. Llegaron a una edificación de ladrillos rojos. La puerta estaba abierta.

Hincada en el altar frente a la figura de la Virgen María, siempre pendiente de su pequeña, oró en silencio, pidiéndole fuerzas a Dios para sobrellevar las horas y los días que estaban por venir. Sabía que, sin importar la manera en que se lo contara, lastimaría a Narek.

Jamal lo entendería. Quiso creer que él iba a aceptar a Hannah como su hija. Él sabía lo que era una guerra. Conocía los sacrificios que hay que hacer para sobrevivir. Sabía que todo vale a la hora de luchar para mantenerse con vida.

Capítulo XXII

Una semana después de la llamada de la señora Sahira, Amira y su hija subieron al vuelo de Lufthansa con destino a Beirut. Su mundo entero cupo en dos maletas. Dejó los abrigos de piel falsa que Narek le había regalado; no los iba a necesitar allá en su casa. No pudo llevarse ninguno de sus libros, apenas cargó con un álbum de fotografías y una carta de Niélé; se la había entregado el cartero cuando estaba a punto de subir al vehículo que las conduciría al aeropuerto. Esa mañana, Narek no estaba en casa. No había querido despedirse de ellas.

Aterrizaron en Beirut a las diez; el sol ya estaba alto en el cielo. Dejaron el aeropuerto a bordo de un vehículo viejo, cubierto de un polvo gris espeso. El chofer las observaba mediante el espejo retrovisor. Amira iba alerta, temerosa de dormirse y de que le robaran a su hija.

Tardaron más de una hora en presentarse en casa de su madre. Las hojas de las moreras estaban mustias; hacía semanas que no llovía. No reconoció a ningún vecino paseándose por las aceras.

El conductor la ayudó a bajar las maletas. Dijo que debía cobrarle un sobreprecio por la cantidad de equipaje. Ella prefirió no discutir, abrió su cartera y le dio esas libras extras.

Dejó el cochecito y las maletas en casa de la señora Iris. Sería imposible cargar con tantos bultos por las escaleras.

Golpeó. Cuando su madre abrió la puerta, se abalanzó sobre ellas. No dejaba de abrazar y besar a Hannah; lloraba agradeciendo la sorpresa a la Virgen María.

Tras unos minutos, algo llamó la atención de Amira. Eran murmullos que provenían de la cocina, como si alguien las espiara. Y ella solo pensó en cuánto le hubiese gustado a su abuela abrazar a su bisnieta o a su padre acunar a otra princesa.

Fue a buscar las maletas. Cuando estuvo de vuelta, después de tres viajes, corrió a darse una ducha. Diez minutos más tarde, regresó a la sala. Su madre había cerrado una de las cortinas.

—Se ha dormido en mis brazos, me la hubiera quedado, pero suda tanto que tengo miedo de que le haga mal. Y tú estás muy delgada, pareces una niñita —evidenció sin dejar de mecer el cochecito con un pie—. Si has venido es porque ya te has enterado.

—La señora Sahira me llamó. Estos últimos días han sido muy difíciles. Yo todavía no me lo puedo creer. —Se llevó las manos al pecho.

—Amira, me duele verte pasar por todo esto, revivir el pasado así. Quería conocer a Hannah, pero creo que hubiese preferido que no viajaras. Otro dolor más en tu vida, hija.

—Y yo esperaba encontrar una madre comprensiva. Pensé que ibas a estar feliz por mí. —Hizo un esfuerzo para no subir la voz.

—¿Qué dices, Amira? ¿Qué dices?

—Eso mismo. Pensé que te ibas a alegrar. Yo he cumplido con el trato, incluso te he dado una nieta. Pero ahora todo ha cambiado.

—Claro que todo ha cambiado. Ahora estás casada, vives en un lugar seguro, disfrutas de una buena vida en América. Ya no eres una adolescente esperando recuperar al amor de su infancia.

Amira no se quiso sentar por más que su madre le hizo señas un par de veces para que se acomodara a su lado.

—¡«Una buena vida»! —repitió imitando su voz—. No quiero discutir, no he venido a echarte nada en cara. Estoy aquí para recuperar lo que es mío.

Hannah se empezó a quejar. Amira hizo un gesto como para alzarla, pero su madre meció el cochecito y la pequeña siguió durmiendo. La madre volvió a la carga:

—Han pasado más de cuatro años desde la última vez que lo viste. Jamal ya no es el mismo. Estoy segura de que ni siquiera te va a reconocer.

—¿Cómo que no me va a reconocer? La señora Sahira me dijo que había esperanza. —Se acercó a ella más y le habló muy bajito al oído—: ¿No sientes un poco de pena por mí? Ahora tengo una hija y, ¿sabes qué? Solo quiero que sea feliz, aunque yo no esté de acuerdo con sus elecciones. Quiero que sea feliz. ¿Por qué no puedes sentir lo mismo por mí?

Sin esperar la respuesta, fue hacia su dormitorio.

Diez minutos después regresó a la sala: se había soltado el pelo. La envolvía un aroma a jazmines suaves. Fue a la cocina y puso leche en polvo en dos biberones. ¿Qué sentido tenía seguir hablando? Había tantas cosas que reclamarle, entre otras: que la hubiera arrojado a los brazos de Narek ni bien supieron del secuestro de Jamal.

—He dejado los biberones preparados. Si llora, le agregas agua hasta la marca de arriba. Que no le entre aire cuando toma. Ahora voy a salir. —Buscó su bolso.

Antes de llegar a la puerta, Amira sintió una mano que la tomaba por el brazo.

—¿Acaso tu marido te pega? ¿Te maltrata? ¿Me puedes explicar por qué consideras que no tienes una buena vida?

Amira soltó su brazo y tiró del pestillo. Cerró la puerta y bajó corriendo por las escaleras, sin tocar las barandas sucias y oxidadas.

Llegó al hospital poco después de las dos. El taxi la dejó frente a la entrada principal. Esperaba que no hubiera un horario estricto para la visita; no le había hecho esa pregunta a la señora Sahira.

Le costó cruzar el *hall* principal. Sobrevolaron su cabeza un cúmulo de recuerdos: la explosión en la embajada, la ausencia de su padre, las historias que había escuchado acerca de Badra y cómo estaba cuando la encontraron tras el ataque de los soldados. Ahora ella iba a visitar a otro soldado. Uno que le pertenecía.

—El paciente no puede recibir visitas —negó con voz cortante la recepcionista que la atendió.

Amira contestó que había viajado desde muy lejos. Pidió hablar con un supervisor. Entonces la joven mencionó algo acerca de una lista y la dejó esperando un par de minutos.

—Tiene suerte, su nombre está en la lista. Pero igualmente tengo que consultar con el médico. Espéreme aquí.

Tras casi cuarenta minutos, le anunciaron el número de habitación. Una enfermera la acompañó. El recorrido por esos pasillos largos, blancos y con olor a éter le causó escalofríos. Era un túnel monótono y eterno, hasta que alguien abrió una puerta. Luego otra. Y otra más. La dejaron sola.

El hombre que estaba en la cama no podía ser Jamal; desde la puerta, parecía tener más de cuarenta años. Ella se fue acercando poco a poco. Eran tantas las máquinas conectadas a ese cuerpo que no creyó que fuera a ser capaz de tolerarlo. Dio otro paso. Esa tampoco podía ser su piel: mucho más oscura de lo que recordaba. Tan flaco que se le marcaban los huesos de la cara, en la frente y las mejillas, como si se tratara de una calavera. Y la piel parecía la de un lagarto. Las llagas eran enormes, algunas estaban cicatrizando. Solo deseó que fueran a causa del sol dañino del desierto y no debido a alguna paliza. Esperaba que alguien se presentara para decirle que se habían confundido, que ese era otro paciente, que Jamal estaba en otro cuarto, sentado en su cama, mirando la televisión. Pero era él. Se parecía demasiado. El ruido del respirador no la dejaba pensar. Entonces se dio cuenta de que había alguien detrás de ella. Era la enfermera.

—No se acerque mucho más. Es mejor para él y para usted. Y ya han pasado casi cinco minutos. La acompaño. Salgamos, el doctor va a venir a hablar con usted —dijo con voz cálida.

Repitió: «Vamos». Y Amira, muy en el fondo de su alma, se lo agradeció.

—Ahora le muestro dónde esperar al doctor. Hoy temprano ha estado aquí la madre del paciente, y no puede recibir más de una visita por jornada. La orden es una cada dos días.

La enfermera caminaba a su lado, alerta por si la tenía que auxiliar. En algún punto, Amira creyó que se iba a desmayar, pero logró sentarse en la silla que le indicaron.

Esperó un buen rato hasta que vio acercarse a un hombre joven de bata blanca. Ella, convencida de que le iba a decir que lo siguiera, hizo un gesto para incorporarse. Él movió la mano para avisarle de que no era necesario que se pusiera de pie. Amira esperaba que fuese como en las películas: las cosas buenas se dicen en los pasillos; las malas, a puerta cerrada. Él diría: «No se preocupe, señora, el paciente se pondrá bien».

—Estamos sobrepasados. Hubo una explosión. No sé si escuchó algo... Perdone, no le puedo dedicar mucho tiempo.

Esa no era una buena señal.

El médico se sentó a su lado.

—El paciente lleva días en la misma situación. Todavía no ha estabilizado su pulso. No se permiten visitas. Este ha sido un caso especial porque usted viene desde muy lejos. Y entiendo que necesite despedirse.

El médico continuaba. Más adelante, ella recordaría algunas de esas palabras: «insuficiencia pulmonar grave como consecuencia de haber inhalado gases tóxicos...». «No sabemos cuánto tiempo le queda: días, semanas o meses. A lo mejor, solo unas horas.» No se le ocurrió qué preguntar. Tampoco quería que le siguieran explicando. Otra vez creyó que se iba a desmayar. No se animó a pedirle que le aclarara si las llagas eran por quemaduras, torturas o qué otra causa. Solo quería estar segura de que Jamal no estaba sufriendo. Como si supiera qué era lo que la preocupaba, el médico agregó:

—Vamos a seguir este mismo plan de medicación. Está sedado, no siente nada. Le aseguro que no sufre.

El médico se levantó del asiento. Puso una mano sobre el hombro de Amira, quizá con eso quería decir: «Lo siento», «hay que ser fuerte», «la acompaño el sentimiento», «cuánto lo siento». Nada de eso manifestó, solo la mano. Le recordó que no estaban autorizadas las visitas. Dijo algo acerca de un número de teléfono para comunicarse y averiguar sobre el estado de los pacientes de la unidad de cuidados intensivos.

Y se despidió:

—Va a venir una enfermera por si quiere volver a entrar. Solo dos minutos.

Ella negó con la cabeza.

Se quedó en ese mismo banco sin ser capaz de moverse. Alguien se aproximó para ver si estaba bien y le ofreció un café azucarado.

—Gracias —es lo último que recordaba haber dicho.

La mujer se acercó a una máquina. Luego le entregó el café y unas servilletas. Amira sintió el brazo que la guiaba hacia la salida.

Con el vaso en la mano, caminó por la avenida Armenia hasta la parada del autobús. No había taxis libres a esa hora. Tampoco quiso hacer la fila, le era imposible tolerar tanta cercanía con toda esa gente. Continuó caminando. Un rato después tiró el vaso. Con las servilletas, fue secando sus lágrimas, cada vez más gruesas, que caían ordenadas. Recordó el ruido del respirador. Parejo y rítmico. En algún momento, el sol dejó de molestarla. Debía de haber andado cerca de una hora. O quizá menos. O más. Siempre siguiendo el recorrido del autobús, de parada en parada. Vio que alguien bajaba de un taxi. Ella alargó la mano.

Le dio la dirección. El chofer conducía despacio. Ella cerró los ojos. ¿Y si llegaba el día en que no le alcanzara el dinero para pagar un coche, ni para su madre ni para su hija? Sola, no le hubiese molestado contar las monedas de una en una, pero ahora tenía una hija que cuidar y mantener.

Cuando abrió la puerta de casa, ya había oscurecido. Su madre seguía en la sala, en el mismo sofá, con Hannah en sus brazos. La señora Iris estaba con ella; se levantó y fue directa a abrazarla. Amira rompió a llorar. Se sentó. Las escuchaba, pero no podía contener las lágrimas. Además de las imágenes del hospital, le angustiaba ese ambiente sombrío a su alrededor. No podía soportar verlas tan viejas, tan pendientes de su hijita. Los muebles, los colores de las paredes, todo era lúgubre y gris. La señora Iris y su madre: lentas en sus movimientos, resignadas ante la vida y la guerra. Ante las pérdidas. Ahora ella era una más, sentada entre las dos.

La señora Iris la abrazó unos segundos, se estaba despidiendo. Le dijo que bajara a tomar un té cuando quisiera. Pero ahora se iba a ir, no quería cansar a la pequeña. No aceptó que ella la acompañara por la escalera.

Amira se acurrucó en el sofá, en la esquina que había quedado libre, alejada de su madre y de su hija.

—Vas a tener que ir a saludar a Maryam. Les vas a tener que llevar a Hannah para que la vean. Yo la llamo y le digo que estáis muy cansadas. ¿Cuántos días te quedas?

—No puedo volver. No creo que Narek me deje entrar de nuevo en casa. —Miró a su madre, pero al instante desvió la vista.

—¿Cómo?, ¿de qué estás hablando? —La madre puso a Hannah en el cochecito—. No entiendo, no lo entiendo. —Se llevó las manos a la cabeza.

—Le dije que no iba a volver.

—¿Quién en su sano juicio arruinaría su futuro de esa manera? —Se levantó y empezó a dar vueltas por la sala—. ¿Qué idiota haría algo así? Alguien que no piensa, que no tiene cabeza.

—Mamá, te va a hacer mal. Mejor te preparo un té. —Amira se encaminó hacia la cocina.

La madre la siguió y la tomó del brazo.

—Si quieres hablar, hablamos —cedió Amira mientras ponía agua en la tetera—. Primero te voy a preparar un té. No te desesperes, pero quiero que sepas que Narek me pidió que no viajara. Dijo que me quería hacer entrar en razón.

—No entiendo. ¿Qué necesidad había? Si ni siquiera sabías qué era lo que te ibas a encontrar. ¿Cómo se puede ser tan ingenua? Tonta. ¡Idiota! Esa es la palabra.

—La señora Sahira dijo que Jamal se estaba recuperando y que, cuando me viera, eso iba a terminar de darle fuerzas.

—Pobre Sahira. Ya no coordina bien. Pobre madre, desvaría todo el tiempo. ¿Por qué no me llamaste para avisarme de lo que ibas a hacer? Ahora tenemos que ver cómo resolver lo de tu marido. Para lo otro, lamentablemente, no hay arreglo. Ahora tenemos que solucionar lo tuyo con tu marido. —La mujer se dejó caer en una de las sillas de la cocina.

—No te llamé porque no confiaba en lo que me ibas a decir. Habías prometido que me ibas a avisar y nunca me llamaste. Me tuvo que avisar la señora Sahira.

—¿Y para qué te iba a llamar? —La mujer seguía moviendo la cabeza de lado a lado.

—Me lo habías prometido. No quiero que te suba la tensión ni que te haga mal. Pero quiero que sepas que Hannah y yo vamos a viajar en tres meses para los trámites del divorcio. Esta vez no ha habido tiempo.

—No es solo tu futuro, estás arruinando la vida de tu hija. Y todo por un capricho. —La madre se puso a llorar.

Cuando se calmó, ya fue imposible frenar su verborrea. ¿Tenía idea ella de cuánto extrañaba a Rayzel? ¿Cuánto la extrañaba a ella? ¿Cuánto extrañaba a sus dos hijas? Pero una madre elige lo que es mejor para su familia. ¿Qué no daría ella por tenerlas en su casa? Una madre vela por la vida y seguridad de sus hijos. Primero viene la vida. Sin vida no hay nada. ¿La felicidad? La felicidad se construye. Se levantó de la silla para buscar una de sus velitas blancas. Después de encenderla, se puso de rodillas. Con los ojos fijos en la llama, enfrentada a la estampita, comenzaron sus rezos: primero un padrenuestro, luego, tres avemarías. Cerró los ojos, imploraba a la Virgen que le diera fuerzas para afrontar una nueva despedida, porque ella sabía que su deber de madre era enviar de regreso a su hija y a su nieta a América.

Amira se arrodilló junto a ella.

—Santa María, Madre de Dios, ruega por nosotros, pecadores... —fue repitiendo a coro.

Cerró los ojos y rogó que Jamal dejara de sufrir. La luz de la vela les bañaba las caras, ambas húmedas por las lágrimas. Hannah lloraba en la sala. Gemidos parejos y monótonos como los del respirador.

Capítulo XXIII

La primera noche que Amira pasó en Beirut no pudo pegar ojo. Miraba hacia la cama de Rayzel y veía a Hannah durmiendo, rodeada de almohadones para evitar que cayera al suelo. Dio vueltas entre las sábanas. Su cabeza estaba en el hospital, en esas máquinas, en la piel oscura, sin vida y con llagas de Jamal.

La última vez que consultó el reloj eran casi las cinco.

Oyó un murmullo. Alguien la tomó del brazo con un zarandeo suave.

—Te has quedado dormida. Vamos, que Maryam os espera. —La madre se alejó para abrir las cortinas.

El sol entró de golpe en la habitación.

—¿Qué hora es? —preguntó, llevándose la mano a los ojos.

—Son casi las nueve. Y os esperan a las diez.

—¿Cómo qué «os esperan»?

—La he llamado a las ocho y media para darle la noticia. Me ha dicho que nos esperan a las diez.

—¿Por qué la has llamado? No sé si estoy preparada.

—Claro que sí. Vas y le llevas a su nieta. Dile que me

ha bajado la tensión cuando estábamos a punto de salir. A mí esas cosas me ponen nerviosa. —Inmediatamente desvió la vista.

Amira se sentó en la cama. No tenía derecho a pedirle que la acompañara ni obligarla a ser testigo de la infinidad de reclamos que seguramente le haría la madre de Narek. «Teníamos un acuerdo, lo ibas a cuidar, te ibas a quedar con él. Dime, ¿qué tienes para reprocharle?, porque yo a mis hijos los he criado como hombres de bien.» Estaba segura de que esas serían las palabras con las que la recibiría.

Caminó hacia el baño. Su madre y su hija se quedaron en el dormitorio, estudiándose la una a la otra.

Cuando terminó de ducharse, su madre ya había bañado a Hannah en una tina sobre la encimera de la cocina. Le había puesto un vestidito blanco de algodón que había encontrado en una de las maletas; tenía el cuello y la falda bordados con flores lilas y amarillas. Su hija parecía una princesa que nada tenía que hacer en ese entorno de calles de tierra gris y residuos desparramados por las esquinas.

Primero bajaron a la pequeña, luego Amira regresó por el cochecito. La señora Iris las oyó haciendo ruido en la escalera y se asomó a saludar. Unos minutos después, las dos le desearon suerte. Amira estaba segura de que les había dado pena verla sola, porque se ofrecieron a caminar una manzana con ella. Hasta que, finalmente, soltaron su mano.

Recorrió las calles restantes luchando con las aceras desparejas, esquivando botellas, palos y objetos imposibles de identificar. Siempre con temor de que fuera una granada. Cosas a las que creía estar acostumbrada, pero ahora era distinto, ya no estaba sola, debía velar por su hija.

Pulsó el timbre. La espera se le hizo eterna. El padre de Narek abrió la puerta, la abrazó emocionado y estiró las manos hacia la pequeña; le brillaban los ojos, no se molestó en disimular sus lágrimas.

Cruzaron el patio interior, con las mismas plantas crecidas, macetas vacías y las *hookahs* que habían sido de Gafar.

Encontró a su suegra en la cocina, terminando de armar unos *mankoushe* con queso y tomates secos. La señora se limpió las manos en su delantal y caminó hacia ellos. Abrazó a Amira y quiso saber cómo estaba Narek.

—Trabajando. Les manda muchos saludos. Les he traído un regalo, con las prisas, me lo he dejado en casa de mi madre. —«Ya se le ocurrirá algo a la señora Iris», pensó.

La hicieron pasar a la sala. Hablaban en voz baja y pausada a pesar de que Hannah no dormía. Todo estaba igual que la última vez que los visitó. Quizá las alfombras rojas se veían apenas más raídas con el sol de la mañana.

—Este es el verdadero regalo, este viaje ha sido la mejor sorpresa. Siempre quisimos tener una niñita. Dios nos mandó cuatro varones; él sabe lo que hace. Se parece mucho a Narek —repetían sin dejar de recordar anécdotas del nacimiento de cada uno de sus hijos. Se emocionaron más de la cuenta cuando nombraron a Gafar—. Estoy segura de que habría sido el tío favorito de Hannah. Y a él, ¡cuánto le hubiese gustado conocerla! Siempre hacía el payaso, cantando y bailando, ¡tan distinto a Narek! —manifestó un par de veces la señora Maryam.

Querían saber cómo era su vida en América. Respondió a las preguntas tratando de sonreír. Amira se quejó del frío en la nueva ciudad y les narró algunas anécdotas de Haití. Saltaba del verde intenso de Yale o el aroma de las rosquillas fritas que aparece cada tanto en las esquinas al color del mar en Puerto Príncipe y esa sensación tan rara de no reconocer el idioma en las calles. La escuchaban y sonreían. No hizo falta mucho más para que Amira entendiera que Narek no les había contado nada acerca de la pelea; quizá por vergüenza: su esposa lo había abandonado por otro hombre. O quizá porque esperaba que ella recapacitara y volviera.

Poco a poco, los temas se fueron haciendo cada vez más personales: cómo era el nuevo trabajo de Narek, cuán largo había sido el parto, y después le pidieron que les describiera la casa de dos plantas que Narek había comprado para ella y Hannah. No tenía sentido explicarles que se trataba de un alquiler de dos años con opción a compra. ¿De qué servía entrar en detalles? Habló del jardín pequeño y de los rosales blancos. De la nieve y su temor de que las plantas no lograran sobrevivir los inviernos. «Dios mío, lo he dejado solo en una casa tan grande», pensó. No volvió a quejarse del frío ni de la nieve. Le dolían las lágrimas de sus suegros. Afirmaron que eran de felicidad, pero Amira sabía que eran porque extrañaban a Narek y porque no podían dejar de pensar en Gafar.

Antes de marcharse, les prometió que regresaría al día siguiente.

—¿De verdad, querida, no quieres que te acompañe hasta casa de tu madre? —se ofreció varias veces su suegro.

Ella dijo que no era necesario. Les dijo adiós y se adentró en las aceras desparejas, donde faltaban baldosas y los agujeros habían sido rellenados, muchas veces con basura.

Dejó el cochecito en casa de la señora Iris y subió las escaleras. Su madre estaba sentada en la cocina, había encendido otra vela blanca.

—No saben nada. Mañana nos esperan para el té y la cena.

—Si Narek no les ha contado nada es porque está esperando que regreses. —La madre respiró más aliviada—. Llámalo y avísale de que llegaste bien.

—Me han dicho que ellos lo van a llamar más tarde. A ver qué les cuenta. Esperemos a mañana. —Dejó a la pequeña en los brazos de su madre y se encaminó a su habitación.

Al día siguiente, a las cinco en punto, pulsaron el timbre en la casa de los padres de Narek. Esta vez fue Maryam quien atendió. Las hizo pasar. Mientras cruzaban el patio, dijo que debía terminar la cena.

—Claro, la ayudamos —propuso Amira.

—No, querida, tú ve a la sala. Dale el pecho. Nosotras nos ocupamos.

Amira hizo lo que le ordenaron, un poco temerosa de que su suegra quisiera recriminarle algo a su madre, a puerta cerrada, en la cocina.

El padre de Narek ya estaba en la sala. Tras ayudarla a acomodar el cochecito en una esquina, estiró los brazos para alzar a su nieta. Se apreciaba de fondo el ruido de cuchillos contra las tablas.

Primero comentaron las noticias del día, después su suegro habló de algunos vecinos. En especial, del señor Omar y su puesto en el mercado. Unos minutos más tarde, quiso saber si se había enterado del rescate de Jamal.

Amira contestó que sí. Se puso a llorar, lo peor fue que no podía parar.

Pasaron varios minutos. Cuando las mujeres se acercaron con las dos bandejas de bocaditos, preguntaron qué había pasado. Amira tenía los ojos hinchados y la nariz colorada.

—No es fácil vivir en un país tan grande y con la familia lejos —señaló el padre de Narek, que pasó su mano por el hombro de Amira. Luego le palmeó la espalda. Todo con gestos muy suaves.

Las dos mujeres la rodearon para abrazarla, sin dejar de repetirle que ellas también los extrañaban. Entonces Amira pudo llorar tranquila.

Cuando estaban terminando el té, sonó el teléfono. Maryam se levantó para ir hasta una mesita de caoba que había al lado del televisor.

—Estoy segura de que es Narek. Nos dijo que tiene cirugía a las doce de allá. Me prometió llamar antes de la operación.

Levantó el teléfono y, por su cara, todos supieron que era él.

—Sí, están aquí. ¡Es una muñeca! Una santa, ni siquiera se queja. Y me sonríe con un amor tan grande, como si supiera que soy su abuela.

Oyeron más comentarios acerca de la pequeña, de sus vestiditos y de lo que iban a servir en la cena. Y después:

—Ahora te paso con Amira.

Maryam la miró y le hizo un gesto para que se acercara.

Amira tardó en levantarse de la silla.

Ya con el auricular en la mano, se volvió para darles la espalda y que no vieran su cara.

—Hola —saludó con un hilo de voz.

Narek no le respondió. Se oía un murmullo de fondo. Tras un rato, escuchó su voz:

—Ya entro. Ya voy. Me cambio y voy para ahí —le advertía a alguien. Hubo un silencio largo—. Cuida bien de Hannah. —Y colgó.

Ella regresó a la mesa. La madre de Narek le sirvió más té. Su madre le puso un sándwich de pepinos encurtidos y jamón crudo en su plato. Les agradeció a las dos, que dijeron casi al mismo tiempo:

—Hay que alimentarse bien para que salga buena leche.

—Narek manda saludos. Estaba apurado porque iba a entrar al quirófano y se tenía que cambiar.

Relató que nunca llevaba la ropa del hospital a casa, que todo se lavaba ahí mismo, en unas máquinas enormes para desinfectar.

—El uniforme de cirugía es de color verde —agregó.

Ya no le preguntaron nada más.

Tras cenar, el padre de Narek insistió en acompañarlas. Dijo que ya había oscurecido y que esta vez no iba a aceptar un no por respuesta.

Ella nunca se enteró de si, durante esos días que pasó en Beirut, hubo o no toque de queda. Su cabeza estaba en otro lado: a miles de kilómetros de distancia durante el día, en su casa de Filadelfia, y mucho más cerca durante las noches, en el mismo Beirut, sobrevolando el hospital para acompañar a Jamal.

Transcurridos dos días, dejó a Hannah otra vez al cuidado de su madre para ir al hospital. No le permitieron verlo. Una enfermera le explicó que no había habido cambios. Luego la miró:

—Lo siento mucho, señora.

Amira cruzó esos mismos pasillos hacia la salida. Se hicieron interminables por el blanco mortecino y monótono de las paredes, las caras de desesperanza de los familiares de los enfermos y el aire denso que no le permitía respirar. Iba a volver en autobús. No quiso gastar en un taxi; no sabía si Narek le enviaría más dinero.

Recorrió dos calles más, chocando con los turistas, médicos y enfermeras que andaban por los alrededores; todos iban en sentido contrario al de ella. Vio un locutorio a lo lejos.

Se detuvo. Pidió una cabina. Después de buscar la libreta en su bolso, marcó los números. El teléfono sonó tres veces.

—¡Rayzel! Qué suerte que te encuentro.

Algo apurada, compartió con ella lo que le estaba pasando.

—No entiendo nada si lloras. Hagamos una cosa, ¿por qué no me visitas unos días? De todas formas, para volver necesitas hacer escala. Que sea en París.

—Rayzel, no sé si tengo que volver o no. Ayer no quiso hablar conmigo.

—Claro que tienes que volver, ¿qué vas a hacer ahí en Beirut? ¿Ir a vivir con tu suegra? Arregla los pasajes y me llamas. ¿Compraste ida y vuelta?

—Sí. Ida y vuelta, pero lo marqué para dentro de tres meses. Le dije que iba a ir en tres meses para firmar el divorcio.

—Pues lo adelantas para la próxima semana —la voz de Rayzel sonaba impaciente—. Y escúchame bien, dile a mami que has hablado con él y que habéis hecho las paces. ¿Para qué preocuparla? A Pierre no le voy a decir nada. Cuando te vea con la pequeña, no se va a poder negar.

A Amira le pareció una buena idea. Además, no se le ocurría qué otra cosa hacer.

Ya en casa, su madre se emocionó cuando la escuchó contar que había llamado a Narek desde el locutorio del hospital. Se apuró a prender otra vela para la Virgen.

—Dios te salve, María, llena eres de gracia —rezaba de rodillas, agradeciendo que su hija y su yerno hubieran hecho las paces para criar juntos a su hija en un país seguro y libre.

Amira fue hasta su cuarto para ordenar las maletas; durante esos días, había ido sacando cosas, pero nunca las había vaciado del todo. Entre la ropa arrugada, encontró la carta que había recibido de Niélé en el momento que estaban saliendo para el aeropuerto. Había olvidado por completo que el sobre viajó con ella. Lo abrió.

Puerto Príncipe, 12 de mayo de 1992

Querida Amira:

Hace días que te quería escribir. Ayer envié una carta para Marie y un dibujo para Pauline: una puesta de sol, tres mujeres paseando en la playa y una niñita jugando a volar. Me imagino que ya habrá nacido tu hijo, todavía no sé si es niño o niña.

Nosotros nos vamos de la isla en dos meses. Frank quiere regresar a África, pero no al Congo, dice que ha conseguido un trabajo en Ghana. Yo no estoy de acuerdo, porque si no cumplo con el tiempo que marca la ley, no voy a poder recibir mi ciudadanía americana. Me faltan seis meses más en América para que me den los papeles. Desde ese día, no hacemos más que discutir. Le he dicho que viaje él primero y yo después lo alcanzo. No puedo perder esta oportunidad.

Te cuento algo que estoy segura de que te va a hacer sonreír: ¡hice mi primera exposición! Fue muy glamurosa, aunque no vendí nada. Los comienzos nunca son fáciles. Desde que Marie y tú os fuisteis, estoy menos sociable. Ahora dedico más tiempo a mis lienzos y pinceles, así pude reunir veinte cuadros para la exposición. Todo esto me hace sentir bien, me doy cuenta de que puedo hacer algo más que solo cuidar de un borracho.

Ya sabes, voy a estar dos meses más por aquí. Misma dirección. Escríbeme cuando tengas tiempo y, por favor, cuéntame si sabes algo de Marie.

Sé que hay un mañana para cada una de nosotras. Para Marie, para mí y para ti.

NIÉLÉ

Se quedó estudiando el papel. Niélé había hecho un dibujo debajo de su firma, una mujer en la playa, sentada bajo una palmera. Las manchas de colores brillaban en esa hoja blanca: la vegetación muy verde, el mar azul, su piel marrón oscura. La mujer, que parecía una muñeca, llevaba un vestido amarillo y rojo, también, un sombrero de paja de alas anchas.

Guardó la carta otra vez en la maleta.

Capítulo XXIV

Hannah y Amira aterrizaron en el aeropuerto Charles de Gaulle poco después del mediodía. Amira tuvo la impresión de que el oficial de inmigración la observaba con desconfianza. Ella le entregó el pasaporte. Él fue pasando las hojas, luego hizo cuentas con sus dedos. Le realizó infinidad de preguntas:

—¿Qué motivo la trae a París? ¿Cuánto tiempo planea quedarse? ¿Tiene familiares en la ciudad? ¿Dónde se va a hospedar? ¿Cuánto dinero trae con usted? ¿Efectivo o cheques de viaje?

—Disculpe —dijo Amira cuando se percató de su error. Acomodó a Hannah en su brazo izquierdo y, con el derecho, abrió su cartera para sacar el pasaporte americano—. Aquí tiene.

Él le devolvió el pasaporte libanés. El trato cambió enseguida. Ya no la miraba como a una refugiada loca que quería asilarse en su país, sino como a una ciudadana americana que estaba de visita.

Controló las fotos.

—¿Cuántos días se piensan quedar?

—No más de siete. Venimos a visitar a mi hermana para que conozca a mi hija.

El interrogatorio continuó:

—¿Su marido tiene pasaporte americano o libanés? ¿Dónde vive? ¿A qué se dedica?

—Mi marido es libanés. Vivimos en Filadelfia y él también tiene pasaporte americano. Yo no trabajo. Él es médico cirujano. Oftalmólogo.

El oficial selló el pasaporte.

En cuanto cruzó las puertas de cristal, Amira vio a Rayzel agitando los brazos. Estaba más afrancesada que la vez anterior, con el pelo mucho más corto y lacio. La perdió de vista varias veces. La gente iba y venía; el ruido era apabullante. Continuó empujando con una mano el carro con las maletas y el cochecito de su hija con la otra.

Cuarenta minutos más tarde, llegaron al apartamento. Amira lo encontró mucho más oscuro de lo que había imaginado. Tenía tres dormitorios diminutos. Entonces recordó aquella carta de Rayzel y quiso asomarse al balcón. Las pocas flores estaban marchitas. No había menta, salvia ni albahaca en ninguna de las macetas.

Rayzel la ayudó a instalarse en uno de los cuartos. Le dijo que no se podían abrir los armarios porque estaban repletos de ropa. Las paredes eran blancas, sin cuadros; tampoco había adornos sobre la cómoda, a excepción de un florerito con fresias amarillas. Ese detalle logró conmoverla; recordó que, cuando eran niñas, Rayzel siempre robaba malvones rojos para llevárselos a su madre. Abría las cancelas y se adentraba en jardines ajenos. Más de una vez, los vecinos habían golpeado a la puerta de su casa, enfadados, gritando: «Esa niña, esa niña ladrona».

—Gracias por las flores.

—Quiero que sepas que las he comprado. Ya he dejado atrás esas costumbres. —Le sonrió—. Voy a preparar algo de comer. Pierre está de guardia. A Chloé la he mandado a casa de la vieja, así podemos conversar tranquilas. Ahora te traigo toallas.

La cocina también era blanca: paredes, nevera y alacenas. Una mesa pequeña de caoba oscura resaltaba en un costado, dejando claro que no pertenecía a ese lugar. Rayzel puso una fuente en el horno.

Apenas se sentaron, empezó el cuestionario:

—¿Se enteró tu suegra de que fuiste a ver a Jamal? Déjame decirte que fue muy estúpido salir corriendo así, sin averiguar antes algo más. Por lo menos habrías podido llamar a mami.

—No la llamé porque sabía que me iba a decir que no viajara.

—Cualquiera con dos dedos de frente te hubiera dicho que no viajaras. —Rayzel sacudía las piernas, impaciente—. ¿Cómo pudiste creer a la madre de Jamal? Esas mujeres que pierden a sus hijos acaban todas locas.

Amira se sonó la nariz con unas servilletas de papel.

—Come, no pienses más. —Rayzel se levantó y sacó la fuente del horno. La apoyó sobre la mesa—. Cuidado que está caliente. Lo he traído de Shishka, lo he cocinado yo. Después tiramos las sobras, Pierre odia el olor que deja en la nevera. Y, cuando termines, salimos a caminar. Con el estómago lleno, vamos a pensar mejor.

Amira le contó que le estaba costando dormir por las noches. Cada vez que cerraba los ojos, lo veía tirado en esa cama de hospital, muriendo poco a poco. Se sentía culpable por haberse ido.

—Lo he abandonado —repitió un par de veces.

Rayzel le aseguró que hacía lo correcto.

—No hay nada más que puedas hacer. —Inmediatamente se levantó para preparar una taza de tila—. Tómatelo todo. Me voy a pintar los labios y salimos. Te va a hacer bien dar una vuelta.

Había poca gente andando por las calles. Varios negocios estaban cerrados; otros comenzaban a levantar las persianas metálicas tras el receso del almuerzo. Los hombres les cedían el paso en esas callecitas angostas. Uno de ellos paró a preguntar si necesitaban ayuda. A los jóvenes y bien parecidos, Rayzel les sonreía. Luego agregaba, con un acento muy parisino:

—Ella es la madre, yo soy la tía. La tía soltera y favorita.

Amira consideró que había olvidado cuán divertida podía ser Rayzel cuando estaba de buenas.

Esta dijo que debían cruzar. Le señaló un par de edificios, le explicó que estaban a doce manzanas de uno de los restaurantes donde alguna vez comió Scott Fitzgerald. Nombró el café de Hemingway y el de Truman Capote. Amira quiso hablarle acerca de *París era una fiesta* que había leído en Haití, pero no tuvo tiempo de abrir la boca.

—Pensar que, cuando salí de Beirut, no tenía ni idea de quién era toda esa gente. Tampoco creas que me leí ninguno de sus libros. Pero Farid me contó de qué se tratan, y lo más importante: cómo terminan. —Guiñó un ojo y le sonrió. Luego señaló una cafetería—. Tengo ganas de un capuchino. Tú te tomas otra tila.

Entraron.

—Poca gente, ¿no? —Rayzel localizó una mesa contra la ventana—. Es por la hora: los franceses son tan estructurados que tienen horario hasta para tomar café.

Entre las dos acomodaron el cochecito contra la pared; Hannah dormía. Rayzel hizo el pedido. Cuando el camarero se alejó, Amira quiso saber de Marie.

—Dime si el mundo no es pequeño. Los encontramos un par de veces en el centro oncológico donde tratan a Farid. Ella estaba con Jérôme. Por ahora, los controles están yendo bien.

—¿Le están yendo bien a Marie o a tu novio?

El camarero llegó con el pedido.

—A Farid. —Rayzel revolvió su capuchino—. Te lo cuento porque te vas a enterar de todas formas, pero no quiero que te pongas mal: Marie está otra vez internada. Es mejor que ni los llames. Además, con todo lo que te está pasando, ¿qué necesidad hay de ver más enfermos?

Amira asintió para no discutir. Pero ya había decidido que los iba a llamar desde un teléfono público. Para cambiar de tema, le habló sobre la carta de Niélé y la exposición de cuadros. Pero a Rayzel no le interesaba saber de su amiga africana.

Ya en el apartamento, Rayzel insistió para que hiciera una siesta.

—Yo me encargo de Hannah, la miro mientras lavo los platos. Nunca me acuesto con la cocina sucia porque todo se llena de cucarachas. No deja de ser una ciudad llena de ratas, aunque se hable de glamur, perfumes, luces y arte.

Amira fue hasta el cuarto. Podía escuchar el ruido del agua corriendo por las tuberías, el abrir y cerrar de las puertas de las alacenas. En ese momento, se dio cuenta de cuánto extrañaba los sonidos de su casa. En Filadelfia, eran las diez de la mañana. Se preguntó qué estaría haciendo Narek. Cerró los ojos.

Cuando los abrió, Rayzel la observaba con Hannah en sus brazos.

—Son las doce —dijo—, me voy a acostar. Ya le he dado su leche. La he mantenido despierta lo máximo que he podido, así dormirá toda la noche.

Le dio un beso en la cabecita y la puso sobre la cama.

Amira apenas se movió, sin dejar de preguntarse qué sentiría Rayzel, ¿le gustaría tener un bebé? ¿Alguna vez sería madre como ella? Acomodó a Hannah a su lado y la rodeó de almohadas. Y ya no pudo volver a dormir. Giraba de un lado a otro, le molestaban las sábanas, los ruidos de los apartamentos vecinos. Cuando supo que sería imposible controlar sus pensamientos, se aferró a aquello que siempre repetía su madre: Dios está en todos lados, no solo en las iglesias. Entonces cruzó las manos sobre su pecho:

—Señor, sé que tienes tantas cosas que solucionar, hambre, guerras y enfermedades, pero, por favor, ayúdame para que Narek me perdone —las palabras salieron de su boca sin pensarlas, en voz muy baja.

Cerró los ojos otra vez. Prefería olvidar las imágenes de la despedida. Sintió vergüenza por la forma en que se había comportado. ¿Cómo había podido ponerle fin a su matrimonio de esa manera? Recordó la última conversación, palabra por palabra, y las cosas terribles de las que acusó a Narek.

Había planificado cómo decírselo. Se tomó dos días para elegir las palabras correctas. El jueves él entró quejándose: le dolían las piernas, había estado ocho horas de pie en el quirófano. Tenía las ojeras marcadas. Ella dudó, pero después de servirle la cena, cuando el plato estuvo vacío, se lo explicó con calma, con voz dulce, agradeciéndole que la hubiera ayudado a escapar del

Líbano. Se lo dijo de distintos modos. Le reiteró que llevaba dos días sin dormir. Él se negaba a entender.

—Me llamó la señora Sahira. Lo acaban de rescatar. Hannah y yo viajamos mañana. Ya estoy haciendo las maletas —advirtió para que él lo aceptara de una buena vez.

Ella había intentado levantarse de la mesa, pero él la tomó del brazo.

Amira se llevó las manos a la cabeza cuando siguió recordando.

—Ahora entiendo... ¡Por eso quisiste sacarle el pasaporte a Hannah! ¿Desde cuándo lo tienes todo planeado?

—¡Claro que no! Lo del pasaporte fue idea tuya. Yo ni sabía de esas cosas. —Esa acusación falsa fue lo que terminó de sacar a flote toda su ira. Ella nunca le había ocultado cómo se sentía.

—El pasaporte fue idea mía, tienes razón. Pero bien que te sirve tener la documentación en orden. ¡Qué me iba a imaginar! —Narek le apretó el brazo con fuerza.

—No quiero peleas. No quiero que te enfades. Pero me voy. Yo no soy feliz. Él era mi novio y nos íbamos a casar —atajó, intentando liberarse de su mano.

Y él seguía insistiendo, asiéndola cada vez con más fuerza, repitiendo que vivir en América era una bendición, que en un par de años iban a poder mudarse a un lugar más cálido.

—Yo sé que no te gusta la nieve.

—Esto no tiene nada que ver con el clima. No importa la nieve. Aunque sea en el Polo Norte, quiero estar con Jamal.

Entonces Narek pareció entender, porque finalmente liberó su brazo.

—Me siento un idiota, pensé que lo nuestro funcionaba. Al principio, tuve mis dudas, me parecía que no estabas preparada para vivir fuera de Beirut. «Quizá sea demasiado joven, por eso no tiene conciencia del peligro que corre», me dije más de una vez. Y, de pronto, te acostumbraste. Lo más difícil fue Haití, tan distinto y hostil, pero pudimos salir adelante. Los dos queremos lo mismo de la vida. Nos llevamos bien. Yo te quiero, sé que tú a mí también. Más de una vez pensé: «Se crio sin un padre, sin un hombre cerca, por eso es tan fría». Pero fuimos acortando distancias y, cuando llegó Hannah, te convertiste en la mejor madre para nuestra hija. Por eso no entiendo todo esto, no puedo comprender lo que está pasando.

—Yo le prometí esperarlo. Las cosas no deberían ser así... Si tu madre no me hubiera empujado. Ni la mía o la señora Iris...

—¡No culpes a mi madre! —él alzó la voz, miró a Hannah y la volvió a bajar—. Sabías lo que hacías. ¿Qué soy yo en tu vida? Me gustaría saberlo.

—¿Un amigo de la infancia con el que me casé porque se sentía solo en América? El que necesitaba una mujer que cocinara para él, que hablara su idioma y que tuviese la misma religión, como te dijo ese profesor que tanto querías. Que fuera católica, y no judía como Jennifer.

Narek la observó como si hubiese conseguido colocar las últimas fichas de un rompecabezas. Después de otra ronda de reproches, acordaron que ella debía regresar a Filadelfia en tres meses para que él viera a Hannah. En ese momento, iniciarían los trámites del divorcio.

Amira sacudió la cabeza, arrepentida de haber hablado de más. ¿Cómo hacer para no seguir recordando? Añadió más almohadas alrededor de Hannah y fue hasta la cocina. Sabía que iba a ser imposible volver a dormir.

Revolvía las alacenas de su hermana buscando la tila. Puso agua a hervir. Oyó ruidos en la puerta y vio unas sombras que se movían en el pasillo. La luz se encendió. Entonces reconoció a Pierre, llevaba un uniforme celeste, muy parecido a los de Narek. Flaco, viejo y apagado. Él asomó la cabeza en la cocina, le explicó que había visto el reflejo de una silueta.

Cruzaron unas pocas palabras. Se quejó de que había sido una noche de mucho trabajo, habían tenido que atender varios casos de urgencia. Amira se dio cuenta de que estaba en pijama; se iba a disculpar, pero él seguía hablando:

—Me voy a dormir un rato. Mañana iremos a buscar a Chloé, vamos a ver cómo nos arreglamos con las camas. —Levantó la mano en señal de despedida y desapareció por el pasillo.

Ella volvió al dormitorio y movió apenas las cortinas: se veía un trozo de cielo azul oscuro, estaba empezando a clarear. El resto eran paredes grises y manchadas de los contrafrentes de los demás edificios. Unos minutos más tarde, Rayzel entró sin golpear.

—¿Cómo has dormido? Pierre me ha dicho que te vio en la cocina. Vístete y desayunamos por ahí, así podemos conversar tranquilas y no hacemos ruido, que después se pone insoportable. Trata de que Hannah no llore.

Los tres días siguientes repitieron la misma rutina. Hannah no podía llorar para no despertar a Pierre ni molestar a Chloé. El cuarto día, sentadas en la cafetería, Rayzel largó el discurso de una sola vez. Directa, como siempre había sido.

—Tienes que tomar un avión y regresar a tu casa, no han pasado ni dos semanas desde que lo abandonaste. No hay nada para ti en París ni yo sabría qué hacer con vosotras. Pierre ya me ha preguntado tres veces cuántos días os vais a quedar.

—Creo que mejor lo llamo por teléfono. No puedo aparecer sin avisarle. No tienes ni idea de las cosas que le dije antes de irme. —Amira se puso a lagrimear, pero se percató de que Rayzel no estaba de humor para confesiones.

—Sea lo que sea, tienes que hablarlo cara a cara. Estas cosas no se resuelven por teléfono, ¿todavía tienes un juego de llaves?

El camarero se acercó para anotar qué iban a tomar.

—Lo mismo de siempre. Lo que pedimos todos los días —señaló Rayzel de mala manera.

Amira esperó a que el hombre se alejara.

—Sí, tengo las llaves conmigo, pero ¿y si Narek ha cambiado la cerradura?

—Claro que no la ha cambiado. Hay que reservar un vuelo que llegue antes del mediodía. Cuando estés allá, ordenas, cocinas, haces la misma rutina de siempre, luego tú y Hannah descansáis. Y cuando él llegue del hospital, que te encuentre otra vez instalada. —Se la veía segura y orgullosa de sus consejos.

Amira no estaba convencida de que esa fuera una buena idea. Era un razonamiento simple y tonto. Como Rayzel. Pero no se animó a contradecirla.

—La visita a la torre Eiffel, los museos y las compras en Lafayette quedarán para la próxima vez. —Y llamó al camarero para pedirle una guía telefónica.

Buscó el número de Lufthansa. Y desde allí, desde ese mismo café, reservó el pasaje para su hermana.

Dos días después, Rayzel las acompañó al aeropuerto. Seguía dándole consejos acerca de la importancia de «tener una buena cama» para recuperar al marido.

Amira solo asentía, a pesar de que estaba aterrada por tener que enfrentarse a Narek.

—Escúchame bien: si ves que no lo puedes recuperar a base de sexo, negocia una buena convivencia. Que te mantenga y se haga cargo de tu hija. Para los médicos, es muy importante el qué dirán. Seguro que querrá hacer ver en el hospital que tiene una vida normal. —Entonces apoyó su mano en la nuca de Amira y la sostuvo unos segundos para mantenerla cerca—. No tengo dudas de que a Pierre le gustan los hombres. Esta semana hemos dormido juntos porque teníamos que darte mi habitación —le confesó en voz baja.

El avión aterrizó en Filadelfia a la una de la tarde. Amira y su hijita fueron de las últimas en descender. Ella no tenía prisa. Nadie la estaba esperando.

La fila de inmigración era larga: debía de haber por lo menos ochocientas personas. Hannah iba en el cochecito, despierta y tranquila.

Una mujer policía, uniformada y con un revólver en la cintura, se le acercó y le ordenó que la acompañara.

—Su pasaporte y el de la niña —ordenó muy seria.

Amira tuvo miedo de que Narek la hubiera denunciado. Le quitarían a su niña, la llevarían presa por el secuestro de su propia hija.

—Acompáñeme —repitió.

La siguió en silencio, ni siquiera se atrevió a preguntar de qué la acusaba.

La mujer policía la guio hasta un mostrador al final

del salón. Solo una señora y su bebé esperaban para ser atendidas.

—Señora, esta es la fila especial para las personas que viajan con niños pequeños. La próxima vez, se dirige directamente a este mostrador.

Amira se lo agradeció, pero no dejaba de temblar.

El oficial lo revisó todo con eficiencia. Selló su pasaporte y el de Hannah, después les dijo:

—*Welcome home.*

El camino desde el aeropuerto hasta casa se hizo largo. El cielo estaba gris, pero ella sabía que no iba a llover esa tarde. Había aprendido a leer las señales de las nubes y de las ráfagas que recorrían Filadelfia antes de una tormenta. Se quedó contemplando el tráfico ordenado, la gente parada en las esquinas, respetuosa con los semáforos. Apoyó su cara contra la ventanilla. Los colores eran distintos a los de Beirut: taxis blancos y verdes, y otros blancos y amarillos; todos los tonos de grises posibles en las edificaciones. Cemento y árboles cargados de hojas verdes. Flores en las jardineras de las avenidas y en los balcones. Cuando el coche aparcó delante de la casa, el chofer se bajó para ayudarla con el equipaje.

Amira puso la llave en la cerradura. El corazón le empezó a latir al galope. Con cuidado, movió el pestillo; la puerta se abrió.

Capítulo XXV

El interior estaba oscuro. Amira empujó el cochecito y fue arrastrando las maletas una por una, feliz de reconocer el olor de su casa. Abrió las cortinas para que entrara algo de luz. Entonces empezó a dar vueltas: la cocina, los dormitorios, la sala. No sabía de qué manera llenar esas horas que faltaban hasta que Narek regresara.

Bañó a Hannah. Luego ella se dio un baño largo. Llamó a su madre y le dijo que habían llegado.

—¿Cómo está tu hermana? —Sin esperar la respuesta, la mujer se apuró a hacer la siguiente pregunta—: ¿Pero Narek os ha ido a buscar al aeropuerto o no?

Notó la ansiedad en la voz de su madre, así que decidió tranquilizarla:

—Rayzel está bien. Te manda un abrazo, dice que en un par de días te llamará. Y Narek estaba en cirugía. No ha podido venir, pero ha enviado un coche para que nos recogiera.

Tras escuchar los suspiros de alivio, se despidió.

Fue hasta la cocina; abrió la lata de galletas. Había más de cuarenta dólares. Como la nevera estaba vacía

—solo encontró un cartón de leche y un envase de restaurante con pollo y una salsa amarilla—, decidió ir al mercado. Asumió que Narek estaría haciendo todas las comidas en el hospital.

Cuando volvieron con las bolsas, después de caminar varias calles, el cansancio pudo con ella. Eran poco más de las seis. Pensó que podría recostarse un rato en el sofá de la sala; las últimas semanas él nunca llegaba antes de las ocho. Puso el despertador a las siete y media para tener tiempo de bañarse y arreglar su pelo. Se durmió con Hannah en los brazos.

A las nueve, Narek seguía sin aparecer. ¿Estaría cenando con alguien en algún bar de solteros? Pensó en las palabras de Rayzel: «No hay mayor trofeo para una enfermera que un médico deje a su esposa y se case con ella». A las once, convencida de que él no llegaría a dormir, su cabeza empezó a elucubrar miles de historias. Él nunca hacía guardias los días entre semana. ¿Sería posible que hubiera viajado a Beirut a buscarlas? ¿O estaría durmiendo en los brazos de su exnovia en New Haven? Optó por pasar la noche en el sofá; no se animaba a invadir el dormitorio, ahora solo le pertenecía a él. Amamantó a Hannah. Esperó unos minutos, si lloraba, le prepararía un biberón. La puso en el cochecito y apagó la luz. No le daban las fuerzas para pensar qué más hacer.

La despertó el reflejo de la lámpara, que le daba entre ceja y ceja. Narek, de pie frente a ellas, las observaba con los brazos al costado del cuerpo. Había quedado debajo del colgante de luz, parecía una estatua sin vida. Llevaba uno de esos conjuntos verdes, el uniforme del hospital.

«Nunca me va a perdonar», fue lo que pensó Amira

antes de incorporarse. Narek continuaba sin moverse, observándolas. Ella no se animó a sostenerle la mirada. Hannah había comenzado a llorar. Aprovechó para concentrarse en su hija y evitar así todo tipo de contacto visual con él.

—Vamos, Hannah, no llores. Muéstrale a papá todos los sonidos nuevos que aprendiste a hacer —animó meciendo el cochecito con su pie.

Narek caminó hacia la pequeña y la tomó en sus brazos, luego se dio vuelta para darle la espalda. Amira oyó un suspiro largo que se prolongaba hasta terminar en un gemido.

—Me ha dado frío, voy a buscar una chaqueta de lana. —Y dejó la sala para esconderse en el baño.

Las recomendaciones de Rayzel ya no tenían sentido. Con las manos temblorosas, después de cepillarse los dientes, se arregló un poco frente al espejo. Antes de ir a la sala, rezó un padrenuestro. El reloj marcaba las doce.

Narek estaba en el sofá, había encendido la lámpara de Tiffany y apagado las luces de la araña. Los destellos reverberaban en la pared como pequeños diamantes. Recordó el día que compraron la lámpara, eligieron ese modelo porque los cristales tenían los mismos tonos que las playas del Líbano.

Se quería sentar, pero no sabía dónde, ¿en el mismo sofá que él?

—¿Qué pasó? ¿No te quiso de vuelta? —Narek levantó los ojos y la enfrentó.

—Está inconsciente, no reconoce a nadie. Cuando llegué a Beirut, supe que todo era un error, pero decidí visitarlo de todos modos. Siempre fuimos amigos. Lo tenía que ir a ver... —Él no la dejó terminar.

—No me mientas —gritó.

Narek, que siempre la había tratado con delicadeza, esa noche, además de alzarle la voz, la estudiaba de una forma que la asustaba; no supo si era enojo, desprecio o decepción.

—Está inconsciente —fue lo único que atinó a repetir en su defensa.

—Eso puede ser.

—Te estoy diciendo la verdad.

—Y te creo. No dudo de su estado. Yo también estuve en el frente, sé de lo que son capaces esos animales. Lo que no creo es la otra parte de la historia. Estabas convencida de volver con él. ¿Acaso fueron las trece horas de vuelo las que te hicieron cambiar de idea? Por favor, no juegues conmigo.

Hannah empezó a llorar.

Amira se acercó a él y estiró sus manos.

—La estás asustando. Deja de gritar —le dijo abrazando fuerte a su hijita—. A lo mejor tendríamos que esperar a que te calmes para conversar.

—No tienes vergüenza. Te llevaste a nuestra hija y la expusiste a lo peor. ¿Te olvidaste de cómo se sacude todo cuando explota una bomba? ¿Y cómo grita la gente cuando la alcanza una esquirla? Los chillidos y los llantos de los familiares cuando descubren los cadáveres de sus parientes por la mañana, tirados frente a las puertas de sus casas. ¿De eso no tenías miedo de que se asustara?

—Hemos vuelto. No nos ha pasado nada. —Ahora, ella le sostuvo la mirada.

—Te preocupa que yo grite, ¿cómo puedes ser tan cínica?

—No quiero que me grites. Tenemos que hablar,

pero con calma. —Entonces sí desvió la vista. Le temblaban las piernas y las manos. Ni siquiera en el hospital, despidiéndose de Jamal, se había sentido así.

—No estás en posición de imponer condiciones. Todavía no sé qué estás haciendo aquí. No sé a qué has venido. Lo último que recuerdo es que te la llevaste porque planeabas quedarte en Beirut, soñabas con tu historia de amor. Con otro padre para nuestra hija.

¿Qué le iba a decir? ¿Que se había casado para escapar de la guerra? Eso él ya lo sabía. ¿Que no se podía quedar soltera, esperando a Jamal? ¿Que si no era él tendría que haber sido otro? ¿Acaso debía agradecerle que la hubiera elegido? Pensó en decirle que, cuando estaba allá lejos, no pudo dormir porque le hizo falta la calma de su casa y la seguridad que él le daba. Que fue difícil darse cuenta de que ya no pertenecía a ningún lado. Que no quería que a su hija le pasara lo mismo que a ella. Solo deseaba que creciera rodeada de amor, con un padre que velara por su seguridad. Pero sabía que no se iba a animar a confesarle ninguna de esas cosas. Cuando finalmente levantó la cabeza, vio que él tenía la mirada perdida, más allá de las ventanas. Y descubrió que se limpiaba una lágrima con un gesto disimulado.

Unos minutos más tarde, con voz firme, Narek le dijo que se podían quedar en casa.

—Es también la casa de mi hija —agregó, ya en un tono más reflexivo—. Vosotras dos os quedaréis con el dormitorio principal, yo dormiré en el de Hannah.

Entonces Narek caminó hasta el que había sido el cuarto de matrimonio y fue sacando sus cosas de los armarios. Ella, de pie a su lado, le aseguró que nadie en Beirut se había enterado de que había visitado a Jamal en el hospital. No quiso mencionar la charla con su padre ni con la señora Iris.

Las semanas siguientes se hicieron largas. Narek llegaba muchas veces pasada la medianoche, diciendo que no tenía hambre y se encerraba en su habitación.

El primer sábado que Amira y Hannah pasaron en la casa, él se fue temprano al hospital. Regresó tarde por la noche, como si fuera un día de semana cualquiera. El domingo, cuando Amira se levantó a preparar el desayuno, lo vio sentado en el sofá de la sala. Él comentó que tenía ganas de salir a tomar un café, de caminar un rato y pasear a Hannah en el cochecito. Ella todavía estaba en pijama.

—Me visto y vamos.

—No, tú no. Solamente mi hija y yo.

Amira abrigó a la bebé y la puso en los brazos de Narek. Luego se sentó frente a la ventana a esperar a que volvieran. ¿Y si él se la llevaba? Una hora más tarde, no podía controlar su ansiedad; tuvo miedo de no verlos más. Pasaron por su cabeza infinidad de ideas: quizá Narek ya había conseguido una novia y los dos planeaban fugarse con su hijita. Fue al cuarto, todo estaba en su lugar: su ropa, sus archivos y su cepillo de dientes.

Los vio entrar un rato antes del mediodía. Hannah lloraba de hambre. Amira, desde el silloncito, abrió su blusa y desprendió el sujetador. Dejó un rato su pecho al descubierto, luego extendió sus brazos para que él le pasara a la bebé. Él se quedó parado un segundo, con la vista fija en sus senos, luego se fue a su habitación. Ella recordó los consejos de Rayzel; miró su ropa interior:

violeta con puntillas y un lazo de raso. Pues su hermana en algo había tenido razón.

Un mes más tarde, todavía seguían durmiendo en cuartos separados. Fue para esa fecha cuando Rayzel la llamó por teléfono. Hablaba tan rápido que costaba entenderla.

—Mami se ha caído. Fue a tomar el té con la señora Iris, cuando regresaba, pisó mal y resbaló. Habría sido peor si llega a ser de bajada. Ha pasado la noche en el hospital, pero ya le han dado el alta. La señora Iris se ha quedado con ella. Es lo menos que podía hacer, también es su culpa. Si hubiese ido ella a tomar el té con mami, esto no habría pasado.

—Las dos están muy mayores para vivir solas. —Amira no pudo evitar angustiarse.

—No te preocupes. Ya está mejor. A Pierre le he dicho que quizá la tengan que operar. Ya me ha dado para el pasaje.

—¿Cómo que la tienen que operar? —Entonces sí que se asustó.

—Ya te he dicho que está bien. Farid y yo teníamos planes de viajar juntos, pero nunca encontraba una buena excusa. Esta es una oportunidad que no voy a dejar pasar. Además, mami se va a poner contenta de verme.

Rayzel estaba llamando desde una cabina telefónica. Le contó sus planes: quería pasar una noche en el hotel del Palacio Mir Amin con Farid, quizá de ese modo lograría convencerlo para que se casara con ella. Después le preguntó cómo seguían las cosas con Narek. Cuando Amira contestó que no muy bien, llegaron más consejos: «Cuéntale lo que le ha pasado a mami y llórale, eso siempre ayuda». «Tienes que llevarlo a la cama y darle una buena.» «Espéralo todas las noches con la comida calentita y quédate dando vueltas a su alrededor, con camisones transparentes y haciéndote la tonta, que eso te sale muy bien.»

—Te llamo desde Beirut. —Fue lo último que le dijo su hermana antes de cortar.

Rayzel la llamó tres veces más. La madre siempre estaba a su lado; saludaba arrastrando la voz, por el efecto de los calmantes.

El día antes de regresar a París, Rayzel volvió a llamar. Fue un sábado poco antes del mediodía. Era una mañana de sol en Filadelfia.

—Hola. Mami duerme. Quiero que sepas que está muy bien. Me voy tranquila. La hermana de Farid se queda unos días más en Beirut y la va a venir a visitar.

—¿Qué? ¿Se la has presentado?

—Claro, es muy buena persona. Tiene un año más que él. Han venido los dos, ella se hace pasar por su esposa. El fin de semana pasado se los presenté al señor Omar y todo. Le dije que la hija es amiga mía y que vive en París. Farid se puso un poco nervioso porque eso no estaba planeado. Se me ocurrió de golpe, improvisando. La hermana está para el lado de Baalbek, cerca de la tía. No es muy lejos.

—¿Y mamá se lo cree?

—No sé. No le he preguntado. Ella sabrá qué quiere creer y qué no. —Rayzel bajó más la voz—: Fui a llevarle el dinero a la madre de Jamal, tal como me pediste. Me lo devuelves la próxima vez que pases por París. ¿Te llevaste a tu marido a la cama? Cuéntame. Y no te guardes ningún detalle.

—Narek está aquí en la cocina. Ahora le digo que le mandas saludos.

Dos minutos después, colgaron.

Una semana más tarde, Rayzel llamó de nuevo por teléfono. Quería saber cómo estaban las cosas entre ella y Narek.

—Todo igual —informó Amira, aprovechando que a esa hora él no estaba en la casa—. Sigue sin perdonarme. A veces me ignora y otras, me contesta de muy mala manera.

—Llórale. Llórale mucho —se apuró a recomendar Rayzel—. Desde que volví, me he pasado el día llorando y he logrado que Pierre me asegure que me va a mandar para allá una vez al año. Escucha bien: llanto y cama. Aunque por aquí solo funciona el llanto, porque a Pierre le gustan más los penes que las vaginas. Pero tú: llanto y cama.

Amira pensó que no tenía sentido siquiera responderle, aunque tampoco podía despedirse sin interesarse antes por Farid.

—¿Cómo sigue tu amigo?

—Algunos valores en la sangre están dando mal. No sé qué pasa, porque hace el tratamiento, repite y vuelven a salir mal. Le van a hacer un escáner y entonces decidirán qué hacer. Dice que cuando esté seguro de que no se va a morir, hablará con Pierre. Pero si el escáner le da mal, no quiere que me divorcie, porque a él se le está acabando el dinero con tantos exámenes y médicos. Todo lo que ganó con la venta de Shishka se está acabando. «¿Cómo te voy a dejar sola y en la miseria?», me dice.

—Lo siento mucho, Rayzel. Dime si hay algo que pueda hacer.

—Ocúpate de lo tuyo, que yo me ocupo de lo mío —indicó antes de concluir la llamada.

Tuvo que pasar otro mes para que las fantasías de Rayzel se hicieran realidad.

Fue un sábado difícil de olvidar, cayeron varios litros de agua; hacía años que no tenían un otoño así de lluvioso en Filadelfia. Se taparon las canaletas del techo. Por más que Narek llamó a varias compañías, nadie podía pasar hasta mitad de semana. Terminó subiendo él con una escalera larga, en medio de la tormenta. El agua entraba por el alféizar de las ventanas.

El ruido del rastrillo sacando las hojas de las canaletas y golpeando las tejas se podía escuchar desde el dormitorio. No tenía sentido salir a preguntarle si necesitaba algo; la lluvia no paraba. Caía a baldazos.

Hasta que, finalmente, Narek bajó. Dijo que la canaleta estaba limpia y esperaba que en un rato dejara de filtrar el agua.

—Ve a darte un baño y yo preparo la sopa —sugirió Amira.

Narek apenas asintió. Había dejado las botas y el impermeable junto a la puerta de entrada. Estaba chorreando.

Unos minutos después, ya no se oía el ruido de la lluvia, pero la sala seguía oscura. Ella encendió la lámpara de pie y el equipo de audio; puso música suave.

Cuando estaba dejando la bandeja con la sopa y el pan de pita en la mesa de centro, lo vio aparecer: llevaba un pijama abrigado; caminó hasta el sofá y se cubrió con una de las mantas que descansaban sobre los almohadones de seda.

—Si vas a encender el televisor, ponlo bajito, que Hannah duerme —le pidió.

—No tengo ganas de mirar la tele. —Y se abalanzó sobre la sopa.

La luz tenue de la lámpara de pie y los acordes de una voz ronca dibujaban un ambiente de intimidad. Amira regresó a la cocina, lo quiso dejar cenar tranquilo. Eligió una botella de vino tinto y la descorchó.

Transcurridos diez minutos, estaba otra vez en la sala. Le sirvió sin preguntar e hizo lo mismo para ella; se lo bebió de un trago. Narek la observaba; fue degustando su copa poco a poco. Se sirvieron de nuevo. Ninguno hablaba, concentrados en la voz de Nat King Cole. Volvió la lluvia. Las ráfagas de viento hacían sonar las gotas gruesas contra el cristal de las ventanas.

Ella dijo que tenía frío, le pidió que le hiciera sitio bajo la manta. Él se demoró; fueron unos cuantos segundos, diez, quince, que se hicieron eternos, hasta que Narek dejó la copa de vino en la mesita, se movió contra los almohadones y le hizo espacio. Se quedó muy quieto, con los brazos al costado del cuerpo, inertes. Amira se fue acercando hasta apoyar la cabeza sobre su pecho. Se pegó a él. Estaba segura de que Narek también se sentía solo. Ella y Hannah dormían juntas por las noches; él, en cambio, llevaba meses en una cama vacía.

Narek no se movía. Amira le acarició el pelo, le dio un beso en la mejilla. Luego en la otra. Fue rozando el resto de la cara con sus labios. Quería que fuera él quien le diese el primer beso en la boca. Cuando este finalmente llegó, fue largo y húmedo. Sabía a vino tinto. Le hizo recordar la misma calidez de aquellas primeras veces en Puerto Príncipe. Él entonces buscó los botones de su blusa. Tras abrir la prenda, rozó el sujetador de raso con sus dedos. Jugó a hacer círculos y lo subió sin desabrocharlo.

Él regresó al cuarto de matrimonio. Amira siguió cuidando de la casa y de su hija. Mucho más seguido de lo que hubiese querido, después de hacer el amor, desnuda en la noche, le daba la espalda y volvía a recordar a Jamal: la primera vez que bailaron juntos, las idas al colegio, tomados de la mano. Y luego llegaban las imágenes del hospital. Entonces se abrazaba fuerte a su marido.

Se acostumbró a encender velas en la cocina para pedirle a la Virgen María que aquello que siempre repetía su abuela: «El tiempo todo lo cura», fuera verdad. Por ella, por su hija y, en especial, por Narek.

Capítulo XXVI

Poco a poco, la vida se tornó tranquila, recuperando el equilibrio que nunca debía haberse roto.

En cada caminata diaria, cuando Amira salía a pasear a su hija en el cochecito, pasaban frente a un teléfono público. Para tener noticias de Jamal, era necesario llamar antes del mediodía. La diferencia horaria le jugaba en contra: las once de Filadelfia eran las seis de la tarde de Beirut. Por más que intentara salir temprano, nunca llegaba a tiempo. A las seis ya no quedaban funcionarios en las oficinas. Las pocas veces que logró marcar el número, le contestó alguna grabación diciendo que las líneas estaban ocupadas. Otras mañanas, cerca de la cabina, Hannah montaba algún berrinche y debían seguir para la plaza. Durante meses, le fue imposible tener noticia alguna.

Cuando pudo comunicarse, una voz femenina le indicó que habían trasladado a Jamal a otro pabellón. Derivaron la llamada. En ese nuevo sector, otra voz le advirtió que los informes eran confidenciales. Debía dejar sus datos y alguien contactaría con ella. Colgó enseguida, aterrada. Y ya no tuvo a quién preguntar. Hablaba con su madre los domingos en un horario en el que Narek estaba en casa, escuchando. A veces su madre decía: «Todo sigue igual, hija». Y ella entendía. Ya no marcó el número del hospital Al Roum. Enterrar a la misma persona dos veces es revivir el dolor a escalas inimaginables.

Vio pasar varios inviernos en Filadelfia. Año tras año, la sorprendía el mismo paisaje: primero los árboles amarilleando; de golpe, ya no quedaban hojas, ni en las ramas ni en las aceras, y llegaba la nieve para cubrir las casas, las calles y los árboles. Esos eran los meses de introspección, los copos cayendo frente a su ventana, tardes de lectura con la chimenea encendida, el aroma a eucaliptus adueñándose de la sala y ella que intentaba perderse en algún libro de finales felices, ya fueran novelas de Jane Austen o *Las historias de Babar, el pequeño elefante*, que leía y releía una y mil veces para Hannah.

Dos meses después de que Hannah cumpliera cinco años, falleció Farid. Las llamadas telefónicas se tornaron frecuentes, largas y cargadas de confesiones. Rayzel había localizado un teléfono público donde, por alguna razón inexplicable, podía hablar casi una hora completa con una sola moneda.

—¿Sabes qué fue lo peor? —le mencionó una vez—. Pasó por las operaciones, la quimioterapia e igual se murió. ¿Para qué vivir todo eso si se iba a morir igual? Se fue todo el dinero. Yo regresaba al apartamento, maldiciendo porque me iba a tener que quedar con Pierre.

Amira no la interrumpía. Ya no le detallaba casi

nada de su vida porque a la menor queja, el frío o el exceso de trabajo de Narek, Rayzel le recordaba qué buen marido tenía.

Unos meses más tarde, Rayzel logró que Pierre le pagara otro pasaje a Beirut. Desde allí hubo más llamadas. Mucho más cortas.

Y ya de vuelta en París, las conversaciones pasaron a ser largas de nuevo, casi interminables para Amira. Rayzel le contó que se había encontrado con la hija de la señora Yaman.

—Se asustó cuando me vio. Está vieja y horrorosa. La abortera celestina despreciable esa. Mami y la señora Iris la tratan como si le debieran la vida. La vez anterior no dije nada porque la necesitábamos para que le inyectara los calmantes a mamá, pero esta vez bien que me oyó.

Amira había aprendido a asentir sin cuestionar.

—¿Sabes cuántas veces intenté quedarme embarazada? Farid se hubiera casado conmigo y ahora sería viuda, con un hijo francés. Tendría una pensión del Gobierno. No fue posible. Y mira que probé con unos cuantos, todos parecidos a él para que no pudiera reclamarme nada. Fue el aborto que me hizo esa perra. El tallo del perejil era demasiado largo.

—¿La enfermera? ¿La hija de la señora Yaman?

—Perra abortera. De Imad, del soldado, ¿te acuerdas?

—Yo no lo sabía. —Quiso decir algo más, pero escucharon el sonido del satélite avisando de que solo quedaban treinta segundos.

Amira se quedó junto al teléfono, aunque esa tarde Rayzel no volvió a llamar.

Otras veces, Rayzel se quejaba de sus suegros y de

que Pierre no le daba dinero. Cuando Amira preguntaba por Marie, le respondía que no la había vuelto a ver.

—A mí, que estoy en París, tampoco me atiende el teléfono. —Luego cortaba.

Y ella se quedaba con ganas de seguir. De pedirle que cogiera el metro y la fuera a visitar. Que le preguntara si había cambiado su número de teléfono. Necesitaba hablar con ella, contarle que había muerto Jamal. Decirle que no era feliz. Que su marido había decidido aceptar una oferta en una de las clínicas más importantes de Chicago, a pesar de que llevaban años planeando mudarse a un lugar más cálido.

—Por favor, Rayzel, ve a verla. No sé por qué nadie atiende en su casa —le pidió más de una vez.

Pero Rayzel replicaba que no quería saber de más muertes.

—Ya tuve suficiente con la de Farid. No me hables de Jamal y no me vuelvas a pedir que visite a Marie. Ella es la próxima en la lista.

Mientras Amira penaba en silencio, Narek continuaba escalando en su carrera; antes de cumplir los cuarenta, ya había conquistado todas sus metas. Ella lo estudiaba por las mañanas, a través de la taza de café. Lo veía organizar su agenda. Algunas arrugas alrededor de sus ojos azules, gafas con montura dorada y ropa costosa, ese era el nuevo Narek. Y Amira, que nunca había sido celosa, empezó a molestarse con los coqueteos de las enfermeras. Quizá fuera porque Rayzel siempre repetía:

—Cuídate de esas perras. Se hacen enfermeras para conseguir un médico que se case con ellas.

En más de una ocasión, Amira se había preguntado qué era lo que tanto la fastidiaba: ¿el éxito de Narek?, ¿o que él tuviera tan claro qué era lo que quería y cómo conquistarlo?

El tiempo pasaba. Él crecía, cada vez más afianzado; ella continuaba estancada, con su cabeza en Beirut. Para liberarse de la desgana que la hacía permanecer semanas sin salir de casa, se matriculó en clases de manualidades, témperas y acuarelas, cursos de literatura; hasta que decidió retomar la fotografía. Recorría la ciudad buscando paisajes, caras, manos, gestos al descuido. Participó en una serie de exposiciones que organizó la municipalidad de Chicago, concursos para revistas y catálogos. A partir de ese momento, el tiempo comenzó a pasar más rápido. Los inviernos se hicieron menos largos.

Una vez por semana, despachaba un sobre con fotos para su madre. Recibía siempre respuestas parecidas: cuentos acerca del señor Omar y sus hijas, cómo estaba la señora Iris, noticias que veía en la tele y algún que otro recorte de diario.

Las cartas y llamadas con Rayzel se fueron espaciando. Amira regresó varias veces al Líbano, pero nunca coincidía con su hermana. En cada nueva visita, sentada en la cocina de su madre, le reiteraba la misma cuestión:

—Mamá, ¿estás segura de que no quieres venir unas semanas? Podrías probar y, si te habitúas, empezaríamos los papeles. No es tan difícil como hace unos años. Hay una pequeña comunidad libanesa; se reúnen una vez a la semana, y la embajada organiza encuentros...

Pero su madre nunca la dejaba terminar. Decía que no estaba preparada para mudarse, que ya era vieja para viajar tan lejos.

—Si sabes que no me gusta ir ni al centro, ¡cómo me pides que me suba a un avión! Deja, deja de preocuparte.

Amira volvía a Chicago para reanudar su rutina: tardes de té con las vecinas, paseos con su hija, fines de semana horneando galletas para donar a la iglesia. Así se fueron años enteros. Se escabulleron sin que los viera.

En agosto de 2010, Hannah empezó la universidad en Boston. Catorce horas en automóvil. Veintidós en tren. Tres en avión. A veces, Amira se dormía haciendo cálculos: si salía conduciendo el lunes por la mañana y paraba a dormir, llegaría al día siguiente para la hora del almuerzo. En avión, esa misma tarde antes de la cena.

Unos meses tras iniciar las clases, Hannah fue sumando actividades, prácticas y suplencias. Consiguió un empleo en la biblioteca de la universidad y ya no tuvo tiempo para dedicarle a su madre. Apenas un café en Starbucks; media hora de conversación y poco más.

Al regresar de uno de esos viajes, Amira se enteró de que Narek había comprado una casa moderna en pleno centro de Chicago; iba a abrir una consulta privada dos veces por semana. Ella le reclamó que cada vez pasaba más horas en su trabajo.

—Ven a ayudar en la oficina, así no te aburres. Necesito a alguien de confianza en la administración.

A él se le fueron ocurriendo infinidad de funciones: llevar las fichas de los pacientes, ocuparse de la relación con los proveedores, con el banco y el seguro médico.

Ella aceptó de mala gana.

La relación laboral no funcionó. Demasiadas enfermeras jóvenes caminando por los pasillos con sus uniformes ceñidos y poniendo en tela de juicio sus decisiones.

Hacía poco que había cumplido los cuarenta cuando le llegó la etapa de rebeldía; su hija ya no la necesitaba, su esposo tampoco. A Beirut no quería volver. ¿Cuánto tiempo más iba a vivir en una ciudad que no le gustaba?

Todo empezó un invierno en que acompañó a Narek a un congreso en Orlando. Al principio, no había querido ir, pero él la convenció: esa semana esperaban doce grados bajo cero en Chicago; en Orlando: dieciséis, con un sol amarillo y el cielo celeste.

Viajaron un martes por la mañana. Mientras él estaba en sus conferencias, ella salió a recorrer los alrededores en el coche para sacar fotografías. En algún instante, después de dejar la autopista, desembocó frente a un lago tan azul como el cielo, rodeado de margaritas blancas y amarillas y sauces con ramas anchas. El verde de las hojas no era el mismo de Chicago. Aquí brillaba, allá era lúgubre. Se perdió en las callecitas cortas, vio el sol atravesando decenas de ramas florecidas; pasó el tren, sonaron las campanas de la iglesia y ella supo que iba a volver al día siguiente, y el próximo, y el otro, así hasta que tuvieran que volver a Chicago.

Esa misma noche, llevó a Narek a conocer la ciudad, se trataba de Winter Park. Lo convenció para retrasar la vuelta dos días. Consiguieron una habitación en un hotel cercano y se dedicaron a recorrer los alrededores en canoa y bicicleta. Él coincidió en que era un lugar muy europeo, con un clima perfecto; casi mágico.

La noche que debían hacer las maletas, ella mencionó que se iba a quedar una semana más. Sugirió que él retornara el viernes, tras las consultas en el hospital. A Narek la propuesta lo tomó por sorpresa. Amira logró convencerlo con promesas de paseos y cenas bajo las estrellas.

Esos días que pasó sola en Winter Park participó de todas las actividades que organizaba el comité de la iglesia: clases de acuarelas, paseos alrededor de la plaza y prácticas con el coro. Alquiló una bicicleta roja, tenía una cesta de mimbre en el frontal que fue llenando de flores silvestres. En uno de esos recorridos bordeando el lago Maitland, vio una cabaña en venta.

Agendó una cita para esa misma tarde.

El viernes recogió a Narek en el aeropuerto. Esa noche no le comentó nada acerca de la cabaña. El sábado desayunaron en un café francés, delante del mercado de flores. Cuando lo vio relajado y disfrutando del clima otoñal, lo avisó de que a las doce los esperaban para ver una propiedad.

Él dijo que no tenía sentido perder el tiempo de esa forma.

—¿Qué tiene de malo? Es solo para ver cómo vive la gente de este lado del país —objetó ella y escondió la cara detrás de la taza de café.

A las doce, aparcaron frente a la propiedad.

—Buen precio, amueblada y en excelentes condiciones —enumeró la vendedora en el momento en que giró la llave.

Las mismas palabras que le había dicho a Amira tres días antes. Narek recorrió la cabaña en silencio. Hizo algunos comentarios acerca del techo de madera, le gustaba la doble altura. Cuando la vendedora abrió las cortinas, él se abalanzó sobre los ventanales. Miraba el jardín, los robles y el lago. Lo que Narek no esperaba era que la cocina y el dormitorio principal, que se encontraban en el contrafrente, también tuvieran vista a otro lago, un poco más pequeño, con lirios amarillos y anaranjados y las ramas de un sauce llorón queriendo alcanzar el agua.

Esa misma tarde, después de pensarlo un par de horas, presentaron una oferta. Retornaron a Chicago sin saber la respuesta.

El martes los avisaron de que su oferta había sido aceptada.

A fines de enero, Amira se instaló en su casa de veraneo o, como le gustaba llamarla, la «casa para pasar los inviernos». Había más de treinta grados centígrados de diferencia entre una ciudad y otra.

Narek, ya resignado, iba y venía de Chicago a Winter Park, llevando una nueva maleta con todo lo que su esposa le encargaba. Ella se negó a regresar cuando entró la primavera.

—Voy a aprovechar para hacer algunas reformas. Quiero rediseñar el jardín.

Esa fue la primera discusión. Él le recordó que la mudanza había sido por el invierno.

—Un mes. Solo un mes más —prometió Amira.

Fue un mes de lluvias intensas; poco pudo hacer en el jardín. Se instalaba en la sala tras almorzar, leía a ratos, sin dejar de admirar el paisaje a través de la ventana. Una de esas tardes, cuando las imágenes de las gotas formando ondas en el lago dejaron de llamarle la atención, encendió el ordenador. Se entretuvo buscando artículos sobre el efecto de la luz en la fotografía y dando *likes* en Facebook. Pensó en Niélé; no se habían vuelto a ver. El tiempo, entre carta y carta, se fue haciendo más largo hasta que las dos dejaron de escribir.

Le llevó casi una hora dar con los datos; Niélé se había divorciado, ya no usaba el apellido de Frank. Ahora vivía en Nueva York.

Esa noche la llamada telefónica se extendió hasta las dos de la madrugada. Necesitaron tiempo para ponerse al día con sus vidas.

Amira regresó a Chicago un mes más tarde, tal como había prometido. La primavera y el verano pasaron rápido, con alguna escapada a Winter Park. Solamente una vez lograron que Hannah los acompañara. Ya a fines de octubre, en pleno otoño, empezó a preparar todo lo que llevaría a su casa para pasar los inviernos. Esta vez, planeaba instalarse cinco meses y no iba a permitir que Narek se lo impidiera.

Se acostumbró a la misma rutina del año anterior. A trabajar en el jardín durante las mañanas, tomar café con las vecinas, las actividades de la iglesia y las llamadas telefónicas de Niélé. Algunas noches se emocionaban más de la cuenta recordando esos meses en Puerto Príncipe. Amira le pedía que la visitara porque, a pesar de la relativa cercanía entre Chicago y Nueva York, no se habían vuelto a encontrar. Buscaba convencerla, describiendo los colores de su jardín en Winter Park, tan distintos a los que Niélé vería desde su ventana en Nueva York: calles cubiertas de nieve sucia y los grises de la tierra rala y sin vida.

—Ahora no es buen momento. Me necesitan en la

galería —respondía Niélé—. El año próximo sin falta. Intentaban no hablar mucho de Marie; murió cuando Hannah cumplió nueve años. Amira recordaba bien esa fecha porque todo ocurrió una semana antes de que viajaran a Beirut para el setenta cumpleaños del padre de Narek. Hicieron escala en París y fue Rayzel quien le dio la noticia. Se lo contó en el mismo aeropuerto. Luego añadió:

—Escribe una tarjeta de condolencias. Ponla a nombre de los dos: Pauline y Jérôme. No es bueno molestar en este instante. Escribe —insistió un par de veces—. Te prometo que el lunes llevo el sobre al correo.

Amira hizo lo que Rayzel dijo y se fue de París sin visitar la tumba de su amiga y sin darle el pésame al viudo ni a su hija.

Durante los inviernos que pasó en Winter Park, las conversaciones con Niélé cada vez se hicieron más largas; las ventajas de internet, las llamadas no costaban casi nada. Se daban ánimo cuando alguna había tenido un mal día. Amira observando la puesta del sol sobre el lago, Niélé viendo nevar desde su piso en Nueva York, con las paredes cubiertas de óleos y acuarelas en colores brillantes, sin dejar de repetir cuán orgullosa estaba, su casa era un lugar pequeño, pero lo había comprado sola, con el fruto de su trabajo como marchante en una de las grandes galerías del Soho.

Niélé hablaba de su trabajo y de los hijos que no pudo tener. También de los que parió y murieron. Amira, de su hija, de su madre y de por qué no quería regresar al Líbano. Una noche en que las dos estaban desveladas, le habló de Jamal y de ese viaje que casi le cuesta su matrimonio. Y, a pesar de que habían pasado más de veinte años desde esa visita al hospital, sintió que, con cada nueva palabra, otra vez le brotaban las lágrimas.

Jamal murió nueve meses después de que lo trasladaran al nuevo pabellón. Nunca lo volvió a ver. Y él jamás se enteró de que ella un día lo visitó, con la ilusión de que sus vidas otra vez se encauzarían.

Capítulo XXVII

Winter Park, marzo de 2018

Otro invierno en Winter Park. Sola. Cada vez más alejada de Narek. Las pocas veces que él la había visitado, discutían por cualquier pequeñez. Luego él se marchaba a Chicago todavía molesto. Las reconciliaciones eran siempre por teléfono.

Se acercaba el setenta y cinco cumpleaños de la madre de Amira. Un mes antes de la celebración, acordaron con Rayzel que las dos viajarían en fechas distintas, apenas iban a coincidir unos días. De esa forma, su madre estaría más acompañada.

—Ve tú primero, así yo cierro la cabaña. Regreso a Chicago y vuelo desde ahí —había propuesto Amira.

Rayzel estuvo de acuerdo.

Dos semanas más tarde, cuando Amira ya se había instalado en Chicago, recibió otra llamada de Rayzel. Hablaba en voz alta, mucho más rápido que de costumbre.

—¿Adivina qué? Hace dos días murió el padre de

Pierre. Y la vieja arpía se ha instalado en el cuarto de Chloé. Pretende que le cocine y limpie todo lo que ensucia. Y Chloé, que se ha mudado sola, ni aparece para ayudar.

—Pero ¿vas a viajar?

—Él no quiere que vaya. Dice que tiene que ir al trabajo y su madre no se puede quedar desatendida. El padre le dejó unas cuentas enormes, gastos del hospital. Parece que van a vender el apartamento de la vieja y la van a instalar aquí. Ahora sí que me voy. Tengo que conseguir un lugar para mí, lejos de estos dos.

—Voy yo entonces —se adelantó Amira—. No quiero que mamá pase su cumpleaños sola. Siempre tengo miedo de que sea el último. Espero que no me cobren mucho por adelantar la fecha. Voy a ver si logro que Hannah me acompañe, aunque no creo...

—Que la escala sea en París —apuntó Rayzel.

—Está bien. Pero solo me quedo una noche.

La escala fue en París, tal como Rayzel pidió. Se reencontraron en el aeropuerto; hacía cuatro años que no se veían. Amira la reconoció desde lejos, Rayzel se mantenía esbelta, aún llamaba la atención, aunque sus ojos turquesa ya no brillaran del mismo modo. Fueron directas al hotel, sin tiempo siquiera para un café. Rayzel debía llevar a su suegra al médico.

Al día siguiente, Amira se despertó con los primeros rayos de sol. Quiso salir a caminar. Recorrió las callecitas, cruzó dos veces el puente de Alexandre III sobre el Sena. Algo de bruma a lo lejos, vapor mágico esa fría mañana de primavera. En algún momento, consideró que podría adaptarse a vivir en París: alquilar un pequeño apartamento, sacar fotografías de los puentes y las edificaciones con fachadas señoriales. Quizá exponer en alguna galería. Hablaba el idioma. Su hija ya no la necesitaba. Tampoco Narek.

Siguió andando un poco más hasta llegar al café que siempre visitaba con su hermana. La cita era a las diez. Eligió una mesa en una esquina; allí podrían conversar tranquilas. El aroma del café molido se fue esparciendo por el local, amargo e intenso.

Rayzel llegó unos minutos después, haciendo retumbar sus botas marrones de tacón de aguja contra el suelo de madera. Llevaba una capa larga, color berenjena, y una boina con detalles en piel de víbora. Se abrazaron durante unos segundos. Amira tuvo que limpiarse las lágrimas.

—Ya he ordenado los *cafés au lait* y los *croissants.* Les he pedido que los sirvieran cuando llegaras —advirtió antes de mover la silla. Si planeaba quedarse, debía empezar a hablar por sí misma. Qué importaba su acento; qué importaba si a los parisinos les gustaba o no.

Rayzel se sentó frente a la ventana. Unos minutos más tarde, el camarero sirvió todo lo de la bandeja con mucha parsimonia, no podía dejar de admirarla. Era un muchacho joven. Hacía poco que trabajaba en el café.

—Si necesitamos algo más, le avisamos —le dijo Rayzel muy seria. Esperó a que él se alejara y miró a su hermana—: Lo que me faltaba en la vida: un camarero sin una libra en la billetera. Ni euros ni libras.

—No deja de ser un elogio que te miren así. Se ha quedado impactado. —Amira sonrió—. A veces, no puedo creer que te hayas quedado con Pierre, porque estoy segura de que no te han faltado oportunidades.

Nunca imaginé que fuerais a durar tanto. ¿Crees que le has arruinado la vida? ¿Y él? ¿Ha arruinado la tuya?

Rayzel se quitó la boina. Pero no contestó.

—¿Entiendes lo que digo? Perdiste oportunidades. Y él también. Podrías haber conocido a alguien en Beirut. Alguien que te hiciera feliz.

—No. No había otras opciones a la vista. Tenía que ser alguien que me sacara del Líbano. Y solo estaba Pierre. —Rayzel abrió dos sobrecitos de azúcar—. Ya me imagino la próxima pregunta: «¿Culpas a mamá por todo eso?».

—No era lo que iba a preguntar.

—Ni siquiera te animas a hablar del tema. Claro que la culpo. Y tú también la culpas. Pero la entiendo. ¿Y tú? ¿La perdonas? Porque tu situación era muy distinta.

—Todavía no lo sé. —Amira bajó la vista y se concentró en el vapor que salía de su café.

—Pues averígualo. Y tienes que hacer las paces con ella. Tienes que hacer las paces contigo misma. Que Jamal haya muerto no es culpa de mami. Ni tuya. Ni mía. Ni de tu marido. Es culpa de esos hijos de puta que nunca quisieron la paz. Que nos tuvieron de rehenes. Pero tú, tú tienes que aprender a tomar las riendas.

La puerta se abrió de golpe. Les llegó un aire frío. Sin embargo, nadie entró en el café.

—Siempre dando consejos. Hace años que lo vas a dejar. Pero ni siquiera vas al cumpleaños de mamá. Has elegido a tu suegra y no a mamá. Si tanto odias a Pierre, ¿por qué no conseguiste a algún francés que se quisiera casar? No lo puedo entender.

—Porque todos querían hijos. Y yo no podía.

—No, perdón. —Enseguida se arrepintió—. Yo nunca supe lo del aborto. Me enteré cuando me lo contaste la otra vez. Yo no lo sabía. ¿Mamá lo sabía?

—Claro que lo sabía. ¡No ves que no entiendes nada! Por eso andaba desesperada buscando un candidato que me sacara de Beirut. Ahí nadie se hubiera casado conmigo.

—No, no habría prosperado... La mancha de honor, las familias pidiendo informes a los vecinos. Y a esas víboras a las que siempre les encantó hablar de más. Pero una vez aquí, ¿por qué no te fuiste? ¿Por qué te quedaste con él?

—No tuve suerte. Después de que Farid muriera, conocí a alguien. Yo lo quiero, mucho más de lo que él me quiere a mí. Es débil. Quizá eso fue lo que me llamó la atención: no es fuerte como nosotros. No tiene idea de lo que es una guerra. Es dulce. Guapo. A veces, no puedo creer que me haya fijado en alguien tan blanquito. Nunca te lo he contado para no aguantar tus sermones. Estaba casado y tenía una hija. Durante años, me prometió que iba a dejar a la esposa, pero nunca se decidía. Yo me enfadaba. Él me pedía perdón y yo lo aceptaba de vuelta. —Rayzel agregó mermelada en su *croissant*, luego se lo llevó a la boca.

—¿Después de que Farid muriera empezaste un romance con un hombre casado?

—¡No escuchas lo que te digo! Ya veo el tono con que me estás hablando —Rayzel alzó la voz. Miró para las demás mesas y entonces tomó a Amira por el brazo—. No me juzgues. Para ti, todo ha sido siempre más fácil que para mí.

—No te juzgo. Solo he preguntado. —Esta vez, Amira hizo lo mismo. Untó mermelada en el *croissant*, esperando a que su hermana se calmara.

—Lo esperé muchos años. Muchos. ¿Sabes por qué he seguido casada con Pierre? Porque nunca se ha metido en mi cama y me da techo y comida. ¿Te crees que iba a sobrevivir con la miseria que me daban en Shishka? Y cuidar a Chloé no fue tan terrible. Ya la agarré grandecita, nada de pañales ni biberones. Pero ahora lo de la vieja es distinto. No voy a hacer de enfermera de una vieja arpía.

—¿Y qué ha pasado con el hombre casado? —Amira intentó un tono suave para evitar las acusaciones de Rayzel.

—Su esposa murió. Hace mucho. Ella ya no es un problema. La hija nos hace la vida imposible. Le ha llevado tiempo animarse a enfrentarse a Pauline. Está a punto de casarse, Pauline se casa el mes que viene, y él me ha dicho que habrá un lugar para mí. Sabe que no puedo seguir con Pierre.

—¿Pauline? ¿Pauline se va a casar? ¿La hija de Marie?

—Sí, la hija de Marie.

—Pero... ¿Qué tienen que ver ellos en todo esto? Dijiste «un hombre casado». Jérôme es viudo. Estuvo casado. Esto que me estás contando, ¿pasó cuando Marie vivía? No. Me imagino que no —Amira habló más despacio. Clavó sus ojos en los de Rayzel—. Yo te pedí que la visitaras, que llevaras a Chloé para que jugara con Pauline. Pobre Pauline. Nosotras, dentro de todo, tuvimos la suerte de tener una madre sana.

Rayzel no respondió.

La puerta se abrió de nuevo a causa del viento. El camarero volvió para preguntar si querían más café. Indicaron que no.

Amira siguió hablando. Esta vez sumaba con los dedos:

—Cuando Marie murió, Pauline tenía como quince.

¿Cuánto hace que estás con él? Sí, quince años, más o menos. —Continuó haciendo cuentas con los dedos.

—Cuando su madre murió, Pauline estaba a punto de cumplir diecisiete —la interrumpió Rayzel sin dejar de revolver el café.

—Algo así me parecía. Nunca más contestó mis cartas, tampoco atendía el teléfono. Una vez hablé con Jérôme, dijo que ella estaba descansando. —Entonces fijó su vista en Rayzel. Volvió a modular su voz—: ¿Me puedes decir cuánto hace que tú y él empezasteis esta relación?

Se quedó esperando.

—Él las abandonó. Alquilamos un apartamento. Yo dejé a Pierre, le dije que estaba cansada de que su madre se metiera conmigo todo el tiempo. Vivimos juntos apenas dos semanas. A Jérôme le entró el remordimiento. Que la culpa. Que el cáncer. Que Pauline era muy pequeña. Te dije que era débil. Me dejó y volvió con ellas.

Amira apoyó la taza de café sobre la mesa. Sintió arcadas en ese instante.

—Pierre me aceptó de nuevo. Estoy segura de que fue para no gastar en abogados y continuar con la pantalla para disfrutar a sus anchas. Le di casi un mes entero a Jérôme para que lo reconsiderara y volviese conmigo. Al final, las eligió a ellas. Y yo me tuve que quedar con Pierre.

—No me lo puedo creer. ¡No puedo creer lo que le hiciste a mi amiga! —Amira elevó la voz, pero Rayzel no la dejó terminar.

—Ellas siempre lo supieron todo. Las dos. Y tu amiga Niélé, también.

Capítulo XXVIII

Beirut, abril de 2018

Las dos semanas que Amira pasó en Beirut se le hicieron eternas: una tarde, llevó a su madre y a la señora Iris a tomar un café a La Corniche. Otro día, visitó la tumba de su padre en el cementerio; ya de salida, dejó una flor en un nicho cualquiera, pretendiendo que allí estaba Jamal.

Las noches fueron lo más difícil de sobrellevar. Por más que caminara durante el día y llegara exhausta, le costaba conciliar el sueño. Después de apagar la luz, en esa habitación de su niñez, se mezclaban las imágenes del pasado, los recuerdos y temores: su padre, con el traje negro, saliendo para la embajada. Los llantos de su madre cuando se enteraron por la radio de que un coche bomba había volado el edificio. La imagen de su abuela amasando pan; Rayzel y ella dando vueltas a su alrededor, queriendo ayudar. La abuela entonces les mostraba cómo estirar la masa, hacer tiras y trenzarlas; su cara llena de harina y de arrugas, la cabeza cubierta con un pañuelo de gasa. Podía recordar también el miedo que la acompañó buena parte de la adolescencia: que otra bomba le robara a su madre. Los ojos tristes de la señora Iris. Los besos dulces de Jamal. El primer viaje en avión, sola, hacia New Haven. El vuelo al que subiría para reencontrarse con su marido en Chicago.

Durante esas noches, también pensaba en París, en esos últimos momentos que había pasado con Rayzel en la cafetería, frente al Sena. Esa pelea que, estaba segura, las distanciaría para siempre.

—Hubiera preferido que no me contaras nada —le había dicho a su hermana con tono seco, antes de levantarse de la mesa—. ¿Y por qué me lo estás contando ahora? ¿Para qué?

Rayzel se demoró; entonces Amira, solo para lastimarla, agregó:

—Ahora te vas a ir a vivir con él. ¿Y si más adelante te pasa algo? ¿Si te enfermas como le pasó a Marie? ¿No te da miedo que haga otra vez lo mismo? ¿Que te deje por otra? Una sana y más joven.

Ese día, Amira salió del café sin despedirse de su hermana. Regresó al hotel. Cuando subió al avión, a las seis de la tarde, no había vuelto a hablar con ella. Voló con los ojos fijos en la imagen que proyectaba el reflejo de su cara sobre la ventanilla, culpándose por haberlas puesto en contacto. Marie, la mujer fuerte que se había tornado frágil a causa de su enfermedad, la que le abrió las puertas de su casa en Haití y la alentó para que tuviera un hijo. Su amiga y guía. ¿Y de qué forma se lo agradeció? Presentándole a Rayzel para que le quitara al marido.

Decidió que no tenía sentido contarle nada de eso a su madre. Ella diría: «Los hombres son todos unos sinvergüenzas, pero quizá este francés se enamoró de tu hermana. No debió de ser fácil vivir con una esposa enferma»; buscaría pretextos para justificar la conducta de Rayzel, eso las llevaría a una nueva pelea.

Algunas de esas tardes, mientras miraban la telenovela, Amira estuvo tentada de averiguar qué sabía su madre acerca del novio anterior, de Farid. ¿De verdad se creyó todas esas historias: la hermana que vivía en Baalbek haciéndose pasar por la esposa? ¿Qué sentía?, ¿vergüenza?, ¿o estaría feliz de saber que su hija mayor, por primera vez en la vida, había encontrado a un hombre que la quería?

El viernes, transcurridos quince días de haber aterrizado en Beirut, cuando Amira y su madre estaban terminando de cenar en la mesita de la cocina, sonó el teléfono. La madre dijo que iría a atender. Ella se quedó observando la cera de la vela. Las eternas velas blancas sobre la encimera.

—Rayzel, ¡qué alegría!

Amira estiró el cuello para escuchar mejor.

—¿Cuándo llegas?

Silencio.

—Sí, claro que sí. No te preocupes, no pudiste estar. Tu hermana nos llevó a tomar el té. Vino Iris. Sí, le cuesta andar. La dejaron salir de la residencia de ancianos como un caso especial. Está bien ahí. Bien cuidada. Quizá yo debería mudarme con ella.

Otro silencio.

—También nos acompañó Maryam. Sí... No, no. Deja, deja, no me tienes que traer nada. A lo mejor un *eau de cologne* para Iris. No me acuerdo cómo se llama... Ese. Sí. Bueno, trae dos. Uno para ella y otro para mí. El de envase amarillo para mí. El violeta para ella. ¡Qué alegría que Pierre te haya dado permiso! ¿El lunes? ¡Qué rápido! ¿A las tres?

Amira abrió el grifo para poner los platos en remojo. Cuando su madre le anunció la visita de Rayzel, ella solo asintió.

Por la mañana, salió temprano para hacer las compras. Su madre aún dormía. Fue al mercado, saludó al señor Omar y a su esposa. De regreso, entró en un café. Sacó el móvil de su bolso para llamar a la aerolínea. Intentó conseguir billete para el día siguiente; no quería cruzarse con Rayzel. El vuelo estaba completo, tampoco el lunes había sitio. El primer asiento disponible era para el martes a las once de la noche. Lo reservó.

Anduvo despacio, cargando la bolsa de pan, las berenjenas asadas y los melocotones. Cuando estaba llegando, se dio cuenta de que no había comprado flores para su madre. Pues lo haría Rayzel o, quizá, decidiera robarlas de la casa de algún vecino. Ese ya no era su problema.

Subió las escaleras. Encontró a su madre mirando la televisión. La sala estaba en penumbra, solo iluminada por los colores tenues de la pantalla. No había abierto las cortinas.

—¿Te preparo un té, mamá? He traído pan fresco. ¿Ya has desayunado?

—Deja, deja. Me lo preparo yo más tarde. Me he levantado muy cansada. Hoy no vamos a ningún lado. Mucho ajetreo estos últimos días. Si quieres salir, ve a visitar a Iris y le llevas unas flores. A todos nos gustan las flores.

—Ya te preparo el desayuno. Y, cuando acabes, te duermes una siesta en el sofá, así yo cambio las sábanas. La casa está limpia, no hay nada que hacer; aprovecha y descansa. Yo me he tomado un capuchino afuera. Ahora te traigo el té.

Diez minutos más tarde, mientras colocaba la bandeja sobre la mesita de centro, Amira contó que Narek la había llamado para preguntarle si podía adelantar el vuelo. Iban a empezar unas reformas en la casa y él no podía faltar al hospital. Necesitaba que ella les abriera la puerta a los obreros y que controlara que todo estuviese en orden.

—¿Cuándo te vas? —contestó enseguida la madre, un poco agitada. Luego suavizó la voz—: Claro, no los podéis dejar solos con todas las cosas de valor que tenéis en la casa. Uno nunca sabe si son de confianza.

—El vuelo sale el lunes a las tres.

—¡Pero no la vas a ver! —Se volvió a agitar—. Tampoco te has despedido de tus suegros, se fueron ayer de viaje.

Antes de que la madre siguiera lamentándose, Amira la interrumpió:

—De mis suegros ya me he despedido. Ellos vuelven en dos semanas y yo me iba a ir antes. Y a Rayzel la vi en París. Si sabes que hice escala allí.

El lunes a las doce del mediodía, después de un abrazo largo, Amira subió al taxi que la llevaría a un hotel cercano al aeropuerto. Al día siguiente, tomaría el vuelo a París. Debía pasar cinco horas en el aeropuerto Charles de Gaulle antes de subir al avión con destino a Chicago.

Desde el hotel, habló con Narek. Le detalló por primera vez la aventura de Rayzel y por qué no quería compartir el dormitorio con ella. Él, discreto como siempre, hizo pocos comentarios.

Esa noche, a Amira le costó dormir. Imaginaba la llegada de Rayzel y la alegría de su madre. La sonrisa falsa en la cara de su hermana cuando se enterara de que no se iban a ver.

A las once, oyó que entraba un mensaje en su móvil. El dormitorio estaba a oscuras. Pensó en Rayzel: ¿sería capaz de enviar un texto reclamándole que se hubiera ido antes para no encontrarse? Lo leyó, sabiendo que no le iba a responder.

«¿Estás despierta? ¿Sigues en Beirut? ¿Qué hora es ahí?», era un mensaje de Niélé.

Se sentó en la cama y llamó a su amiga. La voz ronca y las erres marcadas de Niélé le hicieron olvidar su enojo. Dudó, pero al final le confesó por qué estaba en ese hotel. Había decidido no echarle nada en cara. ¿Qué le iba a decir?: «¿Debiste haberme contado que mi hermana estaba con Jérôme?».

—Hay cosas de las que algún día me gustaría hablar. En su momento, me pareció que no tenía derecho a meterme —se adelantó Niélé.

—Algún día hablaremos. Algún día.

En ese instante, sonó su WhatsApp.

—Ábrelo. Soy yo, pero no cortes. Es una invitación para la inauguración de mi próxima exposición —advirtió Niélé.

Amira agrandó la figura y pudo ver dos fotos; parecían acuarelas. En la primera, una señora de pelo blanco descansaba bajo una sombrilla. También se veía un trozo de mar; los colores del agua eran parecidos a los de Haití, quizá un poco más verdes, había demasiadas rocas. Abajo decía: «*Tania Salerno*» y la dirección de una galería en el Soho de Nueva York. «10 de junio de 2018. 19.00 horas.» Inmediatamente reconoció las imágenes en la otra pintura: una niñita corría con los brazos abiertos, llevaba el pelo trenzado. Tres mujeres la seguían. Abajo, también en cursiva, se leía: «*Niélé*». Misma fecha, misma hora y mismo lugar que en la fotografía anterior.

—Voy a exponer con una de mis clientas, una pintora italiana. Por favor, prométeme que vas a venir. Tienes dos meses para organizarte. Te puedes quedar en mi casa.

—Me encantaría.

—Puedes venir con Hannah. Solo mujeres.

—Solo mujeres —repitió Amira antes de cortar.

Al día siguiente, Amira embarcó poco antes de la medianoche. Cuatro horas más tarde, aterrizó en París. Cuando pasó inmigración, tuvo tiempo de encender el móvil. Vio tres mensajes de Narek; le pedía que lo llamara urgentemente. Encontró también una llamada perdida de Rayzel.

Tuvo un mal presentimiento. Dudó a cuál de los dos llamar primero. Aunque algo le decía que no debía hacerlo, marcó el número de la casa de su madre. Rayzel atendió al primer timbrazo. Entonces se puso a llorar.

—He hablado con Narek. ¿Te lo ha dicho? El primer día estaba bien. Ayer cenamos, después miramos la tele. Ella no paraba de hablar, aunque se veía cansada. No quiso dormir en su cuarto, así que le di una manta y una almohada y se quedó en el sofá; comentó que no tenía fuerzas. Me dormí. Cerca de las dos me desperté con sed y fui a ver cómo estaba. No se movía. Llamé a la ambulancia, vinieron rápido, pero no pudieron hacer nada. Todavía está aquí. En un rato la vienen a buscar. Eso han dicho. No sé cuánto tardarán.

Amira, que se había sentado en un banco para hablar, se asió al apoyabrazos. Sintió que todo se movía. Cortó. No quiso seguir escuchando.

Inmediatamente, llamó a Narek. Eran cerca de las once de la noche en Chicago.

—¿Todavía estás en el aeropuerto? Tengo algo que decirte... —balbuceó él, con un tono dulce y tranquilo.

—Acabo de hablar con Rayzel.

—Entonces ya te lo ha contado. ¿Quieres que vaya para ahí? Puedo cancelar el resto de las cirugías. Ya me he informado y hay un vuelo mañana temprano.

Amira, desde el mismo banco, con los sonidos de los altavoces de fondo avisando de los horarios de salida y llegada, le dijo que no. Veía a los pasajeros que iban de un lado a otro, arrastrando sus maletas con ruedas.

—No. No quiero que canceles las cirugías. Tus pacientes han esperado meses por esas fechas. Tus padres tampoco están. Vas a viajar y no los vas a ver. Ni sé si tiene sentido avisarles.

—Yo les aviso. Voy a esperar a que amanezca en Beirut y los llamo para que vuelvan y te acompañen.

—No, no quiero que nadie cancele sus planes. Estaban ilusionados con visitar a tus tíos. Ahora voy al mostrador y averiguo si tienen sitio en el próximo vuelo. Si vienes, cuando llegues, ya todo habrá terminado. Entre Rayzel y yo deberíamos ser capaces... —Otra vez se quebró—. Te prometo que te llamo cuando aterrice.

Decidió que se iba a hospedar en un hotel. No tenía fuerzas para enfrentar la casa de su madre vacía. Pensó en los mocasines marrones que dejaba junto a la puerta, en la manta que usaba para cubrirse las piernas. Su cuarto con la cómoda repleta de fotografías de cuando ellas eran niñas, las flores que no le había regalado y que, seguramente, Rayzel tampoco tuvo tiempo de comprar. Se culpó por no haber parado por un ramito de jazmines en cualquiera de esos puestos callejeros.

Corrió de una terminal a otra dentro del aeropuerto Charles de Gaulle. Dos horas y media después, tomó otro vuelo.

Durante todos esos años en que había regresado a Beirut, desde la primera vez que lo hizo con Hannah en sus brazos, el momento del aterrizaje siempre había sido la cumbre de su desasosiego; nunca sabía bien qué era lo que iba a encontrar. Zozobra al llegar, tristeza al partir. Esta vez, a pesar de todo, estaba calmada y tranquila. Ningún escenario podía ser peor; llegaba para enterrar a su madre. Sus restos quedarían sepultados, para siempre, lejos. Muy lejos de ella y de Rayzel.

Comenzaba a aclarar. Desde el avión, el mar Mediterráneo lucía más azul que nunca. Esa era la verdadera despedida, de sus orígenes, del pasado y de lo que fue en una época su lugar adorado. Sabía que esa sería su última vez. ¿Para qué volver? ¿Qué sentido tenía?

Rayzel pasó la noche en la casa. Llorando. Acompañada por algunas de las vecinas. Decidieron no contarle nada a la señora Iris todavía.

Amira fue directa al hotel. Desde allí la llamó.

—Ya se la han llevado. Quiero que sepas que no ha sufrido. El médico ha dicho que pasó de un sueño a otro. Estaba tan contenta de verme. Hasta flores le compré. Cuando llegué, salí a buscar algo para la cena, pasé por el puesto y le traje rosas amarillas. Sus preferidas.

Al día siguiente, a las cuatro de la tarde, en un cementerio desolado, las hermanas se volvieron a ver. Seis vecinos las acompañaban. El silencio, profundo y frío, solo era interrumpido por la marcha de unos pocos coches a lo lejos y por la brisa que movía las hojas de las moreras. Entonces llegó la misa, frente a la tumba de mármol negro.

Las palabras del sacerdote retumbaban en la cabeza de Amira: «Perdonar a quienes nos ofenden, a quienes nos lastiman.» Perdonar a su madre por haberse atribuido el poder de negociar su destino; perdonar a Rayzel. Perdonarlas.

Uno a uno, los vecinos se fueron despidiendo. El señor Omar lloraba.

Se quedaron solas, frente a una montaña de tierra y una corona de crisantemos blancos. El lamento acompasado de Rayzel cortaba un silencio imposible de tolerar.

Amira sentía el aire seco que entraba en su boca al respirar. Se cubrió la nariz con un pañuelo; no quería llevarse consigo aromas a flores marchitas, pinos ni agua estancada. Rayzel seguía a su lado.

—¡Mami! —repetía.

Amira la tomó del brazo y la fue guiando hacia la salida. Las pisadas se hundían a destiempo en la tierra de tonos grises y amarillos. Luego la sujetó con fuerza. Ella tenía a Hannah y a Narek; Rayzel no tenía nada.

Se quedaron un par de días en Beirut, los necesarios para firmar los documentos. Un abogado, amigo del señor Omar, se ocuparía de los trámites para vaciar y vender la casa en la que Amira creció, fue feliz, amasó pan y soñó con convertirse en la esposa de Jamal.

Tres días después, con la documentación ya encaminada, las hermanas compartieron el mismo vuelo hacia París. Se despidieron en el aeropuerto Charles de Gaulle, aunque nada dijeron acerca de una próxima llamada.

Amira no avisó a Narek de que iba de regreso. El avión aterrizaría a las diez y él debía levantarse antes de las seis para ir a trabajar.

El vuelo llegó a Chicago en hora. Ella hizo la fila para los coches. Cerca de las once, el taxi aparcó delante de su casa. Cuando bajó, sintió que el aire frío de la noche primaveral se colaba a través de su abrigo. Todo estaba oscuro.

Al entrar, aspiró el aroma del café y la canela. Narek estaba sentado en el sofá de la sala, las piernas cubiertas con una manta de lana, atrapado en las páginas de un libro, como lo había hecho buena parte de su vida. En la radio sonaba una trompeta grave, marcando los compases de una melodía de *jazz*. Amira, sin hacer ruido, estudió la habitación con calma: esa era su casa, alejada del mundo pequeño, al otro lado del océano, donde yacían sus ancestros.

Era hora de despedirse de la jovencita que una vez fue: la que recorría las calles de su barrio escudándose del sol bajo las moreras y que se dormía pensando en un tren, el que traería de regreso a Jamal. Ella, de pie en el andén, extendía los brazos para arroparlo con su abrigo largo y protegerlo del rocío de la mañana, pero el tren partía sin que Jamal descendiera.

Amira dejó la maleta junto a la puerta y corrió a refugiarse en los brazos de Narek; allí era donde quería estar. Ni en París ni en Beirut, en Chicago, en la intimidad de su salón, con el hombre que siempre había cuidado de ella.

Él la asió fuerte y le recordó al oído cuánto la quería.

—Todo va a estar bien, Amira. Tu madre descansa en paz. No quicro quc tc angustics, así cs la vida. —Lc acarició el cabello y apoyó los labios en su frente.

booket